叶紫精品选

中国书籍文学馆 大师经典

叶 紫 ◎ 著

中国书籍出版社
China Book Press

图书在版编目（CIP）数据

叶紫精品选/叶紫著.—北京：中国书籍出版社，2015.12
ISBN 978-7-5068-5332-3

Ⅰ.①叶… Ⅱ.①叶… Ⅲ.①中国文学—当代文学—作品综合集 Ⅳ.①I217.2

中国版本图书馆CIP数据核字（2015）第298889号

叶紫精品选

叶　紫　著

图书策划	武　斌　崔付建
责任编辑	成晓春
责任印制	孙马飞　马　芝
出版发行	中国书籍出版社
地　　址	北京市丰台区三路居路97号（邮编：100073）
电　　话	（010）52257143（总编室）（010）52257140（发行部）
电子邮箱	chinabp@vip.sina.com
经　　销	全国新华书店
印　　刷	北京富达印务有限公司
开　　本	710毫米×960毫米　1/16
字　　数	300千字
印　　张	23
版　　次	2016年3月第1版　2016年3月第1次印刷
书　　号	ISBN 978-7-5068-5332-3
定　　价	39.80元

版权所有　翻印必究

出版前言

我国现代文学是指用现代文学语言与文学形式，表达现代中国人思想、情感、心理的文学，是在20世纪初"五四"新文化运动的影响下，广泛接受外国文学影响而形成的新兴文学。其不仅用现代语言表现现代科学民主思想，而且在艺术形式和表现手法上都对传统文学进行了革新，建立了新的文学体裁，在叙述角度、抒情方式、描写手段以及结构组成等方面，都有新的创造。

我国现代文学的主流是人民的文学，集中表现为大大加强了文学与人民群众的结合，文学与进步社会思潮及民族解放、革命运动的自觉联系，构成了我国现代文学的基本历史特点与传统。此时的文学，以表现普通人民生活、改造民族性格和社会人生为根本任务。

在创作实践上，我国现代文学中出现了从未有过的彻底反封建的新主题和新人物，普通农民与下层人民，以及具有民主倾向的新式知识分子，成为了文学主人公，充分展示了批判封建旧道德、旧传统、旧制度以及表现下层人民不幸、改造国民性与争取个性解放等全新主题。也是通过这些内涵和元素，现代文学对推动历史进步起到了独特作用。

我们已经跨入21世纪，今天的历史状况和时代主题与现代文学的成长背景存在巨大差异，但文学表现人物、反映社会、推动进步的主旨并没有改变，在此背景下，我们非常有必要重温现代文学的经验，吸取其有益的因素，开创我们新世纪的文学春天。我们编选《中国书籍文学馆·大师经典》丛书，精选柔石、胡适、叶紫、穆时英、王统照、缪崇群、陆蠡、靳以、李劼人、张资平等我国现代著名作家的文学作品，正是为了向今天的读者展示现代文学的成就，让当代文学在与现代文学的对话中开拓创新，生机盎然。因为这些著名作家都是我国现代文学的开拓者和各种文学形式的集大成者，他们的作品来源于他们生活的时代，包含了作家本人对社会、生活的体验与思考，影响着社会的发展进程，具有永恒的魅力。

中国书籍出版社

2015年10月

叶紫简介

叶紫(1910~1939)，原名余鹤林，又名余昭明、汤宠，湖南益阳人，我国现代著名剧作家、小说家。他在乡土文学创作方面有着很大成就，具有独特的风格，代表作有《丰收》《火》等。

叶紫出生于农民家庭，曾就读于武汉军事学校，后来参加了革命，加入了中国共产党。在大革命失败后，他的家人遭遇不幸，他流浪到上海，开始接触到革命文学。

1930年，叶紫回湖南开展革命活动，写下了佳作《岳阳楼》。后他在上海被捕，出狱后相继创办了《无名文艺》旬刊和月刊，并以叶紫笔名发表短篇小说《丰收》，引起文坛注目。

1933年，叶紫加入中国左翼作家联盟，为"左联"做了不少组织工作。在此期间，他以自己身世和经历为题材，写了一系列反映大革命时期农民运动和农民生活斗争的小说和散文。

1934年，叶紫开始与鲁迅相识交往，鲁迅对叶紫大力支持，这一时期，他相继在杂志上发表了二十余篇杂文。1935年1月，叶紫第一部短篇小说集《丰收》出版，获得了鲁迅的高度肯定和大力帮助。

叶紫因多年过着颠沛流离的生活，不幸染上肺病。但是，他在病中仍然坚持写作，创作并出版了中篇小说《星》以及短篇小说集《山村一夜》等。抗日战争爆发后，叶紫因贫病交困而离开上海返回了湖南。1939年10月，叶紫因病去世，年仅29岁。

叶紫的作品大多以农民运动及土地革命为背景，主要反映农村阶级斗争，尤其是洞庭湖畔的农民生活和斗争。他的作品真实地记录了当时极端尖锐的阶级冲突和人民苦难生活，深刻地揭露了反动统治阶级的凶残和腐朽本质，揭示了农民斗争的必然性及其发展总趋势，歌颂了伟大的农民斗争。

叶紫用鲁迅的笔法来总结大革命失败，认为是因为未能真正发动农民的惨痛教训，因而他的小说主题非常深刻，具有震撼力。在当时的左翼文坛，"丰收成灾"是一个被作家普遍反映的主题，但叶紫的作品所反映的情景则更为严峻和逼真。

叶紫的小说具有浓郁乡土气息的审美品位，他不仅擅长描写乡村农民生活的苦难与农民自发斗争的悲壮，而且善于描摹洞庭湖乡的湖光水色。他采用丰富的景物描写以及象征性和拟人化的手法，显示了小说独特的地方色彩。在叶紫的小说中，还对乡风民俗进行了充分描写，是写得既有情致又很感伤，极具洞庭湖的地方色彩，充满了生活趣味和艺术感染力。

叶紫的小说还有着深刻社会政治内涵，具有人道主义精神。他的作品有些主人公充满了人性追求，往往将女性的爱情渴望与土地革命中的解放交织在一起，塑造了许多真正的新型农村女性典型形象。特别是他对人物细腻复杂心理描写，贴切内心深刻独白，浓郁地方色彩描画，以及对时代氛围的真实刻画，使他的小说在中国现代文学史上具有重要的意义。

叶紫的散文可分狭义的与广义的两类：狭义的散文为悲伤、抒情、写景的，主要代表作品有《还乡杂记》《行军散记》《岳阳楼》等，展现的是一幅幅生动的生活图景，是天灾人祸摧残下的洞庭湖滨农村，因此具有浓郁的乡土化艺术特色；广义的散文则指他所写的序跋、评论、回忆、纪念、悼亡、编辑说明、书信、日记之类等，可以看出他的见解是富于革命性和战斗性的，很有独特性。

叶紫的创作，总是具有深厚的生活积累与充分的创作准备。因此，鲁迅称赞他"写得出东西来，作品在摧残中也更加坚实"，而非"革命浪漫谛克"的肤浅与幼稚。

目录

诗歌

哭鲁迅先生　　　　2

散文

夜雨飘流的回忆　　6
还乡杂记　　　　　11
南行杂记　　　　　20
岳阳楼　　　　　　31
长江轮上　　　　　34
古渡头　　　　　　40
行军散记　　　　　46
行军掉队记　　　　58
流　亡　　　　　　68
夜的行进曲　　　　78
好消息　　　　　　82
殇儿记　　　　　　86

玉　衣		89
鬼		93
插　田		97

随笔

我怎样与文学发生关系	102
我们需要小品文和漫画	108
我为什么不多写	110
感想·意见·回忆	114
痛苦的感想	116
忆家煌	118
我们的唁词	120

小说

丰　收	124
火	166
电网外	189
山村一夜	214
杨七公公过年	243
向　导	269
鱼	283
偷　莲	289

目 录

校长先生	296
湖　上	305
懒惰	318
毕业论文	331
广　告	334
电车上	337

― 书信 ―

致张天翼书	344
致张天翼书	346
致邝达芳书	350
致邝达芳书	352

师经典

叶紫精品选

诗歌

哭鲁迅先生

我患着肺结核和肋膜炎，
他写信来，寄来一包钱，对我说：
"年青人，不要急，安心静养，
病自然会好的。"
但是，忽然地，朋友们来告诉我他的恶消息。
于是，我哭了起来。
医生跑来对我说：
"你底热度太高，你不能哭。"
但是我怎能不哭呢！
看护跑来对我说：
"你底病很危险，
我们不许你伤心，不许你哭。"
但是我怎能不哭呢！

我们不但是死了伟大的导师，伟大的战友，
而且失掉了伟大的民族底魂魄。
这——我怎能不哭呢！
我哭了一天，哭了一夜，
热度高了，呼吸急促了，
两个看护跑来严厉地干涉我！
"我们不许你哭！"
用一个冰袋冰着我的头，
用一个冰袋冰着我的胸。
他们想将我的热度压低，
想将我的心压冷，
但是，我怎能不哭呢！

十月二十日，在病院

（原载1936年10月30日《申报文艺专刊》第五十一期）

师经典

散文
叶紫精品选

夜雨飘流的回忆

一、天心阁的小客栈里

十六年——一九二七——底冬月初十，因为父亲和姊姊的遭难，我单身从故乡流亡出来，到长沙天心阁侧面的一家小客栈中搭住了。那时我的心境底悲伤和愤慨，是很难形容得出来的。因为贪图便宜，客栈底主人便给了我一间非常阴黯的，潮霉的屋子。那屋子后面的窗门，靠着天心阁的城垣，终年不能望见一丝天空和日月。我一进去，就像埋在活的墓场中似的，一连埋了八个整天。

天老下着雨。因为不能出去，除吃饭外，我就只能终天地伴着一盏小洋油灯过日子。窗外的雨点，从古旧的城墙砖上滴下来，均匀地敲打着。狂风呼啸着，盘旋着，不时从城墙的狭巷里偷偷地爬进来，使室内更加增加了阴森、寒冷的气息。

一到夜间，我就几乎惊惧得不能成梦。我记得最厉害的是第七夜——那刚刚是我父亲死难的百日（也许还是什么其他的乡俗节气吧），通宵我都不曾合一合眼睛。我望着灯光的一跳一跳的火焰，听着隔壁的钟声，呼吸着那刺心的、阴寒的空气，心中战栗着！并且想着父亲和姊姊临难时的悲惨的情形，我不知道如何是好！……而尤其是——自己的路途呢？交岔着在我的面前的，应该走哪一条呢？……母亲呢？……其他的家中人又都飘流到什么地方去了呢？

窗外的狭巷中的风雨，趁着夜的沉静而更加疯狂起来。灯光从垂死的挣扎中摇晃着，放射着最后的一线光芒，而终于幻灭了！屋子里突然地伸手看不见自己的拳头。

我偷偷地爬起来了，摸着穿着鞋子，伤心地在黑暗中来回地走动着。一阵沙声的，战栗的夜的叫卖，夹杂于风雨声中，波传过来了。听着——那就像一种耐不住饥寒的凄苦的创痛的哀号一般。

"结——麻花——哪！……"

"油炸——豆——腐啊！……"

随后，我站着靠着床边，怀着一种哀怜的，焦灼的心情，听了一会。突然地，我的隔壁一家药店，又开始喧腾起来了！

时钟高声地敲了一下。

我不能忍耐地再躺将下来，横身将被窝蒙住着。我想，我或者已经得了病了。因为我的头痛得厉害，而且还看见屋子里有许多灿烂的金光！

隔壁的人声渐渐地由喧腾而鼎沸！钟声、风雨的呼声和夜的叫卖，都被他的喧声遮拦着。我打了一个翻身，闭上眼睛，耳朵便更加听得清楚了。

"拍！呜唉唉……呜唉唉……拍——拍……"

一种突然的鞭声和畜类底悲鸣将我惊悸着！我想，人们一定是在鞭赶一头畜生工作或进牢笼吧！然而我错了，那鞭声并不只一声两声，而悲鸣也渐渐地变成锐声的号叫！

　　黑暗的，阴森的空气，骤然紧张了起来。人们的粗暴而凶残的叫骂和鞭挞，骡子（那时候我不知道是怎样地确定那被打的是一头骡子）的垂死的挣扎和哀号，一阵阵的，都由风声中传开去。

　　全客栈的人们大都惊醒了，发出一种喃喃的梦呓似的骂詈。有的已经爬起来，不安地在室中来回地走动！……

　　我死死地用被窝包蒙着头颅很久很久，一直到这些声音都逐渐地消沉之后。于是，旧有的焦愁和悲愤，又都重新涌了上来。房子里——黑暗；外边——黑暗！骡子大概已经被他们鞭死了。而风雨却仍然在悲号，流眼泪！……我深深地感到：展开在我的面前的艰难底前路，就恰如这黑暗的怕人的长夜一般：马上，我就要变成——甚至还不如——一个饥寒无归宿的，深宵的叫卖者，或者一头无代价的牺牲的骡子。要是自己不马上振作起来，不迅速地提起向人生搏战的巨大的勇气——从这黑暗的长夜中冲锋出去，我将会得到一个怎样的结果呢？

　　父亲和姊姊临难时的悲惨的情形，又重新显现出来了。从窗外的狭巷的雨声之中，透过来了一丝丝黎明的光亮。我沉痛地咬着牙关地想，并且决定：

　　"天明，我就要离开这里——这黑暗的阴森的长夜！并且要提起更大的勇气来，搏战地，去踏上父亲和姊姊们曾经走过的艰难底棘途，去追寻和开拓那新的光明的路道！……"

二、在南京

　　一九二八年十月八日，船泊下关，已经是晚上九点多钟了。

　　抱了什么苦都愿意吃，什么祸都不怕的精神，提着一个小篮子，夹在人丛中间，挤到岸沿去。

马路上刮着一阵阵的旋风,细微的雨点扑打着街灯的黄黄的光线。两旁的店面有好些都已经关门安歇了。马车夫和东洋车夫不时从黑角落里发出一种冷得发哑了的招呼声。

我缩着头,跟着一大伙进城的东洋车和马车的背后,紧紧地奔跑着,因为我不识路,而且还听说过了十点钟就要关城门。我的鞋子很滑,跑起来常常使我失掉重心,而几乎跌倒。雨滴落到颈窝里,和汗珠溶成一道,一直流到脊梁。我喘着气,并且全身都忍耐着一阵湿热的煎熬。

"站住!……到哪里去的?"

前面的马车和东洋车都在城门前停住了。斜地里闪出来一排肩着长枪的巡兵,对他们吆喝着。并且有一个走近来,用手电筒照一照我的篮子,问。

我慌着说:由湖南来,到城里去找同乡的。身边只有这只篮子……

马车和东洋车都通行了。我却足足地被他们盘问了十多分钟才放进去。

穿过黑暗的城门孔道,便是一条倾斜的马路。风刮得更加狂大起来,雨点已经湿透到我的胸襟上来了。因为初次到这里而且又无目的的原故,我不能不在马路中间停一停,希图找寻一个可能暂时安歇的地方。篮子里只有十四个铜元了。我朝四围打望着:已经没有行人和开着的店面。路灯弯弯地没入在一团黑魆魆的树丛中。

我不禁低低地感叹着。

后面偶尔飞来一两乘汽车,溅得我满身泥秽。我只能随着灯光和大路,弯曲地,蹒跚地走着。渐渐地冷静得连路旁都看不见人家了。每一个转弯的阴黯的角落,都站着有捎枪的哨兵,他们将身手完全包藏在雨衣里,有几处哨兵是将我叫住了,盘问一通才放我走的。我从他们的口里得知了到热闹的街道,还有很多很多路。并且马上将宣布戒严,不能再让行人过了。

就在一个写着"三牌楼"的横牌的路口上，我被他们停止了前进和后退。马路的两旁都是浓密的竹林，被狂风和大雨扑打得嗡嗡地响。我的脚步一停顿，身子便冷到战栗起来！

"我怎么样呢？停在这里吗？朋友？……"我朝那个停止我前进的，包藏在雨衣里面的哨兵回问着。那哨兵朝背后的竹林中用一枝手电筒指了一下。

"那中间……"他沙声地，好像并不是对着我似的说。"有一个茅棚子，你可以去歇一歇的。一到天明——当然，你便好走动了……"

我顺着他的电光，不安地，惶惧地钻进林子中间去，不十余步，便真有一个停放着几副棺材的茅棚子。路灯从竹林的空隙中，斜透过雨丝来，微微地闪映着，使我还能胆壮地分辨得棺材的位置和棚子的大小。

我走进去，从中就升起了一阵腐败的泥泞的气味。棚子已经有好几处破漏了。我靠着一口漆黑的棺木的旁边，战栗地解开我的湿淋淋的衣服。不知道怎样的，每当我害怕和饥寒到了极度的时候，心中倒反而泰然起来了。我从容地从篮子里取出一件还不曾浸湿的小棉衣来，将上身的短的湿衣更换着。

路灯从竹林和雨丝中间映出来层层的影幻。我将头微靠到棺材上。思想——一阵阵的伤心的思想，就好像一团生角的，多毛的东西似的，不住地只在我的心潮中翻来复去：

"故乡！……黑暗的天空……风和雨！……父亲和姊姊的深沉的仇恨！……自家的苦难的，光明的前路！……哨兵，手电，……棺材和那怕人的，不知名姓的尸身！……"

这一夜——苦难的伤心的一夜，我就从不曾微微地合一合眼睛，一直到竹林的背后，透过了一线淡漠的黎明的光亮来时。

（选自《叶紫创作集》）

还乡杂记

一、湖　上

太阳快要挤到晚霞中去了，只剩下半个淡红色的面孔，吐射出一线软弱的光芒，把我和我坐的一只小船轻轻的笼罩着。风微细得很，将淡绿色的湖水吹起一层皱纹似的波浪。四面毫无声息。船是走得太迟缓了，迟缓得几乎使人疑心它没有走。像停泊着在这四望无涯的湖心一样。

"不好摇快一点吗？船老板。"

"快不来啊！先生。"船老板皱着眉头苦笑了一笑。

我心里非常难过，酸酸地，时时刻刻想掉下泪来：什么缘故？连我自己也说不清楚。不过，我总觉得这么一次的转念还乡，是太出于意料之外了。故乡，有什么值得我的怀恋的呢？一个没有家，没有归宿的年轻孩子，飘流着在这一个吃人不吐骨子的世界：家，故乡，归宿，什么啊？这些，在我的脑子里，是找不出丝毫痕迹的。我只有一股无名的悲愤，找不到发泄的无名的悲愤；对故乡，对这不平的人世，对家，也对自己。

然而，我毕竟是叫了一只小船，浮在这平静的湖水中，开始向故乡驶去了。为什么呢？单纯的友谊吧？是的，如果朋友们都健康无恙，也许我还不至于转念还乡，不过，这只是一个片面的原因啊。还有什么呢？隐藏着在我的心中的，是一种说不出来的酸楚。我牢牢地闭着眼睛，把一个为儿子流干了老泪的，白发的母亲的面容，搬上了我的脑海。

我又重新地感受到烦躁和不安。

我轻轻地从船舱中钻出来，跳到船头上。船老板望着我做了一个"当心掉下水去"的眼色，我只点了一点头，便靠着船篷，纵眼向湖中望去。

太阳已经全身殒灭了。晚霞的颜色反映到湖面上成了一片破碎的金光。前路：什么都瞧不见，水平线上模糊的露出几片竹叶似的帆尖，要好久好久才能够看到那整个的船身出现，然后走近，掠过，流到后方。后方，便是我们这小船刚才出发的×县城了。虽然我们离城已有十来里路了，但霞光一灭，那城楼上面的几点疏星似的灯光，却还可以清晰的数得出来。

"啊！朋友们啊！但愿你们都平安无恙！"我望着那几点灯光默祝着，回头，我便向船老板问道：

"走得这样慢，什么时候才能够到豪镇呢？"

"急什么啊？先生。行船莫问。反正你先生今晚非到豪镇住宿一夜不可。到益县，要明天下午才有洋船呀。"

"是的！不过你也要快一点呀！"

船老板又对我苦笑了一笑。我们中间只沉默了四五分钟；然后，他便开始对我说了许多关于他们的生活的话。他说：他们现在的生意是比从前难做了。湖中的坏人一天一天的加多。渡湖的客人不大放心坐民船，都赶着白天的大洋船去了。所以他们一个月中间做不了几趟渡湖的生意。养不活家，养不活自己。虽然湖中常常有人来邀他入伙，但他不愿意干那个，那是太坏良心的事情．。

　　我没有多和他答话。一方面是我自家的心绪太坏了，说不出什么话来；一方面我对他这一席不肯入伙的话，也怀着一点儿"敬而远之"的恐怖的心境，虽然我除了一条破被头以外别无长物。

　　到豪镇是午夜十二点多钟了。我在豆大的油灯下数了三串铜板给他做船钱，他很恭敬地向我推让着：

　　"先生，多呢。两串就够了。"

　　"不要客气，太少了。"

　　他接着又望我笑了一笑，表示非常感激的样子。我这才深悔我刚才对他的疑心是有点太近于卑劣的。

二、在小饭店中

　　在小饭铺中，两天没有等到洋船，心里非常焦躁。

　　豪镇，是一个仅仅只有十多家店铺的小口岸。因为地位在湖和江的交流处，虽然商业不繁盛，但在交通上却是一个非常重要的地方。

　　只有四五年不曾从此经过，情境是变得几乎使人认不出来了。几家比较大的商店都关了门，门上贴着各种各样的封条和债主们的告白。从门缝里望进去，里面阴森森，堆积着几寸厚的灰尘，除了几件笨重的什物以外，便什么都没有了。小饭铺也比从前少了两三家，为的是生意太冷淡了。来往的客人，花二三百钱住宿是有的，吃饭的却一天到晚难遇到一两个。因为客人出门谁都愿带干粮，不愿花一千或八百钱来吃一餐饭。所以小饭铺也一天一天稀少了。就算是光留客人住宿吧，也还要自己家里有年轻的媳妇儿或女儿，在店外招揽客人才行啊。

我住的这一家小饭铺，是一个中年的寡妇开的。她有一个八岁的儿子和一个十一岁的童养媳。三个人的生活，总算还能够靠这小饭铺支持下来。

"你说你们的生意没有她们几家的好，那是什么原因呢？"实在闷得心焦起来了，我便开始和这中年的寡妇搭讪着。

"还有什么原因呢？她们家家都有年轻的标致的女人。"

"你为什么不也去找一两个来掌柜呢？"

"那里找啊！自己，太老了；媳妇儿，太年轻了！唉！死路一条啊。先生！"

"死路一条？"我吃了一惊地瞪着眼睛望着她。她的脸色显得非常阴郁了。眼角上还滚出来一挂泪珠儿。

"是呀！三个人吃；还要捐，税，团防局里月月要送人情，客人又没有！"

"啊！"我同情地。

"还有，还有，欠的债……"她越说越伤心了，样子像要嚎啕大哭起来。

我没有再作声。

突然，外面走进了一个穿长袍，手上带着金戒子，样子像一个读书人的。老板娘便搓了搓眼泪跑去招呼了。

我便独自儿跑出店门，在江边闲散着。洋船仍旧没有开来的。为着挂念那几个病着的朋友，心中更加感到急躁和不安。

吃晚饭的时候，那个戴金戒子的人坐在我的对面，老板娘一面极端地奉承他，一面叫那个大东瓜那么高的媳妇儿站在旁边替我们添饭。

那个家伙的眼睛不住的在那个小媳妇儿的身上溜来溜去。晚饭后，我又走开了，老远的仿佛看到那个家伙在和老板娘讲什么话儿。老板娘叹一阵气，流一阵泪，点了一点头，又把那个东瓜大的媳妇儿看了两眼。以后，就没有说什么了。

我不懂他们是弄的什么玄虚。

夜晚，大约是十二点钟左右呢，我突然被一种惨痛的哭声闹醒来了。那声音似乎是前面房间里那个小媳妇儿发出来的，过细一听，果然不错。

我的浑身立刻紧张起来。接着，便是那个家伙的声音，像野兽：

"不要哭！哭，你婆婆明天要打你的。"

然而，那个是哭得更加凄惨了。我的心中起了一阵火样的愤慨。我想跑过去，像一个侠客似的去拯救这个无辜的孩子。但是，我终于没有那样做，什么原因？我自己也想不清楚。

这一夜，我就睁着眼睛没有再入梦了。

三、变　了

离开豪镇是第三天的下午一点钟。在小洋船上，我按住跳动的心儿，拿着一种冷静的，残酷的眼光，去体认这个满地荒凉的，久别了的故乡的境况。当小洋船驶进到毛角口的时候，我的心弦已经扣得紧紧了。

羊角，沙头，……一个个沿河的村落，在我的眼前渐渐地向后方消逝了。我凝神地，细心地去观察这些孩提时候常到的地方。最初，我看不出来什么变动：好像仍旧还是这么可爱的，明媚的山水；真诚的，朴实的，安乐无忧的人物。我想把我孩提时代的心境重温过来，像小鸟一样地去赏玩那些自然界的美丽。可是，突然，我的眼睛不知道是怎样的一花，我面前的景物便完全变了：我看见的不是明媚的山水，而是一个阴气森森的，带着一种难堪的气味的地狱。村落，十个有九个是空空的，房屋很多都坍翻了，毁灭了，田园都荒芜了。人，血肉都像被什么东西吸光了，只剩下一张薄皮包着骨子，僵尸似的，在那里往来摇晃着，饥饿燃烧着他们，使他们不得不发出一种锐声哀叫。不仅是这样啊！并且，我还看见了一些到处都找不到归宿的，浮荡的冤魂，成群结队地向我坐的这个小洋船扑来了。我惊慌失措地急忙躲进到船舱里，将眼睛牢牢地闭着，不敢打开。这样一直到天黑了，船也靠了岸了。我才挤入人丛中，夹着那一条破被条，在益县的万家灯火中，渡过小河，向自己的村庄走去。

心里感到一种异样的羞惭与恐怖。要不是为着几个病着的朋友，我真懊悔不应当回家的。在外飘流了四五年，有一点什么成绩能够拿出来给关心我和期望着我的人们看呢？什么都没有啊！我自己知道；除了一颗火样的心，和一个不曾污坏的灵魂之外。

惶恐地，我拖着沉重的脚步，低着头，在这一条黑暗的小石子路上走着，想着……

是什么时候跑到家的，我记不起来了。

小油灯下，白发的妈妈坐在我的对面。我简单地向她说明了这一次回家的原因之后，便望着她伤心地痛哭起来。她也流泪了，无可奈何地，她只好用慈祥的话儿向我抚慰着：

"孩子！你不要急，不要哭！妈是会原谅你的。急又有什么用处呢？赶快把朋友的事情弄好了，仍旧去奔你的前程去。这世界，不要留在家里。你知道吗？家里的情形全变了啊！……"

"变了？"我揩干了眼泪。

"是的，变了！现在是有田不能种了。捐，税，水，旱……闲着又捞不到吃的。而且很多事都坏了。明天你看，偌大一个村子里，寻不到两三个年轻人。田，都荒了啊！"

"那是什么原因呢？六哥，汉弟弟，槐清，太生，不都是年轻人吗？……"

"变了啊！明天你就知道的。"

我带着惊异的眼光，和妈妈对坐到天亮。

不一会儿，族伯父、叔父、姑爹，……四五个老头儿，都眼泪婆婆地跑来了：

"德哥儿，回了，你好呀！"

"好？……"我心里感受到一阵刀割样的难过。"你们各位老人都好呀？"。

"好？！"凄然的。

"六哥呢？"

"你六哥！……"

"汉弟弟呢？……"

"汉弟！……"

于是有两个便放声大哭起来了。一边断续地说："还是德哥儿你们读书人好！……不管天干，不管大水，不要完租纳税……可以到处跑！像你六哥……唉！你汉弟死得好苦啊……！田没有人种！我们，老了！德哥儿，你看，外面的田！呜，呜——"

"啊！"我半晌做不出声来。是的，我是一个"读书人"！多么安逸的读书人啊！像有一根烧红了的铁索，把我的浑身捆得绷紧！我连哭都哭不出来了。

"是的，一切都变了！索性变罢！妈的！把这整个儿世界都变了罢！"我随着伯叔父们到荒芜了的田园中去察看了一阵，心里不觉得是这样的叫了起来。

四、有什么值得我的留恋呢？

在家里住了两天，跑到两个朋友家里，告诉了朋友们的病况，要他们派人到×县医院去招呼。之后，我就没有出过大门了。我还没有预备即刻就离开故乡。一方面我是不放心朋友们，想等一个平安的消息；一方面，我是被某一种心情驱使了，本想把这一个破碎不堪的故乡，用一种什么方法去探索它一个究竟。

最初，我恳切地询问我的妈妈，伯叔们，我没有得到要领！他们告诉我的虽然也有不可抑止的悲愤，但，那只是一些模糊的，浮表的大概。不安天命，好像是那些不幸的年轻兄弟，也都有些咎有应得似的，我也没有多问了。一直到我的一位也被称为读书人的表哥特地跑来看我的时候。

表哥是一位书呆子的小学教师，在小时候，我们是好朋友，所以我们特别说得来。他一到我家里，便把我拖到外面：旷野，山中，小小的湖上……我们没有套言，没有顾忌，任性的谈到天，谈到地，谈到痛苦的飘流，然后又谈到故乡的破碎和弟兄们的消散。最后，他简直感愤得几乎痛哭失声了：

"……德弟，这一些，都是我亲眼看见的。大水后，又是一年干旱。大家都没得吃！还要捐，他们，年纪轻轻，谁能耐得住，搞那个，是真的！我亲眼看见的！他们还来邀我，我……唉！德弟，如何能怪他们啊！讲命运，是死！不讲命运，也是死！德弟！他们，多可怜啊！只有一夜，一夜，唉！唉！你看！……"

他越说越伤心了。我的眼泪烫热烫热地流下来。我什么都明白了。我认着每一个小小的墓碑，深深地留下一个永恒的纪念。

过度的悲伤，使我不愿意再在这一个破碎的故乡逗留了，只要朋友们能够给我一个平安的消息。然而，我终于连这一点儿最渺小的希望都破碎了。过了一天，一个朋友的哥哥泪容满面地跑来告诉我：他的弟弟，当他跑到×县医院中去探问的时候，已经不治了！是医院不负责，是他带少了钱。还有一个呢，据说也是靠不住的。

我仰望着惨白的云天，流着豆大一点的忏悔的眼泪。我深深地感觉到：我不但是失掉了可爱的年青的兄弟，就是连两个要好的朋友都别我而走了！孤独，感伤，在这人生的艰险的道路上，我不知道我将要怎样的去旅行啊！

终于，我又咬紧着牙关，忍心地离别了我的白发老母，挟着那一条破被条儿，悄悄地搭上了小洋船，向这渺茫的尘海中闯去！

故乡有什么值得我的留恋呢？要是它永远没有光明，要是我的妈妈能永远健在，我情愿不再回来。

（原载1934年7月《中华日报》副刊《动向》）

南行杂记

一、熊飞岭

熊飞岭,这是一条从衡州到祁阳去的要道,轿夫们在吃早饭的时候告诉过我。他们说:只要上山去不出毛病,准可以赶到山顶去吃午饭的。

我揭开轿帘,纵眼向山中望去,一片红得怪可爱的枫林,把我的视线遮拦了。要把头从侧面的轿窗中伸出去,仰起来,才可以看到山顶,看到一块十分狭小的天。

想起轿夫们在吃早饭的时候说的那些话,我的心中时时刻刻惊疑不定。我不相信世界上会真正有像小说书上那样说得残酷的人心——杀了人还要吃肉;尤其是说就藏躲在那一片红得怪可爱的枫林里。许多轿夫们故意捏造出来的吧,为了要多增加几个轿钱,沿途抽抽鸦片……

轿身渐渐地朝后仰了,我不能不把那些杂乱的心事暂时收下来。后面的一个轿夫,已经开始了走一步喘一口气,负担的重心,差不多全部落在他身上。山路愈走愈陡直,盘旋,曲折,而愈艰险。靠着山的边边上,最宽的也不过两尺多。如果偶一不慎,失足掉下山涧,那就会连人连轿子的尸骨都找不到的。

"先生,请你老下来走两步,好吗?……唔!实在的,太难走了,只要爬过了那一个山峰……"轿夫们吞吐地,请求般地说。

"好,"我说,"我也怕啊!"

脚总是酸软的;我走在轿子的前面,踏着陡直的尖角的石子路儿,慢慢地爬着。我的眼睛不敢乱瞧。轿夫们,因为负担减轻了,便轻快地互相谈起来。由庄稼,鸦片烟,客店中的小娼妇——一直又谈到截山的强盗……

"许是吓我的吧。"我想。偶然间,我又俯视了一下那万丈深潭的山涧,我的浑身都不由地要战栗起来了,脚酸软得更加厉害。"是啊!这样的艰难的前路,要真正地跑出来两个截山的强盗,那才是死命哩!……"

这样,我不敢再往下想了。我胆怯地靠近着轿夫们,有时,我吩咐他们走在我的前面,我却落到他们的后边老远老远。我幻想着强盗是从前面跑来的,我希望万一遇见了强盗,轿夫们可以替我去打个交道,自己躲得远一点,好让他们说情面。然而,走不到几步,我却又惶惶不安起来:假如强盗们是从后面跑来的,假如轿夫们和强盗打成了一片……

我估计我的行李的价值,轿夫们是一定知道的。我一转念,我却觉得我的财产和生命,不是把握在强盗们的手里,而是这两个轿夫的手里了。我的内心不觉更加惊悚起来!要什么强盗呢?只需他们一举手,轻轻把我向山涧中一摔,就完了啦!

我几回都吓得要蹲了下来,不敢再走。一种卑怯的动机,驱使我去向轿夫们打了交道。我装做很自然的神气,向他们抱了很大的同情,我劝他们戒绝鸦片，我劝他们不要再过这样艰难的轿夫的生活了。他们说：不抬轿没有饭吃。于是，我说：我可以替他们想办法的，我有一个朋友在祁阳当公安局长，我可以介绍他们去当警察，每月除伙食以外还有十块钱好捞，并且还可以得外水。他们起先是不肯相信，但后来看见我说得那样真挚，便乐起来了。

"先生，上轿来吧，那一条山口，更难爬啊！我们抬你过去是不要紧的。"

"不要紧啊！"我说，"我还可以勉强爬爬，你们抬，太吃苦了！"

他们执意不肯。他们又说：只要我真正肯替他们帮忙介绍当警察，他们就好了。他们可以把妻儿们带到祁阳去，他们可以不再在乡下受轿行老板和田主们的欺侮了。抬我，那原是应该的呀！

我卑怯地，似乎又有点不好意思地重新爬上了轿子。他们也各自吞了几个豆大的烟泡，振了一振精神，抬起来。在极其险峻的地方，因为在他们的面前显现有美妙的希望的花朵，爬起来也似乎并不怎样地感到苦痛。是呀！也许这就是最后的一次抬轿子吧，将来做了警察，多么威风啊！

流着汗，喘着气，苦笑着的面容；拼命地抬着，爬着，好容易地一直到下午两点钟左右，才爬到了山顶。

"那里去的？喂！"突然间现出四个穿黑短衣裤的人在山顶的茶亭子里拦住去路。

轿夫们做了一个手势：

"我们老板的亲戚，上祁阳去的啦。"

"你们哪一行？"

"悦来行！"

"唔！"四个一齐跑来，朝轿子里望了一望：看见我没有什么特殊的表现，便点了一点头，懒懒地四周分散开了。

我不知这是一个什么门道。

在茶亭子里，胡乱地买了一些干粮吃了，又给钱让轿夫们抽了一阵大烟，耽搁足足有两个钟头久，才开始走下山麓。

"不要紧！"轿夫们精神饱满地叫着，"下山比上山快，而且我们都可以放心大胆了。先生，我包你，太阳落山前，准可以在山脚下找到一个相安的宿铺。"

我在轿子里点了一点头，表示我并不怎么性急，只要能够找到宿处就好了。

轿夫们得意地笑笑，加速地翻动着粗黑的毛腿，朝山麓下飞奔！

二、夜　店

客店里老板娘叫她那健壮的女儿替我打扫了一间房间，轿夫们便开始向我商量晚饭的蔬菜。我随手数了五十个双铜板，打发他们中间的一个去乡铺子里寻猪肉，剩下的这一个便开始对我表起功劳来：

"先生，出门难啊！今朝要不是我俩在山顶上替你打个招呼，那四个汉子……"

"他们就是强盗吗？"我吃了一惊地问。

"唔！是，是，截山的啦，……"轿夫吞了一口唾沫，"他们有时候在山顶上，有时候在半山中，他们真正厉害啊！……不过，他们和我们轿行是有交道的。我们一到山顶，就看见了他们。我对他们做了手势，告诉了他我们是悦来行的，而且我还说了先生是我们老板的亲戚，所以……"

"悦来行？"

"是呀！先生，你不懂的，说出来你也不明白。总之，总之……"

"那么，我没有遭他们的毒手，就全是你们二位的力量啰！"

"不敢！不过，先生……"

轿夫首先谦恭了一阵，接着，便说出他的实心话来了。他说：他们俩，年轻时也是曾干过来那截山的勾当，这事，在沿山一带的居民看来，是并不见得怎样不冠冕的。不过因为他们胆子小，良心长，而且不久又成了家眷，所以才洗手不干了。种田，有空抬抬轿。近年来，因年岁坏，孩子多，田租和轿租重得厉害，一天比一天不对劲了。他们本想从新来干一干那旧把戏的，不料一下子就遇了我。他们说：他们开始获得了人类的同情；我怜悯他们，我答应介绍他们当警察，所以他们才肯那样地忠心对我。

"啊……"

我悠长地嘘了一口冷气，汗滴渗地从背脊上流了出来。我侥幸我的一时的欺骗竟成功了。同时，我又对我自己的这种卑怯的欺骗行为，起了不可抑止的憎恶！是啊，我现在是比他们当强盗的人还不如了；他们有时还能用真诚，还能忏悔他们的"过错"，而我呢？我，我却只能慢慢地把头儿低下来。

轿夫还悔恨般地说了好些过去故事，之后，又加重了我那介绍他们去当警察的要求。他羡慕着警察生活，每月清落十元钱，有时还可以拿起木棍子打乡佬……

"先生，那，那才安逸啊！"

不到一会，买猪肉的也回来了。在样样菜都离不开辣椒的口味之下，吃完了晚饭；轿夫和老板娘便在烟榻上鬼鬼祟祟地谈论起来。最初是三个人细细地争执，后来又是老板娘叹气声，轿夫们的劝慰声……

天色漆黑无光了，我便点着一盏小桐油灯首先进房门去睡觉。

解开衣服，钻进薄被里，正要熄灯的时候，突然又钻进来了一个人。

"谁呀？"我一下子看明白是老板娘的女儿，但我却已经煞不住的这样问了。

她不作声，低着头靠近床边站着。

我知道这是轿夫们和老板娘刚才在烟榻上做出来的玩意，然而，我却不能够把它说明。

"姑娘，我这里不少什么呀，请便吧！"我装做糊涂地。

她仍旧不动。半响，才忸怩地说："妈，她叫我来陪先生的。"

"啊！"我的脸发烧了，（虽然我曾见过世故）"那么，请便吧！我是用不着姑娘陪的！"

她这才匆匆地走出房门。我赶去关上着房门的闩子之后，正听到外面老板娘的声音，在责骂着女儿的没有用：不知道家里的苦况，不能够代她笼络客人……

这一夜，因了各种事实的刺激我的脑子，使我整夜的瞪着眼不能入梦。

然而，最主要的还是明天；到了祁阳，我把什么话来回答轿夫们呢?

三、一座古旧的城

穿过很多石砌的牌坊，从北门进城的时候，轿夫们高兴得要死。他们的工程圆满了。在庞杂的人群中，抬着轿子横冲直闯，他们的眼睛溜来溜去的尽盯在一些拿木棍的警察身上。是啊！得多看一下呀！见习见习，自己马上就要当警察了的。

"一直抬到公安局吗？先生。"

"不，"我说，"先找一个好一点的客栈，然后我自己到公安局去。"

"唔！"轿夫们应了一声。

我的心里沉重地感到不安。我把什么话来回答他们呢？我想。朋友是有一个的，可是并不当公安局长。然而，也罢，我不如就去找那位朋友来商量一下，也许能够马马虎虎的搪塞过去吧。

轿子停在一个名叫"绿园"的旅馆门口。交代行李，开好房间，我便对轿夫们说：

"等一等啊，我到公安局去。"

"快点啦！先生。"

问到了那个街名和方向，又费了一点儿周折，才见到我的朋友。寒暄了一回，他说：

"你为什么显得这样慌张呢？"

"唔！"我说，我的脸红了起来。

"我，我有一件小事情……"

他很迟疑地盯着我。于是，我便把我沿途所经过的情形，一五一十地告诉了他，他不觉得笑起来了：

"我以为是什么呢？原来是为了两个轿夫，我同你去应付吧。"

两个人一同回到客栈里：

"是你们两个人想当警察吗？"

"是的，局长！"轿夫们站了起来。

"好的。不过，警察吃大烟是要枪毙的！你们如果愿意，就赶快回去把烟瘾戒绝。一个月之后，我再叫人来找你们。"

"在这里戒不可以吗？"

"不可以！"

轿夫们绝望了。我趁着机会，把轿工拿出来给了他们；三块钱，我还每人加了四角。

轿夫们垂头丧气地走了。出门很远很远，还回转来对我说：

"先生，戒了烟，你要替我们设法啊！"

我满口答应着。一种内心的谴责，沉重地慑住了我的灵魂，我觉得我这样过分地欺骗他们，是太不应该了。回头来，我的朋友邀我到外面去吃了一餐饭，沿城兜了一阵圈子，心中才比较轻松了一些。

一路上，我便倾诚地来听我的朋友关于祁阳的介绍：

这，一座古旧的城，因了地位比较偏僻的关系，处处都表现得落后得很。人们的脸上，都能够看出来一种真诚，朴实，而又刚强的表情。年纪比较大一些的，头上大半还留着有长长的发辫；女人们和男子一样地工作着。他们一向就死心塌地地信任着神明，他们把一切都归之于命运；无论是天灾，人祸，一直到他们的血肉被人们吮吸得干干净净。然而，要是在他们自己中间，两下发生了什么不能说消的意气，他们就会马上互相械斗起来的，破头，流血，杀了人还不叫偿命。

我的朋友又说：他很能知道，这民性，终究会要变成一座大爆发的火山。

之后，他还告诉了我一些关于这座古旧的城的新鲜故事。譬如说：一个月以前，因为乡下欠收，农民还不出租税，县长分途派人下乡去催；除跟班以外，出去时是五个，但回来的时候却只有三个人了。四面八方一寻，原来那两个和跟班的都被击落在山涧里，尸身差不多碎了。县长气得张惶失措，因为在这样的古旧的乡村里，胆敢打死公务人员的事情，是从来没有听见讲过的。到如今还在缉凶，查案……

回到客栈里的时候，已经是黄昏冥灭了。朋友临行时再三嘱咐我在祁阳多勾留几日。他说，他还可以引导我去，痛快地游一下古迹的"浯溪"。

四、浯溪胜迹

湘河的水，从祁阳以上，就渐渐地清澈，湍急起来。九月的朝阳，温和地从两岸的树尖透到河上，散布着破碎的金光。我们蹲在小茅船的头上，顺流的，轻飘的浮动着。从浅水处，还可以看到一颗一颗的水晶似的圆石子儿，在激流中翻滚。船夫的篙子，落在圆石子里不时发出沙沙的响叫。

"还有好远呢？"我不耐烦地向我的朋友问。

"看啦！就是前面的那一个树林子。"

船慢，人急，我耐不住地命令着船夫靠了岸，我觉得徒步实在比乘船来得爽快些。况且主要的还是为了要游古迹。

跑到了那个林子里，首先映入我的眼帘来的，便是许多刻字的石壁。我走近前来，一块一块地过细地把它体认。

当中的一块最大的，约有两丈高，一丈多长，还特盖了一个亭子替它做掩护的，是"大唐中兴颂"。我的朋友说：浯溪所以成为这样著名的古迹的原因，就完全依靠着这块"颂"。字，是颜真卿的手笔：颂词，是元吉撰的。那时候颜真卿贬道州，什么事都心灰意懒，字也不写，文章也不做；后来唐皇又把他赦回去做京官了，路过祁阳，才高高兴兴地写了这块碑。不料这碑一留下，以后专门跑到浯溪来写碑的，便一朝一代的多起来了。你一块我一块，都以和颜真卿的石碑相并立为荣幸。一直到现在，差不多满山野都是石碑。刘镛的啦！何子贞的啦！张之洞的啦……

转过那许多石碑的侧面，就是浯溪。我们在溪上的石桥上蹲了一会儿：溪，并不宽大，而且还有许多地方已经枯涸，似乎寻不出它的什么值得称颂特点来。溪桥的左面，置放有一块黑色的，方尺大小的石板，名曰"镜石"；在那黑石板上用水一浇，便镜子似的，可以把对河的景物照得清清楚楚。据说：这块石板在民国初年，曾被官家运到北京去过，因为在北京没有浯溪的水浇，照不出景致，便仍旧将它送回来了。"镜石"的不能躺在北京古物馆里受抬举，大约也是"命中注定"了的吧。

另外，在那林子的里边，还有一个别墅和一座古庙；那别墅，原本是清朝的一位做过官的旗人建筑的。那旗人因为也会写字，也会吟诗，也会爱古迹，所以便永远地居留在这里。现在呢？那别墅已经是"人亡物在"，破碎得只剩下一个外型了。

之后，我的朋友又指示我去看了一块刻在悬崖上的权奸的字迹。他说，那便是浯溪最伟大和最堪回味的一块碑了。那碑是明朝的宰相严嵩南下时写下的。四个"圣寿万年"的比方桌还大的字，倒悬地深刻在那石崖上，足足有二十多丈高。那不知道怎样刻上去的。自来就没有人能够上去印下来过。吴佩孚驻扎祁阳时，用一连兵，架上几个木架，费了大半个月的功夫，还只印下来得半张，这，就可以想见当年刻上去的工程的浩大了。

我高兴地把它详细地察看了一会，仰着、差不多把脑袋都抬得昏眩了。

"唔！真是哩！……"我不由地也附和了一声。

游完，回到小茅船上的时候，已经是正午了。我不知道是什么缘故，虽然没有吃饭，心中倒很觉得饱饱的。也许景致太优美了的缘故吧，我是这样地想。然而，我却引起了一些不可抑制的多余的感慨。（游山玩水的人大抵都是有感慨的，我当然不能例外。）我觉得，无论是在什么时，做奴才的，总是很难经常地博到主子的欢心的，即算你会吹会拍到怎样的厉害。在主子高兴的时候，他可不惜给你一块吃剩的骨头尝尝；不高兴时，就索性一脚把你踢开了，无论你怎样地会摇起尾巴来哀告。颜真卿的贬道州总该不是犯了什么大不了的罪过吧！严嵩时时刻刻不忘"圣寿万年"，结果还是做叫化子散场，这真是有点太说不过去了。然而，奴才们对主子为什么始终要那样地驯服呢？即算是在现在。啊，肉骨头的魔力啊！

当小船停泊到城楼边，大家已经踏上了码头的时候，我还一直在这些杂乱的思潮中打转。

（原载1935年5月《芒种》半月刊）

岳阳楼

诸事完毕了，我和另一个同伴由车站雇了两部洋车，拉到我们一向所景慕的岳阳楼下。

然而不巧得很，岳阳楼上恰恰驻了大兵，"游人免进"。我们只得由一个车夫的指引，跨上那岳阳楼隔壁的一座茶楼，算是作为临时的替代。

心里总有几分不甘。茶博士送上两碗顶上等的君山茶，我们接着没有回话。之后才由我那同伴发出来一个这样的议论："'不入虎穴，焉得虎子！'我们不如和那里面的驻兵去交涉交涉！"

由茶楼的侧门穿过去就是岳阳楼。我们很谦恭地向驻兵们说了很多好话，结果是：不行！

心里更加不乐，不乐中间还带了一些儿愤慨的成分，闷闷地然而又发不出脾气来。这时候我们只好站在城楼边，顺着茶博士的手所指着的方向，像看电影画面里的远景似的，概略地去领略了一点儿"古迹"的皮毛。我们知道了那兵舍的背面有一块很大的木板，木板上刻着的字儿就是传诵千古的《岳阳楼记》。我们知道了那悬着一块"官长室"的小牌儿的楼上就是岳阳楼。那里面还有很多很多古今名人的匾额，那里面还有纯阳祖师的圣像和白鹤童子的仙颜，那里面还有——据说是很多很多，可是我们一样都不能看到。

"何必呢？"我的同伴有点不耐烦了，"既然逛不痛快，倒不如回到茶楼上去看看山水为佳！"

我点了点头。茶博士这才笑嘻嘻地替我们换上两壶热茶，又加上点心和瓜子，把座位移近到茶楼边上。

湖，的确是太美丽了：淡绿微漪的秋水，辽阔的天际，再加上那远远竖立在水面的君山，一望简直可以连人们的俗气都洗个干净。小艇儿鸭子似的浮荡着，像没有主宰，楼下穿织着的渔船，远帆的隐没，处处都欲把人们吸入到图画里去似的。我不禁兴高采烈起来了："啊啊，难怪诗人们都要做山林隐士，要是我也能在这里做一个优游水上的渔民，那才安逸啊。"回头，我望着茶博士羡慕似的笑道：

"喂！你们才快活啦！"

"快活？先生？"茶博士莫名其妙地吃了一惊，苦笑着。

"是呀！这样明媚的湖山，你们还不快活吗？"

"快活！先生，唉！……"茶博士又愁着脸儿摇了摇头，半晌没有下文回答。

我的心中却有点儿生气了。也许是这家伙故意来扫我的兴的吧，不由的追问了他一句："为什么不快活呢？"

"唉！先生，依你看也许是快活的啊！……"

"为什么呢？"

"这年头，唉！先生，你不知道呢！"茶博士走近前来，"光是这岳阳楼下，唉！不像从前了啊！先生，你看那个地方就差不多每天都有人来上吊的！"他指那悬挂在城楼边的那一根横木。"三更半夜，驾着小船儿，轻轻靠到那下面，用一根绳子……唉！一年到头不知道有多少啊！还有跳水的，……"

"为什么呢？"

"为什么！先生，吃的、穿的、天灾、水旱、兵，鱼和稻又卖不出钱，捐税又重！……"看他的样子像欲哭。

"那么，你为什么也不快活呢？"

"我，唉！先生，没有饭吃，跑来做堂倌，偏偏又遇着老板的生意不好！……"

"啊——"我长长地答了一声。

接着，他又告诉了我许多许多。他说：这岳阳楼的风水很多年前就坏了，现在已经不能够保佑岳州的人了，无论是种田，做生意，打鱼，开茶馆，……没有一个能够享福赚钱的。纯阳祖师也不来了，到处都是死路了。湖里的强盗一天一天加多，来往的客商都不敢从这儿经过，尤其是游君山和游岳阳楼的，年来差不多快要绝踪。况且，两个地方都驻扎着有军队……

我半晌没有回话。一盆冷水似的，把我的兴致都泼灭完了。我从隐士和渔民的幻梦里清醒过来，头不住地一阵阵往下面沉落！我低头再望望那根城楼上的横木，望望那些渔船，望望水，望望君山，我的眼睛会不知不觉地起着变化，变化得模里模糊起来，黑暗起来，美丽的湖山全部幻灭了。我不由的引起一种内心的惊悸！

之后，我催促着我的同伴快些会过账，像战场上的逃兵似的，我便首先爬下了茶楼，头也不回地，就找寻着原来的路道跑去。

一路上，我不敢再回想那茶博士所说的那些话。我觉得我非常庆幸，我还没有真正地做一个岳阳楼下的渔民。至少，在今天，我还能够比那班渔民们多苟安几日。

（选自《叶紫选集》）

长江轮上

深夜，我睡得正浓的时候，母亲突然将我叫醒：

"汉生，你看！什么东西在叫？……我刚刚从船后的女茅房里回来……"

我拖着鞋子。茶房们死猪似的横七横八地倒在地上，打着沉浊的鼾声。连守夜的一个都靠着舱门睡着了。别的乘客们也都睡了，只有两个还在抽鸦片，交谈着一些令人听不分明的，琐细的话语。

江风呼啸着。天上的繁星穿钻着一片片的浓厚的乌云。浪涛疯狂地打到甲板上，拼命似的，随同泡沫的飞溅，发出一种沉锐的，创痛的呼号！母亲畏缩着身子，走到船后时，她指着女厕所的黑暗的角落说：

"那里！就在那里……那里角落里！有点什么声音的……"

"去叫一个茶房来？"我说。

"不！你去看看，不会有鬼的……是一个人也不一定……"

我靠着甲板的铁栏杆，将头伸过去，就有一阵断续的凄苦的呜咽声，从下方，从浪花的飞溅里，飘传过来：

"啊哟……啊啊哟……"

"过去呀！你再过去一点听听看！"母亲推着我的身子，关心地说。

"是一个人，一个女人！"我断然回答着，"她大概是用绳子吊在那里的，那根横着的铁棍子下面……"

一十五分钟之后，我遵着母亲的命令，单独地，秘密而且冒险地救起了那一个受难的女人。

她是一个大肚子，一个四十岁上下的乡下妇人。她的两腋和胸部都差不多给带子吊肿了。当母亲将她拉到女厕所门前的昏暗的灯光下，去盘问她的时候，她便睐着一双长着萝卜花瘤子的小眼，惶惧地，幽幽地哭了起来。

"不要哭呢！蠢人！给茶房听见了该死的……"母亲安慰地，告诫地说。

她开始了诉述她的身世，悲切而且简单：因为乡下闹灾荒，她拖着大肚子，想同丈夫和孩子们从汉口再逃到芜湖去，那里有她的什么亲戚。没有船票，丈夫孩子们在开船时都给茶房赶上岸了，她偷偷地吊在那里，因为是夜晚，才不会被人发觉……

朝我，母亲悠长地叹了一口气说：

"两条性命啊！几乎……只要带子一断……"回头再对着她，"你暂时在这茅房里藏一藏吧，天就要亮了。我们可以替你给账房去说说好话，也许能把你带到芜湖的……"

我们仍旧回到舱中去睡了。母亲好久还在叹气呢！……但是，天刚刚一发白，茶房们就哇啦哇啦地闹了起来！

"汉生！你起来！他们要将她打死哩！……"母亲急急地跺着脚，扯着我的耳朵，她不知道在什么时候爬起来了。

"谁呀？"我睡意朦胧地，含糊地说。

"那个大肚子女人！昨晚救起来的那个！……茶房在打哩！……"

我们急急地赶到船后，那里已经给一大群早起的客人围住着。一个架着眼镜披睡衣的瘦削的账房先生站在中央，安闲在咬着烟卷，指挥着茶房们的拷问。大肚子女人弯着腰，战栗地缩成一团，从散披着的头发间晶晶地溢出血液。旁观者的搭客，大抵都像看着把戏似的，觉得颇为开心；只有很少数表示了"爱莫能助"似的同情，在摇头，吁气！

我们挤到人丛中了，母亲牢牢地跟在我的后面。一个拿着棍子的歪眼的茶房，向我们装出了不耐烦的脸相。别的一个，麻脸的，凶恶的家伙，睁着狗一般的黄眼睛，请示似的，向账房先生看了一眼，便冲到大肚子的战栗的身子旁边，狠狠地一脚——

那女人尖锐地叫了一声，打了一个滚，四肢立刻伸开来，挺直在地上！

"不买票敢坐我们外国人的船，你这烂污货！……"他赶上前来加骂着，俨然自己原就是外国人似的。

母亲急了！她挤出去拉住着麻子，怕他踢第二脚；一面却抗议似的责问道：

"你为什么打她呢？这样凶！……你不曾看见她的怀着小孩的肚子吗？"

"不出钱好坐我们外国人的船吗？"麻子满面红星地反问母亲；一面瞅着他的账房先生的脸相。

"那么，不过是——钱喽……"

"嗯！钱！……"另外一个茶房加重地说。

母亲沉思了一下，没有来得及想出来对付的办法，那个女人便在地上大声地呻吟了起来！一部分的看客，也立时开始了惊疑的，紧急的议论。但那个拿棍子的茶房却高高地举起了棍子，企图继续地扑打下来。

母亲横冲去将茶房拦着，并且走近那个女人的身边，用了绝大的怜悯底眼光，看定她的肚子。突然地，她停住了呻吟，浑身痉挛地缩成一团，眼睛突出，牙齿紧咬着下唇，喊起肚子痛来了！母亲慌张地弯着腰，蹲了下去，用手替她在肚子上慢慢地，一阵阵地，抚摸起来。并且，因了过度的愤怒的缘故，大声地骂訾着残暴的茶房，替她喊出了危险的，临盆的征候！

看客们都纷纷地退后了。账房先生嫌恶地，狠狠地唾了一口，也赶紧走开了。茶房们因为不得要领，狗一般地跟着，回骂着一些污秽的恶语，一直退进到自己的船房。

我也转身要走了，但母亲将我叫住着，吩咐立即到自己的铺位子上去，扯下那床黄色的毯子来；并且借一把剪刀和一根细麻绳子。

我去了，忽忙地穿过那些探奇的，纷纷议论的人群，拿着东西回来的时候，母亲已经解下那个女人的下身了。地上横流着一大滩秽水。她的嘴唇被牙齿咬得出血，额角上冒出着豆大的汗珠，全身痛苦地，艰难地挣扎着！她一看见我，就羞惭地将脸转过去，两手乱摇！但是，立时间，一个细小的红色的婴儿，秽血淋漓地钻出来了！在地上跌了一个翻身，哇哇地哭诉着她那不可知的命运！

我连忙转身去。母亲费力地喘着气，约有五六分钟久，才将一个血淋淋的胎衣接了出来，从我的左侧方抛到江心底深处。

"完全打下来的！"母亲气愤地举着一双血污的手对我说，"他们都是一些凶恶的强盗！……那个胎儿简直小得带不活，而他们还在等着向她要船钱！"

"那么怎么办呢？"

"救人要救彻！……"母亲用了毅然地，慈善家似的口吻说，"你去替我要一盆水来，让我先将小孩洗好了再想办法……"

太阳已经从江左的山崖中爬上来一丈多高了。江风缓和地吹着。完全失掉了它那夜间的狂暴的力量。从遥远的，江流的右崖底尖端，缓缓地爬过来了一条大城市底尾巴的轮廓。

母亲慈悲相地将孩子包好，送到产妇的身边，一边用毯子盖着，一边对她说：

"快到九江了，你好好地看着这孩子……恭喜你啊！是一个好看的小姑娘哩！……我们就去替你想办法的。……"

产妇似乎清醒了一些，睁开着凄凉的萝卜花的眼睛，感激地流出了两行眼泪。

在统舱和房舱里（但不能跑到官舱间去），母亲用了真正的慈善家似的脸相，叫我端着一个盘子，同着她向搭客们普遍地募起捐来。然而，结果是大失所望。除了一两个人肯丢下一张当一角或两角的钞票以外，剩下来的仅仅是一些铜元；一数，不少不多，刚刚合得上大洋一元三角。

母亲深沉地叹着气说："做好事的人怎么这样少啊！"从几层的纸包里，找出自己仅仅多余的一元钱来，凑了上去。

"快到九江了！"母亲再次走到船后，将铜板、角票和洋钱捏在手中，对产妇说："这里是二元多钱，你可以收藏一点，等等账房先生来时你自己再对他说，给他少一点，求他将你带到芜湖！……当然，"母亲又补上去一句，"我也可以替你帮忙说一说的……"

产妇勉强地挣起半边身子，流着眼泪，伸手战栗地接着钱钞，放在毯子下。但是，母亲却突然地望着那掀起的毯子角落，大声地呼叫了起来：

"怎么！你的孩子？……"

那女人慌张而且惶惧地一言不发，让眼泪一滴赶一滴地顺着腮边跑将下来，沉重地打落在毯子上。

"你不是将她抛了吗？你这狠心的女人！"

"我，我，我……"她嚅嚅地，悲伤地低着头，终于什么都说不出。

母亲好久好久地站立着，眼睛盯着江岸，盯着那缓缓地爬过来的、九江的繁华底街市而不作声。浪花在船底哭泣着，翻腾着！——不知道从哪一个泡沫里，卷去了那一个无辜的，纤弱的灵魂！……

"观世音娘娘啊！我的天啊！一条性命啊！……"

茶房们又跑来了，这一回是奉的账房先生的命令，要将她赶上岸去的。他们两个人不说情由地将她拖着，一个人替她卷着我们给她那条弄满血污的毯子。

船停了。

母亲的全部慈善事业完全落了空。当她望着茶房们一面拖着那产妇抛上岸去，一面拾着地上流落的铜板和洋钱的时候，她几乎哭了起来。

（选自《叶紫创作集》）

古渡头

太阳渐渐地隐没到树林中去了，晚霞散射着一片凌乱的光辉，映到茫无际涯的淡绿的湖上，现出各种各样的彩色来。微风波动着皱纹似的浪头，轻轻地吻着沙岸。

破烂不堪的老渡船，横在枯杨的下面。渡夫戴着一顶尖头的斗笠，弯着腰，在那里洗刷一叶断片的船篷。

我轻轻地踏到他的船上，他抬起头来，带血色的昏花的眼睛，望着我大声地生气地说道：

"过湖吗，小伙子？"

"唔，"我放下包袱，"是的。"

"那么，要等到天明喽。"他又弯腰做事去了。

"为什么呢？"我茫然地。

"为什么，小伙子，出门简直不懂规矩的。"

"我多给你些钱不能吗？"

"钱，你有多少钱呢？"他的声音来得更加响亮了，教训似的。他重新站起来，抛掉破篷子，把斗笠脱在手中，立时现出了白雪般的头发。"年纪轻轻，开口就是'钱'，有钱连命都不要了吗？"

我不由的暗自吃了一惊。

他从舱里拿出一根烟管，用粗糙的满是青筋的手指燃着火柴。眼睛越加显得细小，而且昏黑。

"告诉你，"他说，"出门要学一点乖！这年头，你这样小的年纪……"他饱饱地吸足着一口烟，又接着："看你的样子也不是一个老出门的。哪里来呀？"

"从军队里回来。"

"军队里？……"他又停了一停："是当兵的吧，为什么又跑开来呢？"

"我是请长假的。我的妈病了。"

"唔！……"

两个人都沉默了一会儿，他把烟管在船头上磕了两磕，接着又燃第二口。

夜色苍茫地侵袭着我们的周围，浪头荡出了微微的合拍的呼啸。我们差不多已经对面瞧不清脸膛了。我的心里偷偷地发急，不知道这老头子到底要玩个什么花头。于是，我说：

"既然不开船，老头子，就让我回到岸上去找店家吧！"

"店家，"老头子用鼻子哼着。"年轻人到底是不知事的。回到岸上去还不同过湖一样的危险吗？到连头镇去还要退回七里路。唉！年轻人……就在我这船中过一宵吧。"

他擦着一根火柴把我引到船舱后头，给了我一个两尺多宽的地位。好在天气和暖，还不致于十分受冻。

当他再接火柴吸上了第三口烟的时候，他的声音已经比较地和暖得多了。我睡着，一面细细地听着孤雁唳过寂静的长空，一面又留心他和我所谈的一些江湖上的情形，和出门人的秘诀。

"……就算你有钱吧，小伙子，你也不应当说出来的。这湖上有多少歹人啊！我在这里已经驾了四十年船了……我要不是看见你还有点孝心，唔，一点孝心……你家中还有几多兄弟呢？"

"只有我一个人。"

"一个人，唉！"他不知不觉地叹了一声气。

"你有儿子吗，老爹？"我问。

"儿子！唔，……"他的喉咙哽住着，"有，一个孙儿……"

"一个孙儿，那么，好福气啦。"

"好福气？"他突然地又生起气来了，"你这小东西是不是骂人呢？"

"骂人？"我的心里又茫然了一回。

"告诉你，"他气愤他说，"年轻人是不应该讥笑老人家的。你晓得我的儿子不回来了吗？哼！……"歇歇，他又不知道怎么的，接连叹了几声气，低声地说："唔，也许是你不知道的。你，外乡人……"

他慢慢地爬到我的面前，把第四根火柴擦着的时候，已经没有烟了，他的额角上，有一根一根的紫色的横筋在凸动。他把烟管和火柴向舱中一摔，周围即刻又黑暗起来……

"唉！小伙子啊！"听声音，他大概已经是很感伤了。"我告诉你吧，要不是你还有点孝心，唔！……我是欢喜你这样的孝顺的孩子的。是的，你的妈妈一定比我还欢喜你，要是在病中看见你这样远跑回去。只是，我呢？唔，……我，我有一个桂儿……"

"你知道吗？小伙子，我的桂儿，他比你还大得多呀！……是的，比你大得多。你怕不认识他吧？啊你，外乡人……我把他养到你这样大，这样大，我靠他给我赚饭吃呀！……"

"他现在呢？"我不能按捺地问。

"现在，唔，你听呀！……那个时候，我们爷儿俩同驾着这条船。我，我给他收了个媳妇……小伙子，你大概还没有过媳妇儿吧。唔，他们，他们是快乐的！我，我是快乐的！……"

"他们呢？"

"他们？唔，你听呀！……那一年，那一年，北佬来，你知道了吗？北佬是打了败仗的，从我们这里过身，我的桂儿，……小伙子，掳伕子你大概也是掳过的吧，我的桂儿给北佬兵拉着，要他做伕子。桂儿，他不肯，脸上一拳！我，我不肯，脸上一拳！……小伙子，你做过这些个丧天良的事情吗？……

"是的，我还有媳妇。可是，小伙子，你应当知道，媳妇是不能同公公住在一起的。等了一天，桂儿不回来；等了十天，桂儿不回来；等了一个月，桂儿不回来……

"我的媳妇给她娘家接去了。

"我没有了桂儿，我没有了媳妇……小伙子，你知道吗？你也是有爹妈的……我等了八个月，我的媳妇生了一个孙儿，我要去抱回来，媳妇不肯。她说：'等你儿子回来时，我也回来。'

"小伙子！你看，我等了一年，我又等了两年，三年……我的媳妇改嫁给卖肉的朱胡子了，我的孙子长大了。可是，我看不见我的桂儿，我的孙子他们不肯给我……他们说：'等你有了钱，我们一定将孙子给你送回来。'可是，小伙子，我得有钱呀！……

"是的，六年了，算到今年，小伙子，我没有作过丧天良的事，譬如说，今天晚上我不肯送你过湖去……但是，天老爷的眼睛是看不见我的，我，我得找钱……

"结冰，落雪，我得过湖；刮风，落雨，我得过湖……

"年成荒，捐重，湖里的匪多，过湖的人少，但是，我得找钱……

"小伙子，你是有爹妈的人，你将来也得做爹妈的，你老了，你也得要儿子养你的，……可是人家连我的孩子都不给我……

"我欢喜你，唔，小伙子！要是你真的有孝心，你是有好处的，像我，我一定得死在这湖中。我没有钱，我寻不到我的桂儿，我的孙子不认识我，没有人替我做坟，没有人给我烧钱纸……我说，我没有丧过天良，可是天老爷他不向我睁开眼睛……"

他逐渐地说得悲哀起来，他终于哭了。他不住地把船篷弄得呱啦呱啦地响；他的脚在船舱边下力地蹬着。可是，我寻不出来一句能够劝慰他的话，我的心头像给什么东西塞得紧紧的。

"就是这样的，小伙子，你看，我还有什么好的想头呢？——"

外面风浪渐渐地大了起来，我的心头也塞得更紧更紧了。我拿什么话来安慰他呢？这老年的不幸者——

我翻来复去地睡不着，他翻来复去地睡不着。我想说话，没有说话；他想说话，他已经说不出来了。

外面越是黑暗，风浪就越加大得怕人。

停了很久，他突然又大大地叹了一声气：

"唉！索性再大些吧！把船翻了，免得久延在这世界上受活磨！——"以后便没有再听到他的声音了。

可是，第二天，又是一般的微风，细雨。太阳还没有出来，他就把我叫起了。

他仍旧同我昨天上船时一样，他的脸上丝毫看不出一点异样的表情来，好像昨夜间的事情，全都忘记了。

我目不转睛地瞧着他。

"有什么东西好瞧呢？小伙子！过了湖，你还要赶你的路程呀！"

"要不要再等人呢？"

"等谁呀？怕只有鬼来了。"

离开渡口，因为是走顺风，他就搭上橹，扯起破碎风篷来。他独自坐在船舱上，毫无表情地捋着雪白的胡子，任情地高声地朗唱着：

  我住在这古渡的前头六十年。
  我不管地，也不管天，
  我凭良心吃饭，我靠气力赚钱！
  有钱的人我不爱，无钱的人我不怜！
  ……
  ……

（选自《叶紫创作集》）

行军散记

一、石榴园

沿桃花坪,快要到宝庆的一段路上,有好几个规模宏大的石榴园。阴历九月中旬,石榴已经长得烂熟了;有的张开着一条一条的娇艳的小口,露出满腹宝珠似的水红色的子儿,逗引着过客们的涎沫。

我们疲倦得像一条死蛇。两日两夜工夫,走完三百五十里山路。买不起厚麻草鞋,脚心被小石子儿刮得稀烂了。一阵阵的酸痛,由脚心传到我们的脑中,传到全身。我们的口里,时常干渴得冒出青烟来。每个人都靠着那么一个小小的壶儿盛水,经不起一口就喝完了。渴到万不得已时,沿途我们就个别地跳出队伍,去采拔那道旁的野山芋,野果实;或者是用洋磁碗儿,去瓢取溪涧中的浑水止渴。

是谁首先发现这石榴园的,我们记不起来了。总之,当时我们每个人都感到兴奋。干渴的口角里,立刻觉得甜酸酸的,涎沫不住地从两边流下来。我们的眼睛，都不约而同地，通统盯在那石榴子儿身上，步子不知不觉地停顿着。我们中间，有两个，他们不由分说地跳出列子，将枪扔给了要好的同伴们，光身向园中飞跑着。

"谁？谁？不听命令……"

官长们在马上叫起来了。

我们仍旧停着没有动。园里的老农夫们带着惊惧的眼光望着我们发战，我们是实在馋不过了，像有无数只蚂蚁儿在我们的喉管里爬进爬出。无论如何都按捺不住了。列子里，不知道又是谁，突然地发着一声唿哨："去啊！"我们便像一窝蜂似的，争先恐后地向园中扑了拢来。

"谁敢动！奶奶个雄！违抗命令！枪毙……"

官长们在后面怒吼着。可是，谁也没有耳朵去理会他。我们像猿猴似的，大半已经爬到树上去了。

"天哪！老总爷呀！石榴是我们的命哪！摘不得哪！做做好事哪！……"

老农夫们乱哭乱叫着，跪着，喊天，叩头，拜菩萨……

不到五分钟，每一个石榴树上都摘得干干净净了。我们一边吃着，一边把干粮袋子塞的满满。

官长们跟在后面，拿着皮鞭子乱挥乱赶我们，口里高声地骂着："违抗命令！奶奶个雄！奶奶个雄！……"一面也偶然偷偷地弯下腰来，拾起我们遗落着的石榴，往马裤袋里面塞。

重新站队的时候，老农夫们望着大劫后的石榴园，可哭得更加惨痛了。官长们先向我们严厉地训骂了一顿，接着，又回过头来很和蔼地安慰了那几个老农夫。

"你们，只管放心，不要怕，我们是正式军队。我们，一向对老百姓都是秋毫无犯的！不要怕……"

老农夫们，凝着仇恨的，可怜的泪眼，不知道怎样回答。

三分钟后，我们都又吃着那宝珠似的石榴子儿，踏上我们的征程了。老远老远地，还听到后面在喊：

"天哪！不做好事哪！我们的命完了哪！……"

这声音，一直钉着我们的耳边，走过四五里路。

二、长佚们的话

出发时，官长们早就传过话了：一到宝庆，就关一个月饷。可是，我们到这儿已经三天了，连关饷的消息都没有听见。

"准又是骗我们的，操他的奶奶！"很多兄弟们，都这样骂了。

的确的，我们不知道官长们玩的什么花样。明明看见两个长佚从团部里挑了四木箱现洋回连来（湖南一带是不用钞洋的），但不一会儿，团部里那个瘦子鬼军需正，突然地跑进来了，和连长鬼鬼祟祟地说了一阵，又把那四箱现洋叫长佚们挑走了。

"不发饷，我操他的奶奶！"我们每一个人都不高兴。虽然我们都知道不能靠这几个捞什子钱养家，但三个月不曾打牙祭，心里总有点儿难过；尤其是每次在路上行动时，没有钱买草鞋和买香烟吃。不关饷，那真是要我们的命啊！

"不要问，到衡州一定发！"官长们又传下话儿来了。

"到衡州？操他的奶奶，准又是骗我们的！"我们的心里尽管不相信，但又有什么办法呢？"好吧！看你到了衡州之后，又用什么话来对付我们！"

再出发到衡州去，是到了宝庆的第六天的早晨。果然，我们又看见两个长佚从团部里杭唷杭唷地把那四个木箱挑回了，而且木箱上还很郑重地加了一张团部军需处的封条。

"是洋钱吗？"我们急急忙忙地向那两个长佚问。

长伕们没有作声，摇了一摇头，笑着。

"是什么呢？狗东西！"

"是——封了，我也不晓得啊！"

这两个长伕，是刚刚由宝庆新补过来的，真坏！老是那么笑嘻嘻地，不肯把箱中的秘密向我们公开说。后来，恼怒了第三班的一个叫做"冒失鬼"的家伙，提起枪把来硬要打他们，他们才一五一十地说出来了。

他们说：他们知道，这木箱里面并不是洋钱；而是那个，那个……他们是本地人，一闻气味就知道。这东西，在他们本地，是不值钱的。但是只要过了油子岭的那个叫做什么局的关卡，到衡州，就很值钱了。本来，他们平日也是靠偷偷地贩卖这个吃饭的，但是现在不能了，就因为那个叫做什么局的关卡太厉害，他们有好几次都被查到了，挨打，遭罚，吃官司。后来，那个局里的人也大半都认识他们了，他们才不敢再偷干。明买明贩，又吃不起那个局里的捐税钱。所以，他们没法，无事做，只好跑到我们这部队里来做个长伕……说着，感慨了一阵，又把那油子岭的什么局里的稽查员们大骂了一通……

于是，我们这才不被蒙在鼓里，知道了达到宝庆不发饷的原因，连长和军需正们鬼鬼祟祟的内幕……

"我操他的奶奶啊，老子们吃苦他赚钱！"那个叫做冒失鬼的，便按捺不住地首先叫骂起来了。

三、骄　傲

因为听了长伕们的话，使我们对于油子岭这个地方，引起了特殊浓厚的兴趣。

离开宝庆的第二天，我们便到达这油子岭的山脚了。那是一座很高很高的山，横亘在宝庆和衡州的交界处。山路崎岖曲折，沿着山，像螺丝钉似的，盘旋上下。上山时，只能一个挨一个地攀爬着，并且还要特别当心。假如偶一不慎，失脚掉到山涧里，那就会连尸骨都收不了的。

我们每一个人都小心翼翼地攀爬着。不敢射野眼，不敢作声。官长们，不能骑马，也不能坐轿子；跟着我们爬一步喘一口气，不住地哼着"嗳哟！嗳哟！"如果说，官长与当兵的都应该平等的话，那么，在这里便算是最平等的时候。

长伕们，尤其是那两个新招来的，他们好像并不感到怎样的痛苦。挑着那几个木箱子，一步一步地，从来没有看见他们喘过气。也许是他们的身体本来就比我们强，也许是他们往往来来爬惯了。总之，他们是有着他们的特殊本事啊！停住在山的半腰中，吃过随身带着的午饭，又继续地攀爬着。一直爬到太阳偏了西了，我们才达到山顶。

"啊呀！这样高啦！我操他的祖宗！……"俯望着那条艰险的来路，和四围环抱着的低山，我们深深地吐了一口恶气，自惊自负地，骂起来了。

在山顶，有一块广阔的平地，并且还有十来家小小的店铺。那个叫做什么局的关卡，就设立在这许多小店铺的中间。关卡里一共有二十多个稽查员，一个分局长，五六个士兵，三五门土炮。据说：设在衡州的一个很大的总局，就全靠这么一个小关卡收入来给维持的。

想起了过去在这儿很多次的挨打，被罚，吃官司，那两个长伕都愤慨起来了。他们现在已经身为长伕，什么都"有所恃而不恐"了，心里便更加气愤着。当大队停在山顶休息的时候，他们两个一声不响地，挑着那四个木箱子，一直停放到关卡的大门边。一面用手指着地上的箱子，一面带着骄傲的，报复似的眼光，朝那里面的稽查和士兵们冷笑着。意思就是说："我操你们祖宗啊！你还敢欺侮老子吗？你看！这是什么东西？你敢来查？敢来查？……"

里面的稽查和士兵们，都莫名其妙地瞪着眼睛，望着这两个神气十足的久别了的老朋友，半晌，才恍然大悟，低着头，怪难为情的：

"朋友，恭喜你啊！改邪归正，辛苦啦！"

"唔！……"长佚们一声冷冷的加倍骄傲的回答。

四、捉刺客

到了衡州之后，因师部的特务连被派去"另有公干"去了，我们这一连人，就奉命调到师部，作了师长临时的卫队。

师部设立在衡州的一个大旅馆里。那地方原是衡州防军第××团的团本部。因为那一个团长知道我们只是过路的，寻不到地方安顿，就好意地暂时迁让给我们了。师部高级官长都在这里搭住着。做卫队的连部和其他的中下级官员，通统暂住在隔壁的几间民房中。

我们，谁都不高兴，主要的原因，还是没有关着饷。说了的话不算，那原是官长的通常本领。但是这一回太把我们骗得厉害了，宝庆，衡州……简直同哄小孩子似的。加以，我们大都不愿意当卫队，虽说是临时性质，但"特务连"这名字在我们眼睛里，毕竟有点近于卑劣啊！

"妈的！怕死？什么兵不好当，当卫队？……"

因此，我们对于卫队的职务，就有点儿不认真了，况且旅馆里原来就有很多闲人出入的。

没有事，我们就找着小白脸儿的马弁们来扯闲天。因为这可以使我们更加详细地知道师长是怎样一个人物：欢喜赌钱，吃酒，打外国牌，每晚上没有窑姐儿睡不着觉；发起脾气来，一声不响，摸着皮鞭子乱打人……

日班过去了。

大约是夜晚十二点钟左右了吧，班长把我们一共四五个从梦中叫醒，三班那个叫做冒失鬼的也在内。

"换班了，赶快起来！"

我们揉了揉眼睛，怨恨地：

"那么快就换班了！我操他的祖宗！……"

提着枪，垂头丧气地跑到旅馆大门口，木偶似的站着。眼睛像用线缝好了似的，老是睁不开，昏昏沉沉，云里雾里……

约莫又过了半个钟头模样，仿佛看见两个很漂亮的窑姐儿从我们的面前擦过去了。我们谁也没有介意，以为她们是本来就住在旅馆里的。后来，据冒失鬼说：他还看见她们一直到楼上，向师长的房间里跑去了。但是，他也听见马弁们说过，师长是每晚都离不了女人的，而且她们进房时，房门口的马弁也没有阻拦。当然，他不敢再作声了。

然而，不到两分钟，师长的房间里突然怪叫了一声——"捉刺客呀！——"

这简直是一声霹雳，把我们的魂魄都骇到九霄云外去了。我们惊慌失措地急忙提枪跑到楼上，马弁们都早已涌进师长的房间了。

师长吓得面无人色。那两个窑姐儿，脱下了夹外衣，露出粉红色小衫子，也不住地抖战着。接着，旅馆老板、参谋长、副官长、连长……通统都跑了拢来。

"你们是做什么的？"参谋长大声地威胁着。

"找，找，张，张，张团长的！……"

"张团长？"参谋长进上一步。

"是的，官长！"旅馆老板笑嘻嘻地，"她们两个原来本和张团长相好。想，想必是弄错了，……因为张团长昨天还住这房间的。嘻！嘻嘻嘻——"

师长这个时候才恢复他的本来颜色，望着那两个女人笑嘻嘻地：

"我睡着了，你们为什么叫也不叫一声就向我的床上钻呢？哈哈！……"

"我以为是张，张……"

"哈哈！哈哈……"又是一阵大笑。接着便跑出房门来对着我们，"混账东西！一个个都枪毙！枪毙……假如真的是刺客，奶奶个熊，师长还有命吗？奶奶个熊！枪毙你们！跪下！——"

我们，一共八个，一声不做地跪了下来，心里燃烧着不可抑制的愤怒的火焰，眼睛瞪得酒杯那么大。冒失鬼更是不服气地低声反骂起来：

"我操你祖宗……你困女人我下跪！我操你祖宗！……"

五、不准拉伕

"我们是有纪律的正式队伍，不到万不得已时不准拉伕的。"

官长们常常拿这几句话来对我们训诫着。因此，我们每一次的拉伕，也就都是出于"万不得已"的了。

大约是离开衡州的第三天，给连长挑行李的一个长伕，不知道为什么事情，突然半路中开小差逃走了。这当然是"万不得已"的事情喽，于是连长就吩咐我们拣那年轻力壮的过路人拉一个。

千百只眼睛，像搜山狗似的，向着无边的旷野打望着。也许是这地方的人早已知道有部队过境，预先就藏躲了吧，我们几个人扛着那行李走了好几里路了，仍旧还没有拉着。虽然，偶然在遥远的侧路上发现了一个，不管是年轻或年老的，但你如果呼叫他一声，或者是只身追了上去，他就会不顾性命地奔逃，距离隔得太远了，无论怎样用力都是追不到的。

又走了好远好远，才由一个眼尖的，在一座秋收后的稻田中的草堆子里，用力地拉出了一个年轻角色。穿着夹长袍子，手里还提着一个药包，战战兢兢地，样子像一个乡下读书人模样。

"对不住！我们现在缺一个长伕，请你帮帮忙……"

"我，我！老总爷，我是一个读书人，挑，挑不起！我的妈病着，等药吃！做做好……"

"不要紧的，挑一挑，没有多重。到前面，我们拿到了人就放你！"

"做做好！老总爷，我要拿药回去救妈的病的。做做好！……"那个人流出了眼泪，挨在地下不肯爬起来。

"起来！操你的奶奶！"连长看见发脾气了，跳下马来，举起皮鞭子向那个人的身上下死劲地抽着，"敬酒不吃，吃罚酒！我操你个奶奶……"

那个人受不起了，勉强地流着眼泪爬起来，挑着那副七八十斤重的担子，一步一歪地跟着我们走着，口里不住地"做做好，老总爷！另找一个吧！"地念着。

这，也该是那个人的运气不好，我们走了一个整日了，还没有找到一个能够代替他的人。没有办法，只好硬留着他和我们住宿一宵。半晚，他几次想逃都没有逃脱，一声妈一声天地哭到天亮。

"是真的可怜啊！哭一夜，放了他吧！"我们好几个人都说。

"到了大河边上一定有人拉的，就让他挑到大河边再说吧。"这是班长的解释。

然而，到底还是那个家伙太倒霉，大河边上除了三四个老渡船夫以外，连鬼都没有寻到一个。

"怎么办呢？朋友，还是请你再替我们送一程吧！"

"老总爷呀！老总爷呀！老总爷呀！做做好，我的妈等药吃呀！"

到了渡船上，官长们还没有命令我们把他放掉。于是，那个人就急得热锅上的蚂蚁似的，满船乱撞。我们谁也不敢擅自放他上岸去。

渡船摇到河的中心了，那个也就知道释放没有了希望。也许是他还会一点儿游泳术吧，灵机一动，趁着大家都不提防的时候，扑——

通——一声，就跳到水中去了！

湍急的河流，把他冲到了一个巨大的漩涡中，他拼命地挣扎着。我们看到形势危急，一边赶快把船驶过去，一边就大声地叫了起来：

"朋友！喂！上来！上来！我们放你回去！……"

然而，他不相信了。为了他自身的自由，为了救他妈的性命，他得拼命地向水中逃！逃……

接着，又赶上一个大大的漩涡，他终于无力挣扎了！一升一落，几颗酒杯大的泡沫，从水底浮上来，人，不见了！

我们急忙用竹篙打捞着，十分钟，没有捞到，"不要再捞了，赶快归队！"官长们在岸上叫着。

站队走动之后，我们回过头来，望望那淡绿色的湍急的涡流，像有一块千百斤重的东西，在我们的心头沉重地压着。

有几个思乡过切的人，便流泪了。

六、发饷了

"发饷了！"这声音多么的令人感奋啊！跑了大半个月的路，现在总该可以安定几天了吧。

于是，我私下便计算起来：

"好久了，妈写信来说没有饭吃，老婆和孩子都没有裤子穿！……自己的汗衫已经破得不能再补了；脚上没有厚麻草鞋，跑起路来要给尖石子儿刺烂的。几个月没有打过一回牙祭，还有香烟……啊啊？总之，我要好好地分配一下。譬如说：扣去伙食，妈两元，老婆两元，汗衫一元，麻草鞋……不够啊！妈的！总之，我要好好地分配一下。"

计算了又计算，决定了又决定，可是，等到四五块雪白的洋钱到手里的时候，心里就又有点摇摇不定起来。

"喂！去，去啊！喂！"欢喜吃酒的朋友，用大指和食指做了一个圈儿，放在嘴巴边向我引诱着。

"没有钱啊！……"我向他苦笑了一笑，口里的涎沫便不知不觉地流了出来。

"喂！"又是一个动人的神秘的暗示。

"没有钱啦！谁爱我呢？"我仍旧坚定我的意志。

"喂！……"最后是冒失鬼跑了过来，他用手拍了一拍我的肩。"老哥，想什么呢？四五块钱干鸡巴？晚上同我们去痛快地干一下子，好吗？"

"你这赌鬼！"我轻声地骂了他一句，没有等他再做声，便独自儿跑进兵舍中去躺下了。像有一种不可捉摸的魔力，在袭击我的脑筋，使我一忽儿想到这，一忽儿又想到那。

"我到底应该怎样分配呢？"我两只眼睛死死地盯住那五块洋钱。做这样，不能。做那样，又不能。在这种极端的矛盾之下，我痛恨得几乎想把几块洋钱扔到毛坑中去。

夜晚，是十一点多钟的时候，冒失鬼轻轻地把我叫了起来。"老哥，去啊！"

我只稍稍地犹疑了一下，接着，便答应了他们。"去就去吧！妈的，反正这一点鸡巴钱也作不了什么用场。"

我们，场面很大，位置在毛坑的后面，离兵舍不过三四十步路。戒备也非常周密，三步一岗，五步一哨。只要官长们动一动，把风的就用暗号告诉我们，逃起来，非常便利。

"喂！天门两道！"

"地冠！和牌豹！"

"喂！天门什么？"冒失鬼叫了起来。

"天字九，忘八戴顶子！"

"妈的！通赔！"

洋钱，铜板，飞着，飞着，……我们任情地笑，任情地讲。热闹到十分的时候，连那三四个轮流把风的也都按捺不住了。

"你们为什么也跑了来呢？"庄家问。

"不要紧，睡死了！"

于是，撤消了哨线，又大干特干起来。

"天冠！……"

"祖宗对子！……"

正干得出神时候，猛不提防后面伸下来一只大手把地上的东西通统按住了。我们连忙一看——大家都吓得一声不响地站了起来。

"是谁干起来的？"连长的面孔青得可怕。

"报告连长！是大家一同干的！"

"好！"他又把大家环顾了一下，数着："一，二，三……好，一共八个人，这地上有三十二块牌，你们一人给我吃四块，赶快吃下去。"

"报告连长！我们吃不得！"是冒失鬼的声音。

"吃不得？枪毙你们！非吃不可！——"

"报告连长！实在吃不得！"

"吃不得？强辩！给我通统绑起来，送到禁闭室去！……"

我们，有的笑着，有的对那几个把风的埋怨着，一直让另外的弟兄们把我们绑送到黑暗的禁闭室里。

"也罢，落得在这儿休息两天，养养神，免得下操！"冒失鬼说着，我们大伙儿都哑然失笑了。

（选自《叶紫选集》）

行军掉队记

一、山 行

掉队以后,我们,一共是五个人,在这荒山中已经走了四个整天了。我们的心中,谁都怀着一种莫大的恐怖。本来,依我们的计划,每天应该多走三十里路,预料至多在这四天之内,一定要追上我们的部队的。但是,我们毕竟是打了折扣,四天过了还没有追上一半路程。彷徨,焦灼……各种各色的感慨的因子,一齐麇集在我们的心头。

五个人中间,只有我一个人有一枝手枪——一枝土式的六子连——其余的四个人,差不多都只靠着我这枝东西保护。传令目,副官,勤务兵,外加上那一个最怕死的政治训练办公厅主任。

并不是因为我有了一枝手枪,就故意地骄傲了。实在地,我对于我的这几位同伴,除了那个小勤务兵以外,其余的三个,就没有一个不使我心烦的。尤其是那一个最怕死的自称为主任的家伙。要不是为了他,我们至少不致于还延误在山中，四五天追不到部队。天亮了以后，看不见太阳，他不肯走；下午，太阳还高挂在半天空中，他就要落店。要是偶然在中途遇见了一个什么不祥的征兆，或者是迷途到一个绝路的悬崖上去了，他就要首先吓得抖战起来，面色苍白，牙齿磕得崩崩地响。然而，一过了险境，看见了平安，他却比什么人都显得神气。

山路是那样地崎岖，曲折，荒凉得令人心悸，要很细心才能够寻出正路来。几天来，我们都沿着前面部队经过时所作的记号，很迅速地攀行着。谁也是小心翼翼地，不敢大声。我们知道，这姿山一带的居民，一向就横蛮得不讲道理。他们也最讨厌军队。往常，我们的大队在这里过境时，他们就曾经毫不客气地截过尾子。他们并没有枪，也没有火炮。他们只凭着自己的锄头，广众的人数，在你的队伍过得差不多了时，一下子从树林里面跳出来，猛不提防地把你最后的一排人，一班人，或者是行李担子，通统劫去。锄头可以准确地把拿枪的打到山涧里，使你来不及翻身扫射。全部去完了，等你前面的大队知道了，调回来围捕他们时，他们就一声唿哨，通统钻进树林里面，连影子都抓不回来。

过去的印象，的确是太深入我们的脑筋了，所以我们才恐怖得那样厉害。尤其是虽有一枝手枪，却比没有还容易摆布的五个光身的人，如果不小心地把那班人触怒了，还有命吗？

训练主任这个时候总是和我特别讲得来，我也很能够知道他的苦心和用意。但，我却不时故意地捏造出一些恐怖的幻影来恫吓他，使他发急。这，我并不是有心欺侮弱者，实在是我们中途太感到寂寞了，找不到一点能够开开心的资料。

太阳渐渐把树影儿拉长了，我们都加紧着脚步，想找一个能够打尖过夜的客店，然而，没有。

"怎么办呢？"传令目和副官爷都发急了。

"不要紧的！"训练主任停了一停，献功似的说："你看，那边山脚下，不是还有一个人吗？"

于是，我们就轻了一轻身上的小包袱，远远地赶着那个行人的后尘，追求着我们的安宿处。

二、白米饭

跟着那个不知名姓的人的背后，约莫走了两三里路，天色已经渐渐地乌黑了。起先，因为距离得相当远，那个人好像还不曾察觉，后来追随得近了，他才知道后面有人。回头看看，我们的几件灰布衣服，便首先映入了他眼睑，他不由的吓了一跳，翻身就跑。

我们为了住宿问题，紧紧地盯着，追着。半里路之后，我们清晰地看见他转了一个弯儿，躲进山谷中的一座小屋子里去了。在偌大的一个山谷中，就只看见那么一座小屋子，孤零零地竖立着。

我们跟过去——门儿关着，屋子里鸦雀无声。

"怎么办呢？妈的！他把门关起来了。"训练主任举起一只脚来，望着我，想踢过去。

"不要踢！"我向训练主任摇了一摇头。"让我来叫叫他看。"我把耳朵贴在门边上，用手指轻轻地敲着："喂，朋友！开开门，让我们借宿借宿吧！"

里面没有回答。随后，我们又各别地敲叫了好些声。

副官和传令目都不耐烦了，天也更加乌黑得厉害。他们不由的发了老脾气，穷凶极恶地叫骂起来：

"不开门吗？操你的祖宗，打！——""打"字的声音拖得特别长，特别大。果然，里面的人回出话来了：

"老总爷！做做好事吧！我们这屋子大小。再过去五里路就有宿店的……"

"不行！我们非住你这里……"副官越说越气。

双方又相持了一会。结果还是由我走到门边去，轻轻地说了些好话，又安慰了他许多，我们只有五个人，临时睡一忽就走，决不多打扰他们！……

半响，他才将那扇小门开开着。

在细微的一线星光底下，那里面有两个被吓作一团的孩子，看见我们哇的一声哭了起来。

我们趁着说明了我们是掉队的军人，对他们绝没有妨碍，叫他尽管放心。一路来我们还没有吃晚饭，我们自己原由勤务兵带着有一点米的，现在只借借他的锅灶烧一下。那个人也还老实。他也向我们说明了他是一个安分守己的良民，他带着老婆和孩子就在这小屋子里过活着，一年到头全靠山中的出息吃饭。今晚，起先他并不是故意不让我们进门，实在是他不知道我们是什么军队，他怕惊坏了他的老婆和孩子，真正是对我们不起的！并且，他还有点怕那个——那些本地山上的好汉们知道了要怪他，说他容留官兵住宿。所以……

我们跟着又向他解释了一遍，他这才比较地安了心。

勤务兵和传令目烧饭，两个孩子站在火光旁边望着。烧好了。一碗一碗盛出来，孩子们的颈子伸得像鸭子一样。我们尽管吃，涎沫便从那两个的小口里流出来，实在馋不住了，才扭着他们的妈妈哭嚷着：

"呜！妈妈……好香的白米饭啊！"妈妈不响，眼泪偷偷地从那两副小脸儿上流下来了。

我和训练主任的心中都有点儿不忍了，想盛出一碗来给那两个孩子吃吃，但一转眼看到自家都还不够时，就只好硬着心肠儿咀嚼起来。

之后，训练主任还要巴巴地去向他们追问：

"你们一年到头吃些什么呢？"

"唉！老总爷，苦啊！玉蜀黍，要留着还税；山薯，山上的好汉们又要抽头；平常日子，我们多半是吃蕲米的……"

"蕲米？"我夹着也问了一句。

"是呀——小蕲树的嫩根，拌在山薯里吃！"

半晌，我们没有回话。想起刚才不肯省下一小口儿饭来给那两个孩子吃的情形，心中像给一种什么东西束缚得紧紧了。

三、两具死尸

因为要提防那小屋子的主人，去报信给山上的好汉们听，所以天刚刚发白，我们就爬了起来，向那主人告过辞，寻着原来有行军记号的路道走去。一路上，我们都不约而同地谈论着：为什么一个人自己种了玉蜀黍、山薯，辛辛苦苦地，一年到头反而只能够吃蕲米。这其间，就只有那个小勤务兵最为感动，因为他的家里也正是这样哟——据他说——因为他一直都是愁眉皱眼的。

训练主任的胆子似乎大了些，主要的还是在这两天内并没有遇到什么惊心动魄的事迹，所以他比任何人都要见得高兴些了。他过去在什么大学毕过业，他做过什么伟大的文章，伟大的诗……一切的牛皮，都吹起来了。并且还要时时刻刻拉着人家去陪衬他，恭维他！……

山路总算是比较平坦些了，虽然在茂密的树林中还时刻发出来一些令人心悸的呼啸。但据我们的估计，至迟再有一天，便可以追上我们的部队了，十分的功程去了九分，还怕再出什么了不得的乱子吗？这么一估计，训练主任便高兴得大叫大唱起来。

大约已经走了三十里路了吧，太阳已经爬上了古树的尖头，森林也渐见长得浓茂了，训练主任的歌声也更加高亢了。但不知道为了什么，忽然那个前面引路的小勤务兵，会站住着惊慌失措起来，把训练主任的歌声打得粉碎!

"什么事情,你见神见鬼!"副官吆喝着说。

"不,不得了!"勤务兵吃吃他说,"那,那边,那边,杀,杀……杀死了两个人……"

"怎么?"训练主任浑身一战,牙齿便磕磕地响将起来。他拖着勤务兵:"杀,杀了什么人呀?"

"两,两个穿军服的!"

"糟糕!"训练主任的脸色马上吓得成了死灰。他急忙扯住我的手:"手枪呢?手枪呢?"

我故意地镇静了一下,没有理会他——虽然我的心中也有一点儿发跳。勤务兵引路,我,副官,传令目走在最前面,那个便老远老远地站着望着我们,不敢跟上来。

的确是躺着两个穿军服的!浑身全给血肉弄模糊了,看不出来是怎样的面目。副官用力一脚——把一个踢了一个翻身,于是我们便从死者番号上看出了——真正是我们部队里的兄弟。看形势,被害至多总还不到一个对时,大约是在昨天上午,刚刚大队过完之后,被好汉们"截尾子"杀死的。一个的身上被砍了八九刀,一个连耳鼻嘴唇都给割掉了。看着会使我们幻想出他们那被杀害时的挣扎的惨状,不由的不心惊肉跳起来。

像打了败仗似的,我们跳过那两具死尸,不顾性命地奔逃着。训练主任的腿子已经吓软了。他一步一拖地哀告我们:

"喂!为什么跑那样快呢?救救我吧,我已经赶不上了呀!"

四、仇 恨

一口气跑了十多里路,大家都猜疑着约莫走过了危险地带了,脚步才慢慢儿松弛下来,心里可仍旧是那么紧张地,小心地提防着。肚皮已经饿得空空了，小勤务兵袋袋里的米也没有了。我们开始向四围找寻着午餐处。

在一座通过山涧的木桥旁边，我们找着了四五家小店铺。内中有两三家已经贴上了封条没有人再作生意了，只有当中的一家顶小的店门还开着。

那小店里面仅仅只有一位年高的老太婆，眼泪婆娑地坐着，像在想着什么心思。她猛的看见我们向她的屋子里冲来，便吓得连忙站起来，想将大门关上。可是没有等她合上一半，我们就冲进了她的家中。

老太婆一下子将脸都气红了，她望望我们的手中都没有杀人的家伙，便睁动那凹进去了的、冒着火花的小眼珠子，向我们怪叫着：

"好哇！你们又跑到我的家中来了。"

"我们没有来过啊，老太婆！我们是来买中饭吃的呀！"我说。

"买中饭吃的！不是你们是鬼？你们赶快把我的宝儿放回来，你们将他抓到哪里去了？你们，你们——"老太婆的眼泪直滚。

"我们从来没有看见过你的宝儿呀！老太婆。"训练主任也柔和地说。

"没有看见！昨天不是你们大伙抓去的吗！好，好啊——"她突然转身到房间里面，摸出一把又长又大的剪刀来。"我的老命不要了！你们不还我的宝儿，你们还要来抓我！好——我们拼吧！……"她不顾性命地向我们扑来，小眼珠子里的火光乱迸！

"怎么办呢？"我们一面吩咐勤务兵和传令目按住了发疯了的老太婆的手，一面互相商量着。

"不要紧的！"训练主任说，"我们不如把她赶到门外，将门关起来搜搜看。如果有米煮饭我们就煮，没有米就跑开，再找别人家去！"

"不好！"副官连忙接着，"放到门外她一定要去山中唤老百姓的！不如把她暂时绑起来搜搜看。"

于是大家七手八脚的,将那老太婆靠着屋柱绑起来了。

"你们这些绝子绝孙的东西呀!你们杀了我吧!我和你们拼……"绑时她不住地用口向我们的手上乱咬乱骂着。

关门搜查了一阵,总共还不到三四碗野山薯,只好迅速地,胡乱地弄吃了。又放了十来个铜元在桌子上,开开门,便赶着桥边的大路跑去。

为避免麻烦,我们是一直到临走时,还没有解开那老太婆的绳子。好远好远了,还听到她在里面叫骂着——

"遭刀砍啦!红炮子穿啦!……"

五、最后的一宵

因为是最后的一宵了——明天就可以赶上部队——所以我们对于宿店都特别谨慎。总算是快要逃出龙潭虎穴了,谁还能把性命儿戏呢?

这一家客店,似乎比较靠得住一点,在这山坳的几家中。听说昨晚大队在这儿时还是驻的团部哩。只有一个老板,老板娘和两个年轻的小伙计。

老板是非常客气的,这山坳里十多家店家,就只有他家的生意兴盛。招呼好,饭菜好,并且还能够保险客人平安。

话虽然是这样说,但是我们提防的心事却一点也没有放松。尤其是那位训练主任老爷,他时常在对我的耳边嘱咐一道又一道,好像他就完全知道了这客店老板是一个小说书里开黑店的强盗似的:怎样靠不住!怎样可疑!就仅仅没有看见人肉作坊里的人皮人骨。

夜晚,我们几个人挤在一个小房间里,训练主任把我和副官睡的一张床抬到门边,紧紧地靠着。并且叫我拿手枪放在枕头下,或者捏在手上,以备不时之需。

只有他——训练主任——一个人翻来复去地睡不着。

大约是三更左右吧,他突然把我叫醒了:

"喂!听见吗?"

"什么啊!"我蛮不耐烦地。

"响枪呀!"

"狗屁!"

我打了一个翻身,又睡着了。

约莫又过了一点钟,训练主任再次地把我从梦中推醒:

"听见吗?听见吗?"

"什么啊!"

"又响枪!"他郑重他说。

我正想再睡着不理他,却不防真的给一下枪声震惊了我的耳鼓,我便只得爬起来,过细地听着。以后是砰砰拍拍地又响了好些声。

"不是我骗你的吧?"

声音渐渐地由远而近,很稀疏地,并不像要闹大乱子。而且,就仿佛在这山坳的近处。

勤务兵,副官和传令目,也都爬起来了。

枪声渐渐稀,渐渐远,渐渐地沉寂了……

老板的客堂里慢慢热闹起来。有的还在把机筒拨得哗喇哗喇地响,退子弹似的。

"糟糕!"训练主任战声地伤心地念着:"我,我,我还只活得二十八年啦!"三十六颗牙们像嗑瓜子似的叫将起来。

我们都吓得没有了主张,伏在门边,细细地想听那些人说些什么话。

声音太嘈杂得听不出来。很久很久才模糊地会意到两句:

"……昨天早晨全走光了!你们来得太慢了啦!"这有点像老板的

声音。

"连掉队的一个都没有吗？"似乎又有一个人在说。

训练主任抖战得连床铺都动摇起来了。

半晌，好像又是老板的回答：

"没有啊！……"

我们都暗暗地念了一声"阿弥陀佛"。

天亮的时候，我们也明知道那班人走完了，却还都不敢爬出房门，一直等到老板亲自跑来叫我们吃早饭。

训练主任望见老板，吓得仍旧还同昨晚在房中一样，抖战得说不出话来。老板看见他这一副可怜的样子，不由的笑着说：

"这样子也要跑出来当军官，蠢家伙！我要是肯害你们的，昨晚上你们还有命吗？……"停停他又说，"赶快吃完饭走吧！要是今天你们还追不到你们的大队，哼！……"老板的脸色立刻又变得庄重起来。

我们没有再多说话了。恭恭敬敬地算还了房饭钱，又恭恭敬敬地跟老板道过谢，拼命地追赶着我们的路程。

一直到下午四点多钟，我们才望见我们的大队。

（选自《叶紫选集》）

流 亡

一、在第二道战壕里

苦战两日夜，好容易保全了性命，由第一防线退换到第二道战壕里时，身体已经不是我们自己的了。耳朵听不见，眼睛看不见，天地好像在打旋转。浑身上下，活像橡皮做的，麻木，酸软，毫无力气。口里枯渴得冒出青烟。什么都不想了：无论是鲜鱼，大肉，甘醇的美酒，燕山花似的女人……

"天哪！睡他妈的一礼拜！"

然而，躺下来，又睡不着。脑子里时刻浮上来一些血肉模糊的幻影，刺骨的疼痛，赶都赶不开。有的弟兄们，偶一睁开眼睛，寻不见他那日常最亲切的同伴了，便又孩子似的哭将起来。

"李子和呀！你死的苦啦……"

"刘国杰呀！你妈妈前几天还写了信来叫你回去啦！"

声音都是那么悲惨的，然而又不能制止。像有一根无形的带子，牢牢地，凄切地系住着大家的心！

第二道战壕和前线相差不过一里多路，敌人的流弹时刻还可以飞到我们的面前。在炊事兵送上午饭的时候，官长们再三嘱咐我们：无事不要自由走动，好好地养养神，等候着第二次上前的命令。

"鬼话啊，妈的！"低声的，这是照例的反驳。有的甚至于还故意装做不屑听的神气，哼着鼻子，意思是："在火线上啦！妈的，我比你大！"

之后，仍旧各自躺将下来，在那肮脏的稻草和泥土上，睡的睡，哭的哭；或是举着那带血的眼睛，失神地盯住着惨白的云天，想念着家乡，故旧……

"喂！来呀，李金标！"张班长睡不着，无聊地爬起来了，叫着，"猜拳吗？"

"没有心思啊！班长。"李金标苦笑了一下，摇摇头；随即伸手到裤裆里捉出一个蛮大的白虱来，送到嘴边咬碎了。班长感到非常扫兴，掉过头来，又：

"黄文彬，你呢？"

"不，班长！"我说（我的嗓子是沙的），"猜拳不够味儿，让我去把第三班的那几个睡死鬼叫来……"我无力地举起手中的洋瓷碗，骄傲地笑笑。

"鬼东西！"班长会意了。

这引诱力，的确大得怕人啊。在往常，谁还敢呢？当我一个一个去推醒那些睡死鬼的时候，只要他们会意了我的手势，没有一个不笑嘻嘻的。他们会拼死拼活地爬起来，想什么的，不想了；欲哭的，也不哭了；十多个人都抱着枪，跟着我围上一个小小的圈儿，外加上那一群不惯这玩意儿的看客。是啊，大家是要借此可以将目前的痛苦忘却呢！

"谁做宝官呢？"

"不要闹，"我说，"让张班长来！"

场面最初是很小的。因为在上火线的前一日，每个人发了两块钱的借支，阵地上没有东西买，还留着；后来便渐渐地干得大起来了。

铜板，光洋，飞着，滚着！我们任情地说，任情地笑。

特务长走过来，我们笑着向他点点头，邀他也参加一注；排长走过来，我们不理；最后，连长和值星官也都不放心地跑来了。

连长怪生气的，他作出那赶鸡鸭似的手势，恨恨地盯着我们；值星官拿着皮鞭子在空中挥舞着，但不敢打下来。我们，似乎也越干越有劲。谁理他呢？这个时候，我们是应该骄傲啊！

互相对抗了一会，默然地；终于，连长软下来了。他战声地向我们解说着：在火线上，这样干是太不应该的！营长和团长知道了，一定要责罚他，这无异是和他连长一个人作对！……加以，敌人时刻都在注意我们的阵地，几十个人挤成一道，恰巧是给了敌人一个大大的目标！……

我们暂时停住了，都想趁这机会向他放肆反攻几句，气气他；可是，谁都不愿意先开口。

等着正有人准备答话；突然——一颗巨大的炮弹飞过来，在离战壕三四丈远的荒场炸裂了！我们的心头立时紧急着，连长接着便发疯似的怒吼起来：

"还不散开！枪毙！不听话！"

大家一窝蜂似的散开了！我连忙偷偷地摸着那只洋瓷碗，望张班长做了个鬼脸儿，提着枪，便轻轻地爬到了战壕的最深处。

二、袭　击

　　也许是在夜深的缘故吧,不知道为什么,我们每个人的心里。都觉得格外地凄惶。这时候,双方的枪声却没有响了。月亮冲出那浓密的云围,黯然地,高高地笼罩着这荒凉的世界。那冲淡的远山,那长空悲唳的孤雁,……露水,点滴地湿透了我们的心。子弹硌着我们的脊背,枪抱在怀中,想憺然入梦吧,可是,梦全是恐怖的,心灵已经吓碎了!

　　很多人还睁开着眼睛,盯住着长天;而且,还能从那些变幻的云朵里,层层地,抄出来一些教人寻思的线索。只有这个时候,才万籁无声,可以将思潮回溯得长远。从孩提时代,从故乡,从朋友,从日常生活中的苦痛,一直追忆到现在,又由现在推测到明天,到艰难险恶的来日……渐渐地,有些弟兄们的身子发抖了。

　　这,尤其是整天的恶战所影响于我们的,使我们不得不惶悚。事实,这样艰辛、非人的生活,一年半载……两元钱!家中的娘,老婆,孩子,……我们的心头的忧愤!何况,那些不幸的兄弟,那些血肉模糊的幻影,还时刻会惊心动魄地,在我们的面前闪动起来;激昂地,悲痛地,勾引着我们的眼泪呢!

　　啊,夜啊!这荒凉,冷酷的夜啊!

　　是三更时候了吧,看月光的地位。官长们,轻轻地,神秘地传诵着命令,将我们从幻念中惊醒。揉揉眼睛,耗子似的提着枪,卷着那破碎的军毯,偷偷爬出战壕,轻悄地蠕动着。

　　最初,弯腰,快步,沿着一条草丛的小道跑过。露水洒遍着我们的下身,凉到脑顶,心中紧促到不能呼吸。到这一刹那间,我们谁都是小心地,惶恐地,凝注着我们的前路。命运,已经变成了一个膨胀过度的气球,只要偶一不慎,便有即时破灭的危险!

渐渐，渐渐……由侧方越过第一道防线，跟着侦探尖兵和前卫，向目标移近一步，两步地。有时候，大家都得把身子伏下来，将耳朵贴在地上，听着；连呼吸都得小声。一直要到详细地知道了：前面并无敌人发现，才又继续地蠕动，攀爬……

大约，离开我们第一道战壕已经很远了……呢，可是我们却还没有发现敌人。官长们注意了缜密的联络，又加厚了侦探兵……

我们重新地又被命令着匍匐在地上。

"这是怎么一回事呢？妈的！"我们的心灵抖战着！

月亮西斜，看看欲被一阵浓云吞没；我们也就跟着不安地加上一层黯淡了。眼前的景物，会更加觉得朦胧，可怕！

"难道就露营在这里了吗？"是谁在哼，那声音，比蚊子还细。

"是呀！"我更小声地说，"又没有看见敌人……"

还有人也正想接着谈下去，可是，班长们已经个别地在传诵官长的命令了。这回却是——

"准备！起来！迅速前进……"

奔扑到一个小山底下，我们终于遇着了敌人。

枪声，炮声……流弹像彗星拖着尾巴。

三、负伤后所见到的

当我清醒过来了，从树林里面钻出来时，我已经瞧不见我们的大队。秋阳和暖地爬上了树顶，眼前的世界照耀得明明白白，我把裹腿撕下一块来，忍痛地将血糊的左手包扎好，匆匆地便去追寻我们的部队。

夜里的印象，像一幅只褪了一半色的惨痛的图画，开展在我的面前；一段是清晰的，一段却模糊了。我不知道我为什么会躲到林子里去的。当战斗猛烈的时候，我还记得：我们的确是像打胜了。弟兄们死伤得很多。后来，似乎又追了一阵，我的手便是在那个时候带花的。但，我为什么要躲到林子里去呢？这似乎是一个谜！我不相信我的手痛得会把我的神经错乱得那么利害，我更不相信有鬼。然而，我把那进林子的动机忘记得干干净净，却又是真的。

我轻了一轻弹带，把枪倒挂在肩头上，下意识地来回想着夜里的事情。手指仍然痛得发战，左手完全拖下来了，像有一把利刃从左臂上一直剖刺到我的心，我的眼泪都要流了出来。我咬紧着牙门，一步高一步低地走着。

远远地瞧不见一个人影子，旷野完全现出一种战后的荒凉气（比夜间还要利害些）。我隐约地寻觅着夜间的来路，我想能够找到一点什么可堪纪念的战后的痕迹，或者竟能在那些痕迹里，推寻到我们大队的去向亦未可知。然而我的心思却是白费了；沿途除了偶然发现几颗弹壳，三五堆稻草和一些残余的血渍，却什么都没有寻到。我知道，这个时候大队一定去的很远了，不是连死伤的都被担架队运救得干干净净了吗？我不由的又后悔不该躲到林子里躲那么久的，弄得连问个讯都问不到。

漫无目的地，走一会又休息一会。偶然发现了一个小屋子，跑去一看，却又是空的。肚饿，口渴，差不多弄得头昏眼花了。又好久好久，才在一个极为人不注目的偏僻处，找到了一个蓄水的池塘。我连忙解下洋瓷碗，去瓢取了一碗水上来，慢吞吞地喝着。

"啊啊……哟！……"

微风从池塘的对面，吹过来一阵细微的悲切声，把我吓了一跳。我急忙系好碗，兜了一个圈子，跑到那发出声音的地方——

一个浑身沾满泥土和血渍的人，仆卧在地下。

"喂，喂！你，谁呀？"我说。

"啊啊……哟！……"

"不能作声了吗?"我弯腰下去,伸开右手扳着他的肩膀,脚勾着他的腰下,用力地替他转了一个翻身。

"啊啊……哟!……"

我再低头去端详他胸前的番号,却原来是敌人部队里的马夫,胸前和腿子都穿了个洞。

"你怎么弄的呢?"

"我,我……救,救!……水,……水"

"你要吃水吗!……"

"救,救……"声音又渐渐地低下去了。后来,我用了各种各样的方法,知道了他也是昨晚带花的,因为伤不到要害,所以还不曾死。他忍不住痛,他口渴得要命,他拚命地爬到了这池塘边,想捞一点水喝,却不提防痛昏了,仆转去爬不转来。现在,他要求我救救他,他说:他家中还有五六十岁的老母……

一个人无论伤病到什么程度,明明知道已经没有救药了,却还是贪生的。我对马夫起了不可抑止的同情的悲感。但是,我有什么办法呢?在这荒凉的旷野,担架队已经不见了踪迹。我沉思了一会儿,突然,一种残忍的,毒恶的心理,激荡了我的灵魂。我想把他推到水里去!或者再补上一枪,把他结果了,免得延长苦痛!……然而,我终于没有那样做,因为我的手脚会不知不觉地发着酸。

"好吧,你再等一等啊!我去多叫几个人来……"

"修,修……好!……"他感激地点点头,流出了最后的一滴眼泪!

我仓皇失措地,像离开了一场大祸,头也不回,就翻身逃跑了,似乎后面还有人在追着。沿路上,我望着我那只还在不住疼痛的左手,心中不觉得又是一阵惊悸!

然而,"我今天到什么地方去落脚呢?"一想到这里,便又立刻慌乱起来，把那垂危的马夫的印象淡忘了。

四、解除武装了

当我被那四五个民团解除了武装，用绳子缚住的时候，我的心，反而觉得泰然起来了。我知道，同他们去，无论如何一顿饭是少不了要给我吃的，说不定还有香烟抽，还可以好好地睡他妈的一觉。

四五个人中间，只有一个年纪比较很大了的瘦长子和我最说得来。他肩挨肩地伴着我走着。他说：并不是他们弟兄几个故意地要和我为难，他们实在是奉了民团局的命令。他们从五更时候起，一百多人分途在这战区里，搜查了不少的溃兵，和运救伤亡者。这老家伙有一口道地的湖南话，所以和我越说越带劲。

我告诉了他们负伤后落伍的一切情况，并且还说到了在池塘边见到的那个马夫，要求他们去营救。我又说我的肚皮饿得十分利害了，跟他们去是不是可以饱吃一餐？他们都笑着。

"把我们都捉到你们局里去怎么办呢？"

"不知道啊！大约还是送你们回队吧。"

"回队？"我似乎有些不安了，虽然我也还想回队去，但我却吃不住那沉重的苦头。实在的，我对这千辛万苦的部队生活，渐渐地有些动摇起来了，不过我此时还没有找到一条能比部队生活良好的出路。

我和他们又谈了一些其他的物事，特别是关于他们民团的生活的。他们似乎也对于他们的生活感到厌倦，但那不过是十分模糊的一点儿意思而已。主要的是他们也和我一样，不能找到其他的生活，做一日和尚撞一日钟，何况做民团还比较在部队里生活安稳。

民团局设在一个小乡镇的关帝庙里，那里面已经收容了二十来个伤兵溃兵，有敌人，也有我们自家的兄弟。

我一进去，便看见了两个熟人——张班长和一个姓林的号目。

"你也带花了吗，班长？"

"不，我是在夜间落伍的。老林，他伤了腿子。"

我便从他和老林的口中，得到了一点关于部队的消息：是敌人退了，我们跟着追上去，已经很远很远了。

无聊地躺着，喝着，那民团局长却不敢苛待我们。第三天，便传命令召集我们训话了。

毫无血色的脸，说一句话打一个呵欠：

"……你们弟兄，是很辛苦的，我知道。……大家都是替国家出力……譬如说：我当局长，我，我也是蛮辛苦的……嗯！嗯！……"停了一会，打过一个长长的呵欠，用耗子似的眼光望望我们，又："受伤的弟兄，我可以送你们到后方医院里去……不曾受伤的，明天，一齐都遣回你们的部队！嗯！嗯！……"

"报告局长！我们不愿意回部队！"

"谁呀？"

"我！我叫黄文彬，我是前天被你们捉来的。"

"我也不愿意回去！"张班长附和了，他是因为没有负伤，怕回去的时候，官长们会无理地捉住他做逃兵办。

"好的，不愿意回去的都站出来！"

我们，一共有五个人：张班长，我，还有三个不认识的兄弟。老林不能走动，只好随便他们。

"你们为什么不愿意呢？"

"没有为什么！"那另外的三个弟兄说，"我们要回家！"

"好的，你们去吧！"局长把手一挥，不高兴地走进后院去了。

"那么，我们的枪呢？"

"什么枪？滚！……把枪交给你们去当土匪吗？"

五个人，气愤愤地被几个凶恶的民团，赶出了那关帝庙的大门，踏上那艰难的，渺茫的前路。

"没有了枪，哪里去呢？"张班长有点慌张了。

"不要紧！"我说，"只要有活命，还怕没有饭吃！"

张班长点点头，表示了无限的勇气。郑重地和那三个同一命运的弟兄道别之后，便开始了我们那漫无止境的流亡。

（选自《叶紫创作集》）

夜的行进曲

为了避免和敌人的正面冲突,我们绕了一个大圈子,退到一座险峻的高山。天已经很晚了,但我们必须趁在黎明之前继续地爬过山去,和我们的大队汇合起来。我们的一连人被派作尖兵,但我们却疲倦得像一条死蛇一样,三日三夜的饥饿和奔波的劳动,像一个怕人的恶魔的巨手,紧紧地捏住着我们的咽喉。我们的眼睛失掉神光了,鼻孔里冒着青烟,四肢像被抽出了筋骨而且打得稀烂了似的。只有一个共同的、明确的意念,那就是:睡,喝,和吃东西。喝水比吃东西重要,睡眠比喝水更加重要。

一个伙夫挑着锅炉担子,一边走一边做梦,模模糊糊地,连人连担子通统跌入了一个发臭的沟渠。

但我们仍旧不能休息。而且更大的,夜的苦难又临头了。

横阻在我们面前的黑魆魆的高山,究竟高达到如何的程度,我们全不知道。我们抬头望着天,乌黑的,没有星光也没有月亮。不知道从什么地方才能够划分出天和山峰的界限。也许山峰比天还要高,也许我们望着的不是天，而仅仅只是山的悬崖的石壁。总之——我们什么都看不见。

我们盲目地，梦一般地摸索着，一个挨一个地，紧紧地把握着前一个弟兄的脚步，山路渐渐由倾斜而倒悬，而窄狭而迂曲，……尖石子像钢刺一般地竖立了起来。

眼睛一朦胧，头脑就觉得更加沉重而昏聩了。要不是不时有尖角石子划破我们的皮肉，刺痛我们的脚心，我们简直就会不知不觉地站着或者伏着睡去了的。没有归宿的、夜的兽类的哀号和山风的呼啸，虽然时常震荡着我们的耳鼓，但我们全不在意；因为除了饥渴和睡眠，整个的世界早就在我们的周围消失了。

不知道是爬在前面的弟兄们中的哪一个，失脚踏翻了一块大大的岩石什么东西，辘辘地滚下无底洞一般的山涧中了。官长们便大发脾气地传布着命令：

"要是谁不能忍耐，要是谁不小心！……要是谁不服从命令！……"

然而接着，又是一声，两声！……夹着锐利的号叫，沉重而且柔韧地滚了下去！

这很显然地不是岩石的坠落！

部队立时停顿了下来。并且由于这骤然的奇突的刺激，而引起了庞大的喧闹！

"怎样的？谁？什么事情？……"官长们战声地叫着！因为不能爬越到前面去视察，就只得老远地打着惊悸的讯问。

"报告：前面的路越加狭窄了！……总共不到一尺宽，而且又看不见！……连侦探兵做的记号我们都摸不着了！……跌下去了两个人！……"

"不行！……不能停在这里！"官长们更加粗暴地叫着，命令着。

"要是谁不小心！……要是谁不服从命令！……"

"报告——实在爬不动了！肚皮又饿，口又渴，眼睛又看不见！"

"枪毙！谁不服从命令的？"

三四分钟之后，我们又惶惧、机械而且昏迷地攀爬着。每一个人的身子都完全不能自主了。只有一个唯一的希望是——马上现出黎明，马上爬过山顶，汇合着我们的大队，而不分昼夜地，痛痛快快地睡他一整星期！

当这痛苦的爬行又继续了相当久的时间，而摸着了侦探尖兵们所留下的——快要到山顶了的——特殊的记号的时候，我们的行进突然地又停顿起来了。这回却不是跌下去了人，而是给什么东西截断了我们那艰难的前路！

"报告——前面完全崩下去了！看不清楚有多少宽窄！一步都爬不过去了！……"

"那么，侦探兵呢？"官长们疑惧地反问。

"不知道！……"

一种非常不吉利的征兆，突然地刺激着官长们的昏沉的脑子！"是的，"他们互相地商量，"应当马上派两个传令兵去报告后面的大队！……我们只能暂时停在这里了。让工兵连到来时，再设法开一条临时的路径！……也许，天就要亮了的！……"

我们认为这是一个意外的，给我们休息的最好机会，虽然我们明知危险性非常大！……我们的背脊一靠着岩壁，我们的脚一软，眼睑就像着了磁石一般地上下吸了拢来，整个的身子飘浮起来了。睡神用了它那黑色的，大的翅翼，卷出了我们那困倦的灵魂！

是什么时候现出黎明的，我们全不知道。当官长命令着班长们各别地拉着我们的耳朵，捶着我们的脑壳而将我们摇醒的时候，我们已经望见我们的后队蜿蜒地爬上来了，而且立时间从对面山巅上，响来了一排斑密的，敌人的凶猛的射击！

"砰砰砰……"

我们本能地擎着枪，拨开了保险机，听取着班长们传诵的命令。因为找不到掩护，便仓皇而且笨重地就地躺将下来，也开始凶残地还击着！……

（选自《叶紫选集》）

好消息

六十三岁的母亲,生肺病的老婆,和几个营养不良的孱弱的孩子,被饥饿,水灾和一些无情的环境的威胁,从三千多里路的故乡,狼狈地逃亡出来,想依靠我这一月有十多元稿费收入的儿子,丈夫和父亲过活。

一到岸,就是忙着诉说故乡的艰苦的情形和吃药。

因为还有一个姊姊带着四五个孩子留在故乡,母亲总是带着对于自己的飘流生活颇为满足的神情叹着气说:

"我们还好呢!虽然苦,合家都团圆了!……只有你姐姐,不知道她们的垸子倒溃没有?那样的不能活命的一家哟!……她是早该来信了的……"

弯着干枯的手指,算着:六天,八天……眼泪背着我们夫妇不知道偷偷地流了多少——悬望着那一封平安的来信。

在一个大雨的早晨,母亲为老婆的沉重的咳嗽和呼痛声敬了一个通宵的菩萨,睡着了。邮差从后门递上一封欠邮资的信件来,我付完了他八分邮票的铜元,躲在灶披间里急急忙忙地拆开来看。

字迹模糊,信壳和信纸都是用草纸做成的。还不曾看我就知道内容一定不妙。字,不是墨笔写的也不是铅笔写的,也许是用烧焦了的小树枝写的吧。我记得儿童时代曾同姐姐玩过用小树枝烧焦写字的把戏,大约她还不曾忘记,临时做来应用了。

我的手发着抖,看着信还要担心着母亲和老婆醒来。孩子已经哭起来了,我将她抱到我的身边,拿了一双筷子给她玩。我读着信,孩子用筷子敲着脸盆并且唱着一种从故乡带来的饥民们流行的讨饭曲。

垸子,当然是倒溃了。姐姐的信,是伏在荒山中的一个石头上写的。她说:

"……那一晚,黑暗无光,大雨将屋顶都几乎打穿了。你姐夫被锣声叫出去抢险,我同五个孩子偎在堂屋中间,战颤地等着挡堤的人们的好消息。……通宵不睡的不只我们一家,可是他们,都焚着香,敲着磬,哭地喊天求菩萨!……狗和畜生都号叫起来了,好像知道有大祸临头似的到处找寻它们的安身处。……我尽量地制止孩子们不哭!可是锣声和雨声越来越紧……刚刚天亮的时候,突然地,不知道是那一方天崩地裂地一声,大水就排山倒海地涌进我们的禾田和堂屋中来了……

"我不知用什么话来告诉我们的苦况,总之,那个时候,我一看见水,就同见了催命的无常鬼似的,大声地哭叫起来了!孩子们都缠着我的身子,我不能跑出头门去求救,并且也没有人肯来救我们!你姐夫也不能回来……水一下子就高齐了板凳!……我将孩子们一个一个地送到板楼上。我们的板楼你知道,只有三块板子的。……正午,水封了我们的门,并且板楼上也平水了,我就只能将屋顶挖开,将孩子们送到屋顶上!……

"雨仍然很大,我们没有什么东西遮拦淋着,并见刮着狂风,浪头有时高齐我们的屋顶。我们的湿身子一直又等到太阳出来才晒干,晒得发昏，晒得发痛！……我们在屋顶上整整地挨了三天！……到第四天早晨，才看见你姐夫摇着一只破划船来。……孩子们，最小的一个死在我的怀抱里，别的一个——第三的——俊襄，不知道在夜间的什么时候，被浪涛卷到水中去了！也许是他自己饿昏了滚到水中去的，连一些儿声息都没有！……

"现在，弟弟！我不想再来诉说我的苦况。总之，一切你都想象得到的，你也曾经过不少次数的大水灾。……我们现在是被运送到这荒山上来了，这里满山都是灾民。也许他们中间还有比我们更苦的吧！他们整天地盼望着赈灾的老爷们从天上飞来。可是我，什么希望都是死灭的，因为我经过水灾的次数太多了，虽然这一次比无论那一次都厉害！……

"你姐夫已经五六天不沾水米了，浑身火热！可是他对我说：'你去吧！带着小的两个孩子，讨饭讨到上海去！你读了书，认识字，也许你的弟弟能给你想一点办法的！……大的孩子留给我，我只要病好一点就能捉鱼！……，弟弟啊，我拿什么话来回答他呢？我知道，你自己也许会没有办法的！母亲，病着的弟媳和两个孩子，你又没有职业。并且，我们讨饭又是不许出境的……"

我读着信，我的鼻子一阵阵地发酸，可是我不能不极力地忍着不流眼泪。老婆的咳嗽声沉重起来了，我挟着孩子走上楼去，母亲已经又爬起来替老婆在倒开水。她一看见我就问："是信吗？你在下面看的……""是的！"我说。我不能掩饰地将信放在台子上；我欺她不识字，态度安闲地说："是姐姐来的好消息。她们的垸子没有溃倒！"

"好消息吗？阿弥陀佛！……皇天不负苦心人！"。母亲合掌地说，"念呀！念给我听呀！一个一个字地念下去！"

我硬着嗓子念着，我觉得我的眼里看见的不是草纸做成的信纸，而是一片汪洋，一大堆一大堆的灾民的尸骨！那里面有着我的姐姐，甥儿，甚至于连我自己！而我的嘴里念出来的，却是一个完全相反的，丰登的，梦想不到的世界。我说：

"她说：'你要母亲千万不要着急，多亏官民同心协力的抢救，我们的垸堤没有溃倒！……现在早稻已经黄熟了，我收获得比任何年都多。孩子们也都十分健壮'……"

"真好啊！"母亲微笑了。

下午，我便偷偷地写了一封回信，说了好些不能搔着痛痒的，空洞的，安慰的话，将借来给老婆吃药的最后三元钱买了汇费。

"也许她们会收不到我这三元钱的！"走出邮局来．我忽然这样的伤心地想着，眼泪便再也忍不住地流下来了。

（原载1935年7月《申报》副刊《自由谈》）

殇儿记

一个月之前，当我的故乡完全沉入水底的时候，我接到我姊姊和岳家同时的两封来信，报告那里灾疫盛行，儿童十有九生疟疾和痢疾，不幸传染到我的儿子身上来了。要我赶快寄钱去求神，吃药；看能不能有些转机。孩子的病症是：四肢冰冷，水泻不停，眼睛不灵活，……等等。

我当时没有将来信给我的母亲和女人看，因为她们都还在病中。而且，我知道：水灾里得到这样病症，是决然不可救治的。

我将我的心儿偷偷地吊起来了！我背着母亲和女人，到处奔走，到处寻钱。有时，便独自儿躲到什么地方，朝着故乡的黯淡的天空，静静地，长时间地沉默着！我慢慢地，从那些飞动的，浮云的絮片里，幻出了我们的那一片汪洋的村落，屋宇，田园。我看见整千整万的灾民，将叶片似的肚皮，挺在坚硬的山石上！我看见畜生们无远近地飘流着！我看见女人和孩子们的号哭！我看见老弱的，经不起磨折的人们，自动的，偷偷地向水里边爬——滚！……

我到处找寻我的心爱的儿子，然而，我看不见。他是死了呢？还是仍旧混在那些病着的，垃圾堆似的，憔悴的人群一起呢？我开始埋怨起我的眼睛来。我使力地将它睁着！睁着！我用手巾将它擦着！终于，我什么都看不出：乌云四合，雷电交加，一个巨大的，山一般的黑点，直向我的头上压来！

我的意识一恢复，我就更加明白：我的孩子是无论如何不会有救的！他也和其他的灾民一样，将叶片似的肚皮挺在坚硬的山石上，哭叫着他的残酷的妈妈和狠心的爸爸！

我深深地悔恨：我太不应该仅仅因了生活的艰困，而轻易地，狠心地将他一个人孤零零地抛在故乡的。现在如何了呢？如何了呢？……啊啊！我怎样才能够消除我的深心的谴责呢？

也许还有转机的吧！赶快寄钱吧！我的心里自宽自慰地想着。我极力地装出了安闲镇静的态度来，我一点都不让我的母亲和女人知道。

一天的下午，我因为要出去看一个朋友，离家了约莫三四个钟头，回来已经天晚了。但我一进门——就听见一阵锐声的，伤痛的嚎哭，由我的耳里一直刺入到心肝！我打了一个跟跄，在门边站住了。我知道，这已经发生了如何不幸的事故！我的身子抖战着，几乎缩成了一团！

我的母亲，从房里突然地扑了出来，扭着我的衣服！六十三岁的老人，就像喝醉了酒的一般，哭哑她的声音了！她骂我是狠心的禽兽，只顾自己的生活，而不知爱惜儿女！甚至连孩子的病信都不早些告诉她。我的女人匍匐在地上，手中抱着孩子的照片，口里喷出了黑色的血污！我的别的一个，已经有了三岁的女孩，为了骇怕这突如其来的变乱，也跟着哇哇地哭闹起来了！

我的眼睛朦胧着，昏乱着！我的呼吸紧促着！我的热泪像脱了串的珠子似的滚将下来！我并不顾她们的哭闹，就伸手到台子上去抓那封湿透了泪珠和血滴的凶信：

"……没有钱医治，死了……很可怜的，是阴历七月二十七日的早晨！……这里的孩子死得很多！……大人们也一样！……这里的人都过着鬼的生活，一天一天地都走上死亡的路道了！……"

眼睛只一黑，以后的字句便什么都看不出来了。

夜深时，当她们的哭声都比较缓和了的时候，我便极力地忍痛着，低声地安慰着我的女人：

"还有什么好哭的呢？像我们这样的人，生在这样的世界，原就不应该有孩子的！有了就有了，死了就死了！哭有什么裨益呢？孩子跟着我们还不是活的受罪吗？我们的故乡不是连大人们都整千整万的死吗？饥寒，瘟疫！……你看：你才咳出来的这许多血和痰！……"

我的女人朝着我，咬了一咬她那乌白色的嘴唇，睁着通红的眼；绝望地，幽幽地说：

"为什么呢？我们为什么要遭这样的苦难呢？我们的孩子！我们的故乡！……"

（原载1935年10月《申报》副刊《自由谈》）

玉 衣

"玉衣，来——"

无论什么时候，只要我一叫，这不幸的孩子就立刻站在我的面前，用了她那圆溜溜的，惶惑的眼睛看定我；并且装出一种不自然的，小心的笑意。

我底心里总感到一种异样的苦痛和不安。我一看到她——一看到她那破旧的衣服，那枯黄的头发，圆溜溜的眼睛和青白少血的脸——这不安和苦痛就更加沉痛地包围着我，压迫着我！

我无论如何都不能将这枝痛苦的，毒箭似的根芽，从我的心中拔出去。

"是的，"我想，"我应该想法子将她送出去！送到妇孺救济所，济良所或者旁的收养孤儿的地方去，我不能让她跟着我受这样的活磨呀！"

当这孩子还远在故乡的时候，我就有了这样的打算的。我的女人给我的来信说："这实在是一个聪明的伶俐的孩子，我来时一定要将她带来。关于她的身世——其实，你是应该知道的……"我的女人补充地说。而且不怕烦难地，更详细地又告诉了我："她是我的那瞎了眼睛的，第六个堂哥的女儿，并且是最小最小的一个。她们的家境，你也应该知道的……当十年前，她的父亲还不曾瞎眼的时候，那就已经不能够支持一家八口的生活了。而她的诞生，就恰巧在她父亲双目失明的紧急的时候。当然，一切苦难的罪恶的帽子，是应该戴在她头上的。那还有什么好分辩的呢，这样的八字——一生下来就'冲'瞎了父亲的眼睛！……

"做婴孩的时候——那是我亲眼看见过的——他们将她看同猪狗一般，让她一个人躺在稻草窝里，自生自灭。给她喝一点米汤之类的什么东西，她倒反像一株野树似的，自己长成起来了。随后，因了她的天资聪明，伶俐，终于引起了母亲和其他的邻人叔伯们的怜爱！

"父亲的眼睛，是她们全家人的致命伤；八九年来，就只靠她妈妈纺纱织麻过活。前年大水，卖掉她的第一个姐姐；去年天干——第二个；今年，又轮到她头上来了。

"她是天天要跑到我这里来的。她一看见我，就比她自家的妈妈还要亲爱。真的，我不知怎样的特别欢喜了这个孩子。她的头发，眼，嘴唇，甚至她说的话的一字一句，都使我感到哀怜和疼爱。

她常常对我哭诉地说：

"'阿姑，她们要卖我呢！卖我呢！……我的妈妈——她要将我卖到蛮远的那里去……'我说：'孩子，不会的！'可是，我的话什么用处也没有，他们终于寻到一个外乡的买主，开始了关于身价的谈判。

"是的，佳！"我的女人亲切地叫着我的名字，说："我太不应该，因了一时的感情冲动，而不顾你的生活负担，轻易，懵懂地，做做这样一桩侠义（？）的事情，我阻拦他们的买卖了。我借了五元钱送给我的瞎子哥哥，并且还约给他们代将玉衣养活……"

后来，她又在给我的一封反对她底回信中，再三解释地，说：

"我知道，佳！你是生气了。'侠义'的事情决不是我们这些人做的。因为侠义之不能打尽天下不平，和慈善之不能救尽天下的苦难一样。在这时候，原就什么都谈不到的。可是我，不知道怎样的，不能够！我不能眼睁睁地望着这孩子去忍受那些人贩子的折磨，不能让她去饱虎狼们的肠腹！……

"这样的，我一定要将她带来。因为留在乡下，慢慢他们仍旧会将她卖掉的。而且谁也不能长期地为这孩子监护……

"至于我们的生活——以不加重你的负担为原则，我已经和我的爹妈商量好了。暂时将小的太儿留在家中，给爹妈代养，（因为他们不能代养玉衣的原故）而交换地将玉衣带来！"

我没有再回信去非难我的女人了，也许是说看到了这桩事情没有继续讨论的必要；因为我的决定是：她来，我将她送出去就是了。然而我却想道：这到底是怎样一个爱人的孩子呢？

而现在，却活生生地站在你的面前：青白，少血，会说话，枯黄的头发，和圆溜溜的眼睛。虽然还不到十一岁，却几乎能懂得一个大人的事情。我说："孩子！你跟着我有什么好处呢？也许我明天就没有饭吃的，我完全养你不活呀！并无力替你做一身好的衣裳，又不能送你去读书，进学校。……来呀！你告诉我：我假如再将你送到一个旁的有饭吃的地方，你还愿意吗？"

她靠近到我的身边，咬着指头，瞪瞪眼；并且学着一个大人的声音，说：

"姑爷不会送掉我的。姑爷欢喜我，姑爷养活我！姑爷吃粥时多放一碗水吧！……"

而我的女人更怂恿地说：

"何必呢！你看，这孩子可怜的！你还将她送到什么地方去呢？你以为她的苦还受得不够吗？……只要我们大家少吃一碗饭！……等着过了今年，我们好再送她回去！……"

然而，生活却一步一步地紧逼着我。一家人，谁都不能减轻我的负担。而尤其是：每一看到她那身破旧的衣服，枯黄的头发和青白少血的脸，这种不安和苦痛，就更加沉重地包围着我，压迫着我！

我朝她看了又看，我替她想了又想。于是一种非常明了的意义，又从我的心中现了出来。

这样的孩子，生在这样的世界，是——永远都不会遇到良好的命运的啊！

（原载1935年10月《申报》副刊《自由谈》）

鬼

关于迷信，我不知道和母亲争论多少次了。我照书本子上告诉她说：

"妈妈，一切的神和菩萨，耶稣和上帝……都是没有的。人——就是万能！而且人死了就什么都完了，没有鬼也没有灵魂……"

我为了使她更加明白起见，还引用了许多科学上的证明，分条逐项地解释给她听。然而，什么都没有用。她老是带着忧伤的调子，用了几乎是生气似的声音，睐着她那陷进去了，昏黄的眼睛，说：

"讲到上帝和耶稣，我知道——是没有的。至于菩萨呢，我敬了一辈子了。我亲眼看见过许多许多……在夜里，菩萨常常来告诉我的吉凶祸福！……我有好几次，都是蒙菩萨娘娘的指点，才脱了苦难的！……鬼，也何尝不是一样呢？他们都是人的阴灵呀，他们比菩萨还更加灵验呢。有一次，你公公半夜里从远山里回来还给鬼打过一个耳光，脸都打青了！并且我还看见……"

我能解释得出的，都向她解释过了：那恰如用一口钉想钉进铁板里去似的，我不能将我的理论灌入母亲的脑子里。我开始感觉到：我和母亲之间的时代，实在相差得太远了，一个在拼命向前，一个却想拉回到十八或十九世纪的遥远的坟墓中去。

就因为这样，我非常艰苦地每月要节省一元钱下来给母亲做香烛费。家里也渐渐成为菩萨和鬼魂的世界了。铜的，铁的，磁的，木的……另外还有用红纸条儿写下来的一些不知名的鬼魂的牌位。

大约在一个月以前，为了实在的生活的窘困，想节省着这一元香烛钱，我又向母亲宣传起"无神论"来了。那结果是给她大骂一场，并且还口口声声要脱离家庭，背了她的菩萨和鬼魂到外乡化缘去！

我和老婆都害怕起来了。想想为了一元钱欲将六十三岁的老娘赶到外乡化缘去，那无论如何是罪孽的，而且不可能的事情。我们屈服了。并且从那时起，母亲就开始了一些异样的，使我们难于捉摸的行动。譬如有时夜晚通宵不睡，早晨不等天亮就爬起来，买点心吃必须亲自上街去……等等。

我们谁都不敢干涉或阻拦她。我们想：她大概又在敬一个什么新奇的菩萨吧。一直到阴历的七月十四日，她突然跑出去大半天不回家来，我和老婆都着急了。

"该不是化缘去了吧！"我们分头到马路上去找寻时，老婆半开玩笑半焦心地说。

天幸，老婆的话没有猜中！在回家的马路上寻过一通之后，母亲已经先我们而回家了。并且还一个人抱着死去的父亲和姊姊的相片在那里放声大哭！在地上——是一大堆不知道从什么地方弄来的鱼肉，纸钱，香烛和长锭之类的东西。

"到哪里去了呢？妈妈！"我惶惑地，试探地说。

"你们哪里还有半点良心记着你们的姐姐和爹爹呢？……"母亲哭得更加伤心起来，跺着脚说："放着我还没有死，你就将死去的祖宗、父亲都忘记得干干净净了！……明天就是七月半，你们什么都不准备，……我将一个多月的点心钱和零用钱都省下来……买来这一点点东西……我每天饿着半天肚子！……"

我们一句话都说不出，对于母亲的这样的举动，实在觉得气闷而且伤心！自己已经这样大的年纪了，还时时刻刻顾念着死去的鬼魂，甘心天天饿着肚子，省下钱来和鬼魂作交代！……同时，更悔恨自家和老婆都太大意，太不会体验老人家的心情了。竟让她这样的省钱，挨饿，一直延续了一个多月。

"不要哭了呢！妈妈！"我忧愁地，劝慰地说："下次如果再敬菩萨，你尽管找我要钱好了，我会给你老人家的！……现在，咏兰来——"我大声地转向我的老婆叫着："把鱼肉拿到晒台上去弄一弄，我来安置台子，相片和灵牌……"

老婆弯着腰，沉重地咳嗽着拿起鱼肉来，走了。母亲便也停止哭泣，开始和我弄起纸钱和长锭来。孩子们跳着，叫着，在台子下穿进穿出：

"妈妈弄鱼肉我们吃呢！妈妈弄鱼肉我们吃呢！"

"不是做娘的一定要强迫你们敬鬼，实在的……"母亲硬着喉咙，吞声地说，"你爹爹和姊姊死得太苦了，你们简直都记不得！……我梦见他们都没有钱用，你爹爹叫化子似的……而你们——……"

"是的！"我困惑地，顺从地说，"实在应该给他们一些钱用用呢！……"

记起了爹爹和姊姊的死去的情形来，我的心里的那些永远不能治疗的创痕，又在隐隐地作痛！照母亲梦中的述说，爹爹们是一直做鬼都还在闹穷，还在阎王的重层压迫之下过生活——啊，那将是一个如何的，令人不可想象的鬼世界啊！

老婆艰难地将菜肴烧好的时候，已经是午后三四时了。孩子们高兴

地啃着老婆给她们的一些小小的肉骨头,被母亲拉到相片的面前机械地跪拜着;

"公公保佑你们呢!……"

然后,便理了一理她自家的白头发,喃喃地跪到所有鬼魂面前祈祷起来。那意思是:"保佑儿孙们康健吧!多赚一点钱吧!明年便好更多的烧一些长锭给你们享用!……"

我和老婆都被一一地命令着跪倒了!就恰如做傀儡戏似的,老婆咳嗽着首先跳了起来,躲上晒台去了。我却还在父亲和姐姐的相片上凝视了好久好久!一种难堪的酸楚与悲痛,突然地涌上了我的心头!自己已经在外飘流八九年了,有些什么能对得住姊姊和爹爹呢?……不但没有更加努力地走着他们遗留给我的艰难的,血污的道路,反而卑怯地躲在家中将他们当鬼敬起来了!啊啊,我还将变成怎样的一种无长进的人呢?……

夜晚母亲烧纸钱和长锭时对我说:

"再叩一个头吧!今夜你爹爹有了钱用了,他一定要报一个快乐的,欢喜的梦给你听的!"

可是,我什么好梦都没有做,瞪着一双眼睛直到天亮!脑子里,老是浮着爹爹的那满是血污的严峻的脸相,并且还仿佛用了一根无形的,沉重的鞭子,着力地垂打我的懦怯的灵魂!

(原载1935年8月《时事新报》副刊《青光》)

插　田

——乡居回忆之一

失业，生病，将我第一次从嚣张的都市驱逐到那幽静的农村。我想，总该能安安闲闲地休养几日吧。

时候，是阴历四月的初旬——农忙的插田的节气。

我披着破大衣踱出我的房门来，田原上早经充满劳作的歌声了。通红的肿胀的太阳，映出那些弯腰的斜长的阴影，轻轻地移动着。碧绿的秧禾，在粗黑的农人们的手中微微地战抖。一把一把地连根拔起来，用稻草将中端扎着，堆进那高大的秧箩，挑到田原中分散了。

我的心中，充满着一种轻松的，幽雅而闲静的欢愉，贪婪地听取他们悠扬的歌曲。我在他们的那乌黑的脸膛上，隐约的，可以看出一种不可言喻的，高兴的心情来。我想：

"是呀！小人望过年，大人望插田！……这原是他们一年巨大的希望的开头呢。……"

我轻轻地走过去。在秧田里第一个看见和我点头招呼的，便是那雪白胡须的四公公，他今年已经七十三岁了，还肯那么高兴地跟着儿孙们扎草挑秧，这是多么伟大的农人的劳力啊！

"四公公，还能弯腰吗？"我半玩笑半关心地问他。

"怎么不能呀！'农夫不下力，饿死帝王君'呢。先生！"他骄傲地笑着，用一对小眼珠子在我的身上打望了一遍，"好些了？……"

"是的，好些了。不过腰还是有些……"

"那总会好的罗！"他又弯腰拔他的秧去了。

我站着看了一会，在他们那种高兴的，辛勤的劳动中，使我深深地感到自家年来生活的卑微和厌倦了。东浮西荡，什么东西部毫无长进的，而身体，又是那样的受到许多沉重的创伤；不能按照自家的心思做事，又不会立业安家，有时甚至连一个人的衣食都难于温饱，有什么东西能值得向他们夸耀呢？……而他们，一天到晚，田中，山上，微漪的，淡绿的湖水，疏云的，辽阔的天际！唱自家爱唱的歌儿，谈自家开心的故事。忧？愁？……夜间的，酣甜的吃梦！……

我开始羡慕他们起来。我觉得，我连年都市的飘流，完全错了；我不应该在那样的骷髅群中去寻求生路的，我应该回到这恬静的农村中来。我应该同他们一样，用自家的辛勤劳力，争取自家的应得的生存；我应该不闻世事，我应该……

田中的秧已经慢慢地拔完了，我还更加着力地在想着我的心思。当他们各别抬头休息的时候，小康——四公公的那个精明的小孙子，向我偷偷地将舌头伸出着，顽皮地指了一下那散满了秧扎的田中，笑了：

"去吗？……高兴吗？……"

不知道是哪里来的兴趣，使我突然忘记了腰肢的痛楚，脱下了鞋袜和大衣，想同他们插起田来。我的白嫩的脚掌踏着那坚牢的田塍，感到针刺般的酸痛。然而，我却竭力地忍耐着，艰难地跟着他们下到了那水混的田中。

四公公几乎笑出眼泪来了。他拿给我一把秧，教会我一个插田的脚步和姿势，就把我送到那最外边的一层，顺着他们里边的行列，倒退着，插起秧来。

"当心坐到水上呀！……"

"不要同我们插'烟壶脑壳'呢！……"

"好了！好了，脚插到阴泥中拔不出来了！"

我忍住着他们的嘲笑，站稳了架子，细心地考察一遍他们的手法，似乎觉得自家所插的列子也还不差。这一下就觉得心中非常高兴了。插田，我的动作虽然慢，却还并不见得是怎样艰难的事情啊！

四公公越到我的前头来了——他已经比我快过了一个长行。他抬头站了一站，我便趁这个机会像夸张自家的能干般地和他扳谈起来。

"我插的行吗？四公公！"

"行！"四公公笑了一笑，但即刻又皱着眉头说："读书人，干这些事情总不大合适呀！对吗？……"

"不，四公公，我是想试试看呢，我看我能不能插秧！我想……唔，四公公，我想回到乡下来种田呀！"

"种田？……王先生，你别开玩笑呢！"

"真的呀！还是种田的好些，……我想。"

四公公的脸上阴郁起来了，他呆呆地站在田中，用小眼珠子惊异地朝我侦察着我的话是否真实。我艰难地移近着他的身边，就开始说起我那高兴农人生活的理由来，我大声地骂了一通都市人们的罪恶，又说了许多读书人的卑鄙，下流，……然后，正当欲颂赞他们生活的清高的时候，四公公便突然地打断了我的话头：

"得啦！先生，你为什么竟说出这样的话来呢？……"他朝儿孙们打望了一下，摸着胡子，凄然地撒掉手中的残秧。"在我们，原没有办法的，明知种田是死路，但也只得种！有什么旁的生涯给我们做得呢？'命中注定八合米，走尽天下不满升。'……而先生，你……读书人，高升的门路几多啊！你还真的说这种话，……你以为，唉！先生，这田中的收成都能归我们自家？……"

他咽住了一口气，用手揉揉那湿润的小眼睛，摇头没有再说下去了。他的胡子悲哀地随风飘动着，有一粒晶莹的泪珠子顺着他那眼角的深深的皱纹爬将下来。

儿孙们都停了手中的工作，朝我们怔住了：

"怎么啦？公公。"

"没有怎么！"他叹一声气。忽然，似乎觉到了今天原是头一次插田，应该忌讳不吉利的话似的，又朝我打望了一下，顺手揩掉那晶莹的泪珠子，勉强装成一副难堪的笑容，弯腰拾起着秧禾，将话头岔到旁的地方去：

"等等，先生，请你到我们家中吃早饭去，……人，生在世上，总应该勤劳，……"

我没有再听出他底下说的是什么话来，痴呆地，羞惭地站在那里，但着他祖孙们手中的秧禾和那矫捷的插田的动作。……"死路"。"高升的门路！"……我觉得有一道冰凉的流电，从水里通过我的脚干，而曲曲折折地传到我的全身！……

我的腰肢，开始痛得更加厉害了。

（原载1935年7月《时事新报》副刊《青光》）

大师经典

叶紫精品选

随笔

我怎样与文学发生关系

我是一个不懂文学的人，然而，我又怎样与文学发生了关系的呢？当我收到"我与文学"这样一个征文的题目的时候，我真的不知道从什么地方说起啊！

童年时代，我是一个小官吏家中的独生娇子。在爸妈的溺爱之下，我差不多完全与现实社会脱离了关系。我不知道米是从什么地方来的；我不知道这世界有多大；我更不知道除了我的爸妈之外，世界上还有着许多许多我所不认识的人，还有着许多许多我所不曾看到的鬼怪。

六岁就进了小学。在落雨不去上学，发风不去上学，出大太阳又怕晒了皮肤的条件之下，一年又一年地我终于混得了一张小学毕业的文凭。

进中学已经十二岁了。这是我最值得纪念的，开始和我的爸妈离开的一日。中学校离我的故乡约二百里路程，使我不得不在校中住宿。为了孤独，为了舍不下慈爱的爸妈，我在学校宿舍里躺着哭了四五个整天。后来，是训育先生抚慰了我一阵，同学们像带小弟弟似的带着我到处去玩耍,告诉我许多看书和游戏的方法,我才渐渐地活泼起来。我才开始领略到了学校生活中的乐趣。

中学校,是有着作文课的。我还记得,第一次先生在黑板上写下的作文题目是叫做"我的志愿"。

接着,先生便在讲台上,对着我们手舞脚蹈地解释了一番。

"……你还是欢喜做文学家呢?科学家呢?哲学家呢?教育家呢?……你只管毫无顾忌地写出来。……"

当时我所写的是什么呢?现在已经完全记不起来了。不过,从那一次作文课以后,却使我对于将来的"志愿问题"一点上,引起了非常浓厚的兴趣。

"我到底应该做一个什么人物呢?将来……"

每当夜晚下了自修课,独自儿偎在被窝里面的时候,小小的心灵中,总忍不住常常要这样地想。

"爸爸是做官儿的人,我也应该做官儿吧!不过,我的官儿应当比爸爸的做得更大,我起码得像袁世凯一样,把像在洋钱上铸起来……

"王汉泉跑得那样快,全学校的人都称赞他,做体育家真出风头……

"牛顿发明了那许多东西,牛顿真了不得,我还是做牛顿吧!……

"哥伦布多伟大啊!他发现了一个美洲……

"李太白的诗真好,我非学李太白……"

于是乎,我便在梦里常常和这许多人做起往来来。有时候,我梦见坐在一个戏台上,洋钱上的袁世凯跪在我的下面向我叩着头。有时候,我梦见和一个怪头怪脑的家伙,坐在一个小洋船上,向大海里找寻新世界。有时候,我梦见做了诗人,喝了七八十斤老酒,醉倒在省长公署的大门前。有时候,……

这样整天整夜像做梦般的,我过了两年最幸福的中学生生活。

不料一九二六年的春天,时代的洪流,把我的封建的,古旧的故乡，激荡得洗涤得成了一个畸形的簇新的世界。我的一位顶小的叔叔，便在这一个簇新世界的洪流激荡里，做了一个主要的人。爸爸也便没有再做小官儿了，就在叔叔的不住的恫吓和"引导"之下，跟着卷入了这一个新的时代的潮流；痛苦地，茫然地跟着一些年轻人干着和他自己本来志愿完全相违反的事。

"孩子是不应该读死书的，你要看清这是什么时代！"

这样叔叔便积极地向我进攻起来。爸爸没有办法，非常不情愿地，把我从"读死书"的中学校里叫了出来，送进到一个离故乡千余里的，另外的，数着"一，二，三，开步走！"的学校里面去。

"唉！真变了啊！牺牲了我自己的老迈的前程还不上算，还要我牺牲我的年幼的孩子！……"

爸爸在送我上船，去进那个数"一，二，三，"的学校的时候，老泪纵横地望着我哭了起来。

我的那颗小小的心房，第一次感受着了沉重的压迫！

第二年（一九二七）的五月，我正在数"一，二，三，"数得蛮高兴的时候，突然，从那故乡的辽远的天空中，飞来了一个惊人的噩耗：——

整个的簇新的世界塌台了！叔叔们逃走了！爸爸和一个年轻的姊姊，为了叔叔们的关系失掉了自由！……

我急急忙忙地奔了回去。沿途只有三四天功夫，慢了，我终于扑了一个空……

爸爸！姊姊！……

天啊！我像一个刚刚学飞的雏雁，被人家从半天空中击落了下来！我的那小小的心儿，已经被击成粉碎了！我说不出来一句话。我望着妈，哭！妈望着我，哭！妈，五十五岁；我呢，一个才十五岁的孩子。

"怎么办呢，妈？"

"去！孩子！你是一个有志气的人，不要忘记了你的爸，不要忘记了你的苦命的妈！去！到那些不吃人的地方去！"

"是的，妈！我去！你老人家放心，我有志气，你看，妈！我是定可以替爸、姊出气的！报，我得报，报仇的！……妈！你放心！……"

没有钱，什么都没有了，我还记得，当我悄悄地离开我的血肉未寒的爸爸的时候，妈只给我六十四个铜子。我毫无畏惧地，只提了一个小篮子，几本旧小说，诗，文和两套黑布裤褂，独自儿跑出了家门。

"到底到什么地方去呢？"我躲在一个小轮船的煤屑堆里是这样地想。

天，天是空的；水，水辽远得使人望不到它的涯际；故乡，故乡满地的血肉；自己，自己粉碎似的心灵！……

于是，天涯，海角，只要有一线光明存在的地方，我到处都闯！……

我想学剑仙，侠客，白光一道，我就杀掉了我的仇人，我便毁平了这吃人的世界！但是，我始终没有找到师父。虽然我的小篮子里也有过许多剑侠的小说书。我也曾下过决心，当过乞丐，独自儿跑过深山古庙，拜访过许多尼姑，和尚，卖膏药和走江湖的人……但是，一年，两年，苦头吃下来千千万万。剑仙，侠客，天外的浮云，……一个卖乌龟卦的老头子告诉我："孩子，去吧！你哪里有仙骨啊！……"

我愤恨地将几部武侠小说撕得粉碎！

"还是到军队里去吧，"我想。只要做了官，带上了几千几万的兵，要杀几个小小的仇人，那是如何容易的事情啊！还是，还是死心塌地地到军队中去吧！挨着皮鞭子，吃着耳光，太阳火样地晒在我的身上，风雪像利刃似的刺痛着我的皮肤；沙子掺着发臭的谷壳塞在我的肚皮里；痛心地忍住着血一般的眼泪，躲在步哨线的月光下面拼死命地读着《三国演义》《水浒》一类的书，学习着为官为将的方法。……但是，结果，我冲锋陷阵地拼死拼活干了两年，好容易地晋升了一级，由一等兵一变而为上等兵了。我愤恨得几乎发起疯来。在一个遍地冰霜的夜晚，我拖着我那带了三四次花的腿子，悄悄地又逃出了这一个陷人的火坑。

"我又到什么地方去呢？"

彷徨，浑身的创痛，无路可走！……

为了报仇，我又继续地做过许多许多的梦。然而，那只是梦，那只是暂时地欺骗着自家灵魂的梦。

我饥饿，寒冷！白天，白天的六月的太阳；夜晚，夜晚檐下的，树林中的风雪！……

一切人类的白眼，一切人类的憎恶！……痛苦像毒蛇似的，永远地噬啮着我的心，……

于是，我完全明白了：世界上没有不吃人的地方，没有可以容许痛苦的人们生存的一个角落！除非是，除非是……

我完全明白了：剑仙，侠客，发财，升官，侠义的报仇，……永远走不通的死路！……

我从大都市流到小都市，由小都市流到农村。我又由破碎的农村中，流到了这繁华的上海。

年龄渐渐地大了，痛苦一天甚似一天地深刻在我的心中。我不能再乱冲乱闯了……我要埋着头，郑重地干着我所应当干的事业。……

就在这埋头的时候，我仍旧是找不到丝毫的安慰的。于是，我便由传统的旧诗，旧文，旧小说，鸳鸯蝴蝶派的东西，一直读到文学研究会，创造社，太阳社，以及新近由世界各国翻译过来的文学作品……

那仅仅只是短短的三四年功夫，便使我对于文学发生了非常浓厚的兴趣。

一方面呢，我是欲找寻着安慰；我不惜用心用意地去读，用心用意地去想，去理会；我像要从这里面找出一些什么东西出来，这东西，是要能够弥补我的过去的破碎的灵魂的。一方面呢，那是郁积在我的心中的千万层，千万层隐痛的因子，像爆裂了的火山似的，紧紧地把我的破碎的心灵压迫着，包围着，燃烧着，使我半些儿都透不过气来……

于是，我没有办法，一边读，一边勉强地提起笔来也学着想写一点东西。这东西，我深深地知道，是不能算为艺术品的，因为，我既毫无文学的修养，又不知道运用艺术的手法。我只是老老实实地想把我的浑身的创痛，和所见到的人类的不平，逐一地描画出来，想把我内心中的郁积统统发泄得干干净净……

我所发表的几个短篇小说和一些散文，便都是这样，没有技巧，没有修辞，没有合拍的艺术的手法，只不过是一些客观的，现实社会中不平的事实的堆积而已。然而，我毕竟是忍不住的了！因为我的对于客观现实的愤怒的火焰，已经快要把我的整个的灵魂燃烧殆毙了！

现在呢，我一方面还是要尽量地学习，尽量地读，尽量地听信我的朋友和前辈作家们的指导与批评。一方面呢，我还要更细心地，更进一步地，去刻划着这不平的人世，刻划着我自家的遍体的创痕！……一直到，一直到人类永远没有了不平！我自家内心的郁积，也统统愤发得干干净净了之后……

这样，我便与文学发生了异常密切的关系。

（原载1934年7月《文学》一周年纪念特刊——《我与文学》）

我们需要小品文和漫画

我们需要小品文和漫画，在这年头，我们比旁的艺术作品还需要得厉害。

小品文和漫画差不多是天天和我们见面的。当我们每天打开报章，打开其它一切杂志，大半都占有小品文和漫画的最多篇幅。我们在工作和劳动的稀少的余暇，读不到长篇大著的世界和国内的文学作品，我们就只好拿小品文和漫画来应急。

小品文能兴奋我们的精神，能加强我们对于黑暗的现实的认识，能把我们从悲哀和沉默中激发出来，指示出我们的宽庄的大道。它是"匕首"，是"投枪"，它是文学作家们短兵接战时的唯一的武器。漫画更能使我们增加艺术的兴趣，更能使我们具体地看到人生。它能补小品文的不足，能从另一形势描绘出一切文学作品所不能达到的深微点。它和小品文有着不可分离的关系。它也应该是"匕首"，是"投枪"，是画家们短兵接战时的唯一的武器。

是的，我们需要小品文和漫画，在这年头，我们比旁的艺术作品还需要得厉害。

　　然而；我们需要的是上述的这种小品文和漫画。而不是"×月诸家之随笔"，而不是"王先生"与"眼睛吃的冰淇淋"。

一九三五年二月二十八日

（原载1935年《太白》一卷纪念特辑——《小品文和漫画》）

我为什么不多写

两个多月来，我没有写成功一个字。

很多爱我的和关心我的朋友，常常写信或者跑来当面对我说："老叶，你为什么不多写一点呢？你看，你这样穷——负担着一家人六口的生活，而常常挨饿……况且，你又并不是完全没有生活经验的人……实在的，你为什么不多多地写一点呢？……老叶，实在的呀！……"

女人和母亲更是时时刻刻附到我的耳边，说：

"写呀！你为什么又不写了呢？……你的脑子在想什么东西呀！……明天早晨又没有米了，孩子的帽子也破了，妈妈敬菩萨的香烛钱也没有了，你究竟在想什么东西呢？……来！让我替你把孩子带出去，你一个人安安心心地写吧！写吧！……《时事新报》。你可以去一篇的——那我知道——而且，还有申报馆，××杂志，××月刊，××，××××……你不是说在月内通通要写一篇去的吗？"——的确的，自己也知道，假如我不多多地写，生活也许马上会把我们一家老幼都赶到马路上去睡弄堂，讨铜板的。然而，我应该写些什么东西呀！

常常地，我一提起笔来，摊开朋友们索稿子的来信，想起每个编辑先生来信嘱咐的那些话，我的脑子也便会莫名其妙地混乱起来，不知道应该写些什么东西才好了。

"你是写小说的人啦，你给我一篇小说吧！"我的第一个朋友说。"不过，你应该注意呀，小说的内容千万不要写得太那个，那个了……朋友，只要讲得好呀！……喜欢看爱情小说的人才多呢。朋友……"

接着，第二个又说：

"老叶！赶快替我写一篇农村小说。我知道，农村的情形你非常熟悉的……赶快啦，老叶！今天十三了，十五号还来得及！十五号，是的。老叶，你还要注意呀，最多不能超过三千字，三千字，老叶，最多三千啊！……"

此外，又还有限定我写游记，军队生活，妇女生活，或者和学生生活有关之类的小说。而且，而且，大都不能超过三千或一千五百字，内容更不能"那个"。有的甚至于还选出一篇论文来，叫我就照那内容替他配上一篇小说，表示他所论的完全是真的，现实的材料，有小说为证。

这样，我便被陷入了那深沉混乱的苦痛之中，终于不知道应该写什么东西才好了。然而，为了生活，我又不得不写。女人督促着，朋友催逼着。虽明明知道自己是一条瘦弱的公牛，榨不出奶，但也不能不拼命地榨一榨。

而榨的结果呢？——两三个月来几乎一字无成。写了一篇恋爱的，自己看看，要不得；给朋友看看："唉，你为什么写这样的东西呢？唉唉！简直不成呀！你难道连起码的恋爱常识都没有吗？唉唉……"于是毁了它，重新来写一篇关于农村的小说。先想好一个题材，下笔了；但是，又不成，刚刚开一个头就有了六七千字，再写下去，便非三四万字不能完篇。"谁要呢？"朋友说，"这样长的东西，除非你自家去出单行本。"然而，为了生活，我又不能不听朋友的话，暂时将长的搁起，再来想一个其他的短东西。可是，心情已经不能再像从前那样安静了，渐渐冒出了火花来。"为什么呢？我为什么不能按照自己的意志和心情写作呢？为什么要拼命地来想这'鸡零狗碎'的东西呢？啊啊，为什么呢？……生活呀！该诅咒的生活呀！"于是，又忍痛地将自家暴躁的心情抑止，再想一篇关于军队生活的小说。想好了，写呀，写得神昏颠倒，日夜不停。结果好了，没有过火，也没有斗争。高高兴兴地拿给编辑先生去看，"嗯！"编辑先生咽了一口气，皱着眉头地说，"你可怎么写得这样'那个'呢？……你不可以将他们的生活写得好一点吗？嗯嗯！这样的东西我怎么能发表呢？嗯，老叶，我怎么能发表呢？……"当然，到这时无论如何我的心火也按捺不住了，但又不好当着编辑先生发脾气，只能唯唯连声地退了出来，一口气跑到家里——将原稿子向火炉中一摔！并且还大声地骂着女人，骂着孩子！骂他们不该累赘我的生活，不该逼着向我要吃饭，逼着我写这样不成器的东西！……结果，女人哭了，孩子哭了。母亲愤怒地摸起拐杖来要敲破我的脑壳！而早饭米仍旧不能不设法到外面去弄回来……后来，我又试写了一回妇女生活和学生生活之类的小说，但我自己知道：统统不成功。也就不想再送去给朋友和编辑先生们看了。因为我在写的时候，除了用手拿着钢笔在原稿纸上一笔一笔地移动以外，脑子早已不知道飞到什么地方去了。

  朋友们大抵以为我过去的生活经验应该丰富得了不得，不肯努力地多写出东西来，挨饿那是活该的。而并不知道我的创作的艰难和痛苦。何况我的生活经验还并不见得有怎样"了不得"呢？当然，我不否认我还有一部份不曾写出来的"血"和"泪"的惨痛的生命史，但那大大的东西写了出来又有谁要呢？在长长的写作的时期中，谁肯来维持我一家五六口的生活呢？"空虚啊！"我不由地叫道，"我的别样的生活是怎样地空虚啊！"然而，我要是有胡诌的本事也好——"一天能胡诌出一两千字，也足可以维持生活的！"人们对我说——偏偏我又没有这样的本事。于是，挨饿；那就真正"活该，活该"了。

"然而，你就是这样长期地'空虚'和'苦痛'下去吗？"朋友们一定要问的吧。但，敬爱的朋友，这你尽可以放心吧！人们只要想到了自家生存的意义的时候，是决不至于自暴自弃的啊！

我虽然"空虚"和"苦痛"，但我究竟还没有失掉我青春的生命底烈火，还储藏着有一种巨大的自信力。我为什么要弄得自暴自弃起来呢！

以后呢，当然，因各方面的关系，我还应多多地写——在不违反自家的意志和不脱离艺术领域的这范围之内。可是我将不再写应时，应景，指定题材和规定长短之类的痛苦的东西。一定的，朋友！宁肯"饿肚皮"都做得。"饿肚皮"，这句话并不是表示我故意地装得"清高""有骨气"！而是实实在在的，我的别样生活太"空虚"了，写不出。再说明白一点：以后我将多写一些自家所欲写，所愿意写的小说，间或也写一点杂记和杂忆之类的东西。写多少，算多少。能发表呢，当然好；不能发表，就留给自家读读。至于能不能写得好，写得进步，能不能中编辑先生的意，满足朋友们和读者的欲求，那就只能看我的身体底健康和努力的程度如何了。

当然，我一定好好地锻炼自己；刻苦地，辛勤地学习；使我往后的东西能一天一天地接近艺术，并深入到大众的生活之中。

一九三五年除夕前十日在上海

（原载1936年1月《漫画与生活》第一卷第三期）

感想·意见·回忆

四年前的"一·二八",我正在××公安局当警察,因为用不到我们上前线去,便只好日夜不停地在后方做维持治安的工作——捉汉奸!

那时候只有捉汉奸和杀汉奸是最快人心的事。我记得,我们每次捉到一个或者两三个专门掼炸弹的汉奸去枪毙时,我们的后面总要跟上成千成万的群众,大声地喊打,喊杀!拍掌,欢呼!……有的甚至于还亲自拿着小刀子,到枪毙后的汉奸的尸身上去戳,去割,去挖他们的心肝!……

三年前的"一·二八",我虽没有当警察了,但心还是热的。因为要大家长期抵抗,于是汉奸也跟着减轻了罪:游街,戴高帽子,站木笼示众!……我虽然没有亲自动手去捉,但究竟还能认识他们是汉奸。群众们也还是一样地拍手,欢呼!喊打,喊杀……但已经看不到枪毙,割肉和挖心肝了。

两年前的"一·二八",我提笔走上文艺界,心似乎也很平淡了。但究竟还有一些"爱国青年"们组织什么除奸团,跪哭队之类的东西专门和汉奸们作对，开玩笑，使他们常常要受点儿惊吓，吃点儿麻烦烦……奸商们甚至还要花几文钱去登一登报："鄙人并非汉奸，诸君不要误会！爱国岂敢后人，自有良心为证！"……

一年前的"一·二八"，我的心不知怎样的，渐渐地由平淡而变为冷静了。这对汉奸们已由无罪而变为有功。作官的作官，享福的享福！"汉奸"这名词，根本就不存在了。如果你要说他一声"汉奸"，那么你就是汉奸的汉奸——

今年的"一·二八"呢？我的心也就由冷静而变得更冷，冷成了冰凉了——不错，这正是奴隶的心！

（原载1936年1月《时事新报》副刊《每周文学》）

痛苦的感想

自一九三一年以后,每年到这个时候,我总得给逼着写一篇这样的文章。这在我——不,应该说着全中国不愿意做汉奸和亡国奴的人,——实在是一桩最大的苦痛!我们为什么要写这样的文章的呢?在我们的历史上,为什么会有"九·一八"和"一·二八"这一类的字眼的呢?……我们要到什么时候才能把这些字眼抹去,才能不写这样的文章呢?……

过去了"五三""五九""五卅",又新添了"九·一八""一·二八"!……而且这些日子还仍旧不住地在一个一个地加上去。这是谁的罪过呢?等到我们的那唯一的"好政府","长期抵抗"到中国的"勘察加"去了时,恐怕在我们的历本上,将无法再找出一个没有"国耻"的日子了吧!

那么,在目前,——在我们的"好政府"还没有到"堪察加"之前,我们这些小百姓们还应当怎样呢?是准备着将来躲到"堪察加"天天去写"纪念"呢,还是愿意马上就用自己的力和血去将这些字眼揩掉呢？……

　　事情是非常明白地摆在我们的面前了，只要是不愿意当汉奸和亡国奴的每一个中国人，都必须而且也应该赶快去选择摆在他面前的这两条路吧！……

　　　　　　（原载1936年9月《文学大众》第一卷第一期）

忆家煌

在抽屉里,无意地发现家煌的遗稿——《出滨路南》——使我又凄然地浮起了家煌的印象。

人死了——怎么样都是好的,这差不多成了惯例。因为死了的人不会再说话了,好坏可以任人去品评,只要和他没有特殊的冤仇,谁不愿意做个顺水人情,说他两句好话呢?相反的,要是他没有死,那是很少人愿意去说他的好话的,除非有特殊的用意。说不定,有时候还要说他几句坏话,攻击他一下子,甚至于还要用手段将他置诸死地。等到死了以后,于是,也就成为好人了。

家煌呢?在生前,我是非常知道的:他是一个十足的坏家伙。他有官不做,有福不享,有高价的稿费不卖稿子;情愿整天地跑马路,嚼大饼油条,以致老婆不认他做丈夫,朋友不认他做朋友,弄得后来无法生活,一病就死。这样一个家伙,要说他是一个好人,那是如何的不可能啊!

可是,他死了以后呢?便马上有人称他为天字第一号的好人了。接着东也吹吹，西也捧捧，并且还硬把他拖进一个什么文艺的阵营里面去，说他是怎样怎样的一个好人，怎样怎样的一员猛将。于是坏的家煌一变而成为好的健将了。

不死是不会被称为好人的，我常常这样想。假如家煌现在还活着的话，那将不知道他还要坏到什么程度？可是，他已经死了。

想起了家煌，想起了死后无知的可怕，我不禁默然伤神者久之！

（原载1934年4月《中华日报》副刊《动向》）

我们的唁词

高尔基是我受影响最大,得益最多,而且最敬爱的一个作家。

当从报纸上得到他的病讯的时候,我正应一个朋友的邀约,准备到杭州去作一个短时间的旅行,为了挂念这病着的大作家,我带了两本最心爱的他底著作:一本是《短篇创作选集》,一本是《草原故事》。因为从这两本书里,我可以看到这个作家底伟大的灵魂,也可以学到一些"怎样去生活"的方法。当然,他底伟大还不仅仅是这两本书,我爱他的也不仅仅是这三数篇作品。然而我所得到的关于这两本书的益处,也就不少了。

虽然在旅行中,我是每天都在挂念着他底消息。我看到他体热降低,我觉得欢喜,看到他体热增高,我觉得忧虑,而且也更能从那两本书里看出他的伟大处来。

他的死讯,是我重回上海的第二天才得到的,我的心里当时觉得一下子沉下去了!我不能找出一句适当的话来形容我底心中的悲哀和纪念他底人格的伟大!

他的死，不但是苏联的损失，而且是全世界文学青年的损失。因为我们将再得不到他底新的指示，再看不到他底新的伟大的作品了。

纪念他和哀痛他，只能由他遗留下来的作品里去找寻我们"怎样去生活"的路。

这"路"是非常的长的，黑暗而且艰难的，他的作品将永远像一盏明灯那样地照耀我们前进！

（原载1936年7月《文学界》第一卷第三期）

师经典

叶紫精品选

小说

丰 收

一

时间是快要到清明节了。天，下着雨，阴沉沉的没有一点晴和的征兆。

云普叔坐在"曹氏家祠"的大门口，还穿着过冬天的那件破旧棉袍；身子微微颤动，像是耐不住这袭人的寒气。他抬头望了一望天，嘴边不知道念了几句什么话，又低了下去。胡须上倒悬着一线一线的涎沫，迎风飘动，刚刚用手抹去，随即又流出了几线来。

"难道再要和去年一样吗？我的天哪！"

他低声地说了这么一句，便回头反望着坐在戏台下的妻子，很迟疑地说着：

"秋儿的娘呀！'惊蛰一过，棉裤脱落！'现在快清明了，还脱不下袍儿。这，莫非是又要和去年一样吗？"

云普婶没有回答，在忙着给怀中的四喜儿喂奶。

天气也真太使人着急了，立春后一连下了三十多天雨没有停住过，人们都感受着深沉的恐怖。往常都是这样：春分奇冷，一定又是一个大水年岁。

"天啦！要又是一样，……"

云普叔又掉头望着天，将手中的一根旱烟管，不住地在石阶级上磕动。

"该不会吧！"

云普婶歇了半天功夫，随便地说着，脸还是朝着怀中的孩子。

"怎么不会呢？春分过了，还有这样的寒！庚午年，甲子年，丙寅年的春天，不都是有这样冷吗？况且，今年的天老爷是要大收人的！"

云普叔反对妻子的那种随便的答复，好像今年的命运，已经早在这儿卜定了一般。关帝爷爷的灵签上曾明白地说过了：今年的人，一定是要死去六七成的！

烙印在云普叔脑筋中的许多痛苦的印象，凑成了那些恐怖的因子。他记得：甲子年他吃过野菜拌山芋，一天只能捞到一顿。乙丑年刚刚好一点，丙寅年又喊吃树根。庚午辛未年他还年少，好像并不十分痛苦。只有去年，我的天呀！云普叔简直是不能作想啊！

去年，云普叔一家有八口人吃茶饭，今年就只剩了六个：除了云普婶外，大儿子立秋二十岁，这是云普叔的左右手！二儿子少普十四岁，也已经开始在田里和云普叔帮忙。女儿英英十岁，她能跟着妈妈打斗笠。最小的一个便是四喜儿，还在吃奶。云普爷爷和一个六岁的虎儿，是去年八月吃观音粉①吃死的。

---

① 观音粉：一种白色的细泥土。——原注。

这样一个热闹的家庭中，吃呆饭的人一个也没有，谁不说云普叔会发财呢？是的，云普叔原是应该发财的人，就因为运气太不好了，连年的兵灾水旱，才把他压得抬不起头来。不然，他也不会那么示弱于人哩！

去年，这可怕的去年啦！云普叔自己也如同过着梦境一样。为了连年的兵灾水旱，他不得不拼命地加种了何八爷七亩田，希图有个转运。自己家里有人手，多种一亩田，就多一亩田的好处；除纳去何八爷的租谷以外，多少总还有几粒好捞的。能吃一两年饱饭，还怕弄不发财吗？主意打定后，云普叔就卖掉了自己仅有的一所屋子，来租何八爷的田种。

二月里，云普叔全家搬进到这祠堂里来了，替祖宗打扫灵牌，春秋二祭还有一串钱的赏格。自家的屋子，也是由何八爷承受的。七亩田的租谷仍照旧规，三七开，云普叔能有三成好到手，便算很不错的。

起先，真使云普叔欢喜。虽然和儿子费了很多力气，然而禾苗很好，雨水也极调和，只要照拂得法，收获下来，便什么都不成问题了。

看看他，禾苗都发了根，涨了苞，很快地便标线①了，再刮二三日老南风，就可以看到黄金色的谷子摆在眼前。云普叔真是喜欢啊！这不是他日夜辛劳的代价吗？

他几乎欢喜得发跳起来，就在他将要发跳的第二天哩，天老爷忽然翻了脸。蛋大的雨点由西南方直向这垄上扑来，只有半天功夫，池塘里的水都起膨胀。云普叔立刻就感受着有些不安似的，恐怕这好好的稻花，都要被雨点打落，而影响到收成的不丰。午后，雨渐渐地停住了，云普叔的心中，像放落一副千斤担子般的轻快。

半晚上，天上忽然黑得伸手看不见自家的拳头，四面的锣声，像雷

---

① 标线：即稻的穗子从禾苞中长出来。——原注。

一般地轰着,人声一片一片地喧嚷奔驰,风刮得呼呼地叫吼。云普叔知道又是外面发生了什么意外的事变,急急忙忙地叫起了立秋儿,由黑暗中向着锣声的响处飞跑。

路上,云普叔到了小二疤子,知道西水和南水一齐暴涨了三丈多,曹家垅四围的堤口,都危险得厉害,锣声是喊动大家去挡堤的。

云普叔吃了一惊,黑夜里陡涨几支水,是四五十年来少见的怪事。他慌了张,锣声越响越厉害,他的脚步也越加乱了。天黑路滑,跌倒了又爬起来。最后是立秋扶住他跑的,还不到三步,就听到一声天崩地裂的震响,云普叔的脚像弹棉花絮一般战动起来。很快地,如万马奔驰般的浪涛向他们扑来了。立秋急急地背起云普叔返身就逃。刚才回奔到自己的头门口,水已经流到了阶下。

新渡口的堤溃开了三十几丈宽一个角,曹家垅满垸子的黄金都化成了水。

于是云普叔发了疯。半年辛辛苦苦的希望,一家生命的泉源,都在这一刹那间被水冲毁得干干净净了。他终天的狂呼着:

"天哪!我粒粒的黄金都化成了水!"

现在,云普叔又见到了这样希奇的征兆,他怎么不心急呢?去年五月到现在,他还没有吃饱过一顿干饭。六月初水就退了,垅上的饥民想联合出门去讨米,刚刚走到宁乡就被认作了乱党赶出境来,以后就半步大门都不许出。县城里据说领了三万洋钱的赈款,乡下没有看见发下一颗米花儿。何八爷从省里贩了七十担大豆子回垅济急,云普叔只借到五斗,价钱是六块三,月息四分五。一家有八口人,后来连青草都吃光了,实在不能再挨下去,才跪在何八爷面前加借了三斗豆子。八月里华家堤掘出了观音粉,垅上的人都争先恐后地跑去挖来吃,云普叔带着立秋挖了两三担回来,吃不到两天,云普爷爷升天了,临走还带去了一个六岁的虎儿。

后来，垄上的饥民都走到死亡线上了，才由何八爷代替饥民向县太爷担保不会变乱党，再三地求了几张护照，分途逃出境来。云普叔一家被送到一个热闹的城里，过了四个月的饥民生活，年底才回家来。这都是去年啦！苦，又有谁能知道呢？

这时候，垄上的人都靠着临时编些斗笠过活。下雨，一天每人能编十只斗笠，就可以捞到两顿稀饭钱。云普叔和立秋剖篾；少普、云普婶和英英日夜不停地赶着编。编呀，尽量地编呀！不编有什么办法呢？只要是有命挨到秋收。

春雨一连下了三十多天了，天气又寒冷得这么厉害，满垄上的人，都怀着一种同样恐怖的心境。

"天啦！今年难道又要和去年一样吗？……"

二

天毕竟是晴和了，人们从蛰伏了三十多天的阴郁底屋子里爬出来。菜青色的脸膛，都挂上了欣欢的微笑。孩子们一伴一伴地跑来跑去，赤着脚在太阳底下踏着软泥儿耍着。

水全是那样满满的，无论池塘里、田中或是湖上。遍地都长满了嫩草，没有晒干的雨点挂在草叶上，像一颗一颗的小银珠。杨柳发芽了，在久雨初晴的春色中，这垄上，是一切都有了欣欣开展的气象。

人们立时开始喧嚷着，活跃着。展眼望去，田畦上时常有赤脚来往的人群，徘徊观望；三个五个一伙的，指指池塘又查查决口，谈这谈那，都准备着，计划着，应该如何动手做他们在这个时节里的功夫。

斗笠的销路突然地阻塞了，为了到处都天晴。男子们白天不能在家里刮篾，妇人和孩子的工作，也无形中松散下来，生活的紧箍咒，随即把这整个的农村牢牢地套住。努力地下田去工作吧,工作时原不能不吃饭啊!

整日祈祷着天晴的云普叔,他的目的总算是达到了。然而微笑是很吝啬地只在他的脸上轻轻地拂了一下,便随着紧蹙的眉尖消逝了。棉袍还是不能脱下,太阳晒在他的身上,只有那么一点儿辣辣的难熬,他没有放在心上。他只是担心着,怎样地才能够渡过这紧急的难关——饱饱地捞两餐白米饭吃了,补一补精神,好到田中去。

斗笠的销路没有了,眼前的稀饭就起了巨大的恐慌,于是云普叔更加焦急。他知道他的命苦,生下来就没有过过一时舒服的生涯。今年五十岁了,苦头总算吃过不少,好的日子却还没有看见过。算八字的先生都说:他的老晚景很好;然而那是五十五岁以后的事情,他总不能十分相信。两个儿子又都不懂事,处在这样大劫数的年头,要独立支持这么一家六口,那是如何困难的事情啊!

"总得想个办法啦!"

云普叔从来没有自馁过,每每到了这样的难关,他就把这句话不住地在自己的脑际里打磨旋,有时竟能想到一些很好的办法。今天,他知道这个难关更紧了,于是又把这句话儿运用到脑里去旋转。

"何八爷,李三爷,陈老爷……"

他一步一步地在戏台下踱来踱去,这些人的影子,一个个地浮上他的脑中。然而那都是一些极难看的面孔,每一个都会使他感受到异样的不安和恐惧。他只好摇头叹气地把这些人统统丢开,将念头转向另一方面去。猛然地,他却想到了一个例外的人:

"立秋,你现在就跑到玉五叔家中去看看好吗?"

"去做什么呢,爹?"

立秋坐在门槛边剖篾,漫无意识地反问他。

"明天的日脚很好啦!人家都准备下田了,我们也应当跟着动手。"

头一天做功夫，总得饱饱吃一餐，兆头来能好一些，做起功夫来也比较起劲。家里现在已经没有了米，所以……"

"我看玉五叔也不见得有办法吧！"

"那末，你去看看也不要紧的喽！"

"这又何必空跑一趟呢？我看他们的情形，也并不见得比我们要好！"

"你总欢喜和老子对来！你能知道他们和我们一样吗？我是叫你去一趟呀！"

"这是实在的事实啊！爹，他们恐怕比我们还要困难哩！"

"废话！"

近来云普叔常常会觉得自己的儿子变差了，什么事情都欢喜和他抬杠。为了家中的一些琐事，不知道发生过多少次龃龉。儿子总是那样懒懒地不肯做事，有时候简直是个忤逆的，不孝的东西！

玉五叔的家中并不见得会和自己一般地没有办法。因为除了玉五婶以外，玉五叔的家中没有第三个要吃闲饭的人。去年全垄上的灾民都出去逃难了，王五叔就没有同去，独自不动地支持了一家两口的生存。而且，也从来没有看见他向人家借贷过。大前天在渡口上曹炳生肉铺门前，还看见了他提着一只篮子，买了一点酒肉，摇头晃脑地过身。他怎么会没有办法呢？

于是云普叔知道了，这一定又是儿子发了懒筋，不肯听信自己的吩咐，不由的心头冒出火来：

"你到底去不去呢？狗养的东西，你总喜欢和老子对来！"

"去也是没有办法啦！"

"老子要你去就去，不许你说这些废话，狗入的！"

立秋抬起头来，将篾刀轻轻放下，年轻人的一颗心里蕴藏着深沉的隐痛。他不忍多看父亲焦急的面容，回转身子来就走。

"你说：我爹爹叫我来的，多少请玉五叔帮忙一点，过了这一个难关之后，随即就替五叔送还来。"

"唔！……"

月亮刚从树桠里钻出了半边面孔来，一霎儿又被乌云吞没。没有一颗星，四周黑得像一块漆板。

"玉五叔怎样回答你的呢？"

"他没有说多的话。他只说：请你致意你的爹爹，真是对不住得很，昨天我们还是吃的老南瓜。今天，喽！就只有这一点点儿稀饭了！"

"你没有说过我不久就还他吗？"

"说过了的，他还把他的米桶给我看了。空空的！"

"那么，他的女人哩？"

"没有说话，笑着。"

"妈妈的！"云普叔在小桌子上用力地击了一拳。随即愤愤地说道："大前天我还看见了他买肉吃，妈妈的！今天就说没有米了，鬼才相信他！"

大家都没有声息。云普婶也围了拢来，孩子们都竖着耳朵，听爹爹和哥哥说话，偌大的一所祠堂中，连一颗豆大的灯光都没有。黑暗把大家的心绪，胁迫得一阵一阵地往下沉落……

"那么明天下田又怎么办呢？"

云普婶也非常耽心地问。

"妈妈的，只有大家都饿死！这杂种出外跑了这么大半天，连一颗米花儿都弄不到。"

"叫我又怎么办呢，爹？"

"死！狗入的东西！"

云普叔狠狠的骂了这句之后，心中立刻就后悔起来："死！"啊，认真地要儿子死了又有什么办法呢？心中只感到一阵阵酸楚，扑扑地不觉吊下两颗老泪！

"妈妈的！"

他顺手摸着了旱烟管儿，返身朝外就走。

"到哪儿去呢，老头子？"

"妈妈的！不出去明天吃土！"

大家用了沉痛的眼光，注视着云普叔的背影，渐渐被黑暗吞蚀。孩子们渐次地和睡魔接吻了，在后房中像猪狗一般地横七竖八地倒着。堂屋中只剩了云普婶和立秋，在严厉的恐怖中，张大那失去了神光的眼睛，期待着云普叔的好消息回来。心上的弦，已经重重地扣紧了。

深夜，云普叔带着哭丧的脸色跑回来，从背上卸下来一个小小的包袱：

"妈妈的，这是三块六角钱的蚕豆！"

六条视线，一齐投射在这小小的包袱上，发出了几许饥饿的光芒！云普叔的眶儿里，还饱藏着一包满满的眼泪。

三

在田角的决口边，立秋举着无力的锄头，懒洋洋的挥动。田中过多的水，随着锄头的起落，渐渐地由决口溢入池塘。他浑身都觉得酥软，手腕也那样没有力量，往常的勇气，现在不知跑到哪里去了。

一切都渺茫哟！他怅望着原野。他觉得：现在已经不全是要下死力做功夫的时候了；谁也没有方法能够保证这种工作，会有良好的效果。历年的天灾人祸，把这颗年轻人的心房刺痛得深深的。眼前的一切，太使他感到渺茫了，而他又没有方法能把自己的生活改造，或是跳出这个不幸的圈围。

他拖着锄头，迈步移过了第三条决口，过去的事件，像潮水般地涌上他的心头。每一锄头的落地，都像是打在自家的心上。父亲老了，弟妹还是那么年轻。这四五年来，家中的末路，已经成为了如何也不可避免的事实。而出路还是那样的迷茫。他不知道要用什么方法，才可以开拓出这条迷茫的出路。

无意识地，他又想起不久以前上屋癞大哥对他鬼鬼祟祟说的那些话来，现在如果细细地把它回味，真有一些说不出来的道理：在这个年头，不靠自己，还有什么人好靠呢？什么人都是穷人的对头，自己不起来干一下子，一辈子也别想出头。而且癞大哥还肯定地说过：不久的世界，一定是我们穷人的！

这样，又使立秋回想到四年前农民会当权的盛况：

"要是再有那样的世界来哟！"

他微笑了。突然地有一条人影从他的身边掠过，使他吃了一惊！回头来看，正是他所系念的上屋癞老大。

"喂！大哥，到哪里去呢？"

"呵！立秋，你们今天也下了田吗？"

"是的，大哥！来，我们谈谈。"

立秋将锄头停住。

"你爹爹呢？"

"在那边挑草皮子，还有少普。"

"你们这几天怎样过门的呀？"

"还不是苦，今天家里已经没有人编斗笠，我们三个都下田了。昨晚，爹爹跑到何八那里求借了一斗豆子回来，才算是把今天下田的一餐弄饱了，要不然……"

"还好还好！何八的豆子还肯借给你们！"

"谁愿意去借他的东西！妈妈的，我爹爹不知道说了多少好话！磕了头！又加了价！……唉！大哥，你们呢？"

"一样地不能过门啊！"

沉静了一刹那。癞大哥又恢复了他那种经常微笑的面容，向立秋点头了一下：

"晚上我们再谈吧，立秋！"

"好的。"

癞大哥匆匆走后，立秋的锄头，仍旧不住地在田边挥动，一条决口又一条决口。太阳高高地悬在当空，像是告诉着人们已经到了正午。大半年来不曾听见过的歌声，又悠扬地交响着。人们都拖着疲倦的身子回来，很少的屋顶上，能有缕缕的炊烟冒出。

云普叔浑身都发痛了，虽然昨天只挑了二三十担草皮子，肩和两腿的骨髓中间，像着了无数的针刺，几乎终夜都不能安眠。天亮爬起来，走路还是一阵阵地酸软。然而，他还是镇静着，尽量地在装着没事的样子，生怕儿子们看见了气馁！

"到底老了啊！"他暗自地伤心着。

立秋从里面捧出两碗仅有的豆子来摆在桌子上，香气把云普叔的口水都馋得欲流出来。三个人平均分配，一个只吃了上半碗，味道却比平常的特别好吃。半碗，究竟不知道塞在肚皮里的哪一个角角儿。

勉强跑到田中去挣扎了一会儿，浑身就像驮着千斤闸一般地不能动弹。连一柄锄头，一张耙，都提不起来了，眼睛时时欲发昏，世界也像要天旋地转了一样。兜了三个圈子，终于被肚子驱逐回来。

"这样子下去，怎么得了呢？"

孩子和大人都集在一块，大大小小的眼睛里通通冒出血红的火焰来。互相地怅望了一会儿，都觉得没有什么好说的话。

"天哪！……"

云普叔咬紧牙关，鼓起了最后的勇气来，又向何八爷的庄上走去。路上，他想定了这一次见了八爷应当怎样地向他开口，一步一步地打算得妥贴了，然后走进那座庄门。

"你到底有什么事情呢，云普？"

八爷坐在太师椅上问。

"我，我，我……"

"什么？……"

"我想再向八爷……"

"豆子吗？那不能再借给你了！垄上这么多人口，我单养你一家！"

"我可以加利还八爷！"

"谁希罕你的利，人家就没有利吗？那不能行呀！"

"八爷！你老人家总得救救我，我们一家大小已经……"

"去，去！我哪里管得了你这许多！去吧！"

"八爷，救救我！……"

云普叔急的哭出声来了。八爷的长工跑出来，把他推到大门外。

"号丧！你这老鬼！"

长工恶狠狠地骂了一句，随即把大门掩上了。

云普叔一步挨一步地走回来，自怨自艾地嘟哝着：为什么不遵照预先想定的那些话，一句一句地说出来，以致把事情弄得没有一点结果。目前的难关，还有什么方法能够渡过呢。

走到四方塘的口上，他突然地站住了脚，望了一望这油绿色的池塘。要不是丢不下这大大小小的一群，他真想就是这么跳下去，了却他这条残余的生命！

云普婶和孩子们倚立在祠堂的门口，盼望着云普叔的好消息。饥饿燃烧着每个人的内心，像一片狂阔的火焰。眼睛红得发了昏，巴巴地，还望不见带着喜信回来的云普叔。

天哪！假如这个时候有一位能够给他们吃一顿饱饭的仙人！

镜清秃子带了一个满面胡须的人走进屋来，云普叔的心中，就像有千万把利刀在那儿穿钻。手脚不住地发抖，眼泪一串一串地滚下来。让进了堂屋，随便地拿了一条板凳给他们坐下，自己另外一边站着。云普婶还躲在里面没有起来，眼睛早已哭得红肿了。孩子们，小的两个都躺着不能爬起来，脸上黄瘦得同枯萎了的菜叶一样。

立秋靠着门边，少普站在哥哥的后面，眼睛都湿润润的。他们失神地望了一望这满面胡须的人，随即又把头转向另一方面去。

沉寂了一会儿，那胡子像耐不住似地：

"镜清，那孩子现在在哪里呢？"

"还在里面啊！十岁，名叫英英姐。"秃子点点头，像叫他不要性急。

云普婶从里面踱出来，脚有一千斤重，手中拿着一身补好了的小衣裤，战栗得失掉了主持。一眼看见秃子，刚刚喊出一声"镜清伯！……"便哇的一声，迸出了两行如雨的眼泪来，再说不出一句话了。云普叔用袖子偷偷地扪着脸。立秋和少普也垂头呜咽地饮泣着！

秃子慌张了，急急地瞧了那胡子一眼，回头对云普婶安慰似的说：

"嫂嫂！你何必要这样伤心呢？英英同这位夏老爷去了，还不比在家里好吗！吃的穿的，说不定还能落得一个好主子，享福一生。桂生家的菊儿，林道三家的桃秀，不都是好好地去了吗？并且，夏老爷……"

"伯伯！我，我现在是不能卖了她的！去年我们讨米到湖北，那样吃苦都没有肯卖。今年我更加不能卖了，她，我的英儿，我的肉！呜！……"

"哦！"

夏胡子盯了秃子一眼。

"云普！怎么？变了卦吗？昨晚还说得好好的。……"秃子急急地追问云普叔。话还没有说完，云普婶连哭带骂地向云普叔扑来了：

"老鬼！都是你不好！养不活儿女，做什么鸡巴人！没有饭吃了来设法卖我的女儿！你自己不死！老鬼，来！大家拼死了落得一个干净，想卖我女儿万万不能！"

"妈妈的！你昨晚不也说过了吗？又不是我一个人作主的。秃子，你看她泼不泼！"云普叔连忙退了几步，脸上满糊着眼泪。

"走吧！镜清。"

夏胡子不耐烦似的起身说。秃子连忙把他拦住了：

"等一等吧，过一会儿她就会想清的。来！云普，我和你到外面去说几句话。"

秃子把云普叔拉走了。云普婶还是呜呜地哭闹着。立秋走上来扶住了她，坐在一条短凳子上。他知道，这场悲剧构成的原因并不简单，一家人足足的有三天没有吃东西了。斗笠没有人要，田中的耕种又不能荒芜。所以昨晚镜清秃子来游说的时候，他并没有表示如何激烈的反对。虽然他伤心妹子，不愿意妹子卖给人家，可是，除此以外，再没有方法能够解救目前的危急。他在沉痛的矛盾心理中，憧憬一终夜，他不忍多看一眼那快要被卖掉的妹子，天还没有亮，他就爬起来。现在，母亲既然这样地伤心，他还有什么心肝敢说要把妹子卖掉呢？

"妈妈，算了吧！让他们走好了。"

云普婶没有回答。秃子和云普叔也从头门口走进来，大家又沉默了一会儿。

"嫂嫂！到底怎么办呢？"秃子说。

"镜清伯伯呀！我的英英去了她还能回来吗？"

"可以的，假如主子近的话。并且，你们还可以常常去看她！"

"远呢？"

"不会的哟！嫂嫂。"

"都是这老鬼不好，他不早死！……"

英英抱着四喜儿从里面跑出来了，很惊疑地接触了这个奇异的环境！随手将四喜儿交给了妈妈，瞪着一双圆溜溜的眼睛四围张望。

大家又是一阵心痛，除了镜清秃子和夏胡子以外。

"就是她吗？"夏胡子被秃子拌了一下，望着英英说。

几番谈判的结果，夏胡子一岁只肯出两块钱。英英是十岁，二十块。另外双方各给秃子一块钱的介绍费。

"啊啊！这是一个什么世界哟！"

十九块雪白的光洋，落到云普叔的手上，他惊骇得同一只木头鸡一样。用袖子尽力地把眼泪擦干，仔细地将洋钱看了一会儿。

"天啊！这洋钱就是我的宝宝英英吗？"

云普婶把挂好了的一套衣裤给英英换上，告诉她是到夏伯伯家中去吃几天饭就转来，然而英英的眼泪究竟没有方法止住。

"妈妈，我明天就可以回来吗？我不要一个人吃饱饭啊！"

大家都目不转睛地噙着泪水对英英注视着。再多看一两眼吧，这是最后的相见啊！

秃子把英英带走，云普婶真的发了疯，几回都想追上去。远远地还听到英英回头叫了两声：

"妈妈呀！我不要一个人吃饱饭！"

"我明天就要转来的呀！"

"……"

生活暂时地维持下来了，十九块钱，只能买到两担多一点谷，五个人，可够六七十天的吃用。新的出路，还是欲靠父子们自己努力地开拓出来。

清明泡种期只差三天了，垄上都没有一家人家有种谷，何八爷特为这件事亲自到县库里去找太爷去商量。不及时下种，秋季便没有收成。

大家都伫望着何八爷的好消息，不过这是不会失望的，因为年年都借到了。县太爷自己也明白："官出于民，民出于土！"种子不设法，一年到了头大家都捞不着好处的。所以何八爷一说就很快地答应下来了。发一千担种谷给曹家垄，由何八爷总管。

"妈妈的，种谷十一块钱一担，还要四分利，这完全是何八这狗杂种的盘剥！"

每个人都是这样地愤骂，每个都在何八爷庄上挑出谷子来。

生活和工作，加紧地向这农村中捶击起来。人们都在拼命地挣扎，因为他们已将一切的希望，完全寄托在这伟大的秋收。

四

插好田，刚刚扯好二头草，天老爷又要和穷人们作对。一连十多天不见一点麻麻雨，太阳悬在空中，像一团烈火一样。田里没有水了，仅仅只泥土有些湿润的。

卖了女儿，借了种谷，好容易才把田插好，云普叔这时候已经忙碌得透不过气来，肥料还没有着落，天又不肯下雨了，实在急人！假如真的要闹天干的话，还得及早准备一下哩！

他盼咐立秋到戏台上把车叶子取下，修修好。再过三天没有雨，不车水是不可能的事啊！

人们心中都祈祷着：天老爷啊，请你老人家可怜我们降一点儿雨沫吧！

一天，两天，天老爷的心肠也真硬！人们的祈祷，他竟假装没有听见，仍旧是万里无云。火样的太阳，将宇宙的存在都逗引得发了暴躁。什么东西，在这个时候，也都现出了由干热而枯萎的象征。田中的泥土干涸了，很多的已经绽破了不可弥缝的裂痕，张开着，像一条一条的野兽的口，喷出来阵阵的热气。

实在没有方法再挨延了，张家坨、新渡口都有了水车的响声，禾苗垂头丧气地在向人们哀告它的苦况。很多的叶子已经卷了筒。去年大水留下来的苦头还没有吃了，今年谁还肯眼巴巴地望着它干死呢！就拼了性命也是要挣扎一下子的啊！

吃了早饭，云普叔亲自肩着长车，立秋抗了车架，少普提着几串车叶子，默默地向四方塘走来。太阳晒在背上，只感到一阵热热的刺痛，连地上的泥土，都烫得发了烧。

"妈妈的！怎么这样热。"

四面都是水车声音，池塘里的水，尽量在用人工转运到田中去。云普叔的车子也安置好了。三个人一齐踏上，车轮转动着，水都由车箱子里爬出来，争先恐后地向田中飞跑。

汗从每一个人的头顶一直流到脚跟。太阳看看移到了当顶，火一般地燎烧着大地。人们的口里，时常有缕缕的青烟冒出。脚下也渐渐地沉重了，水车踏板就像一块千斤重的岩石，拼性命都踏不下来。一阵阵的酸痛，由脚筋分布到全身，到脑顶。又像是有人拿着一把小刀子在那里割肉挖筋一般的难过。尤其是少普，在他那还没有发育得完全的身体中，更加感受着异样的苦痛。云普叔又何尝不是一样呢？衰老的几根脚骨头，本来踏上三五步就有些挨不起了的，然而，他不能气馁呀！老天爷叫他吃苦，死也得去！儿子们的勇气，完全欲靠他自己鼓起来。况且，今天还是头一次上紧，他怎么好自己首先叫苦呢？无论如何受罪，都得忍受下来哟！

"用劲呀，少普！……"

他常常是这样地提醒着小的儿子，自己却咬紧牙关地用力踏下去。真是痛的忍不住了，才将那含蓄着很久了的眼泪流出来，和着汗珠儿一同滴下。

好容易云普婶的午饭送来了，父子们都从车上爬下来。

"天啊！你为什么偏偏要和我们穷人作对呢？"

云普叔抚摸着自己的腿子。少普哭丧脸地望着他的母亲：

"妈妈，我的这两条腿子已经没有用了呢！"

"不要紧的哟！现在多吃一点饭，下午早些回来，憩息一会，就会好的。"

少普也没有再作声，顺手拿起一只碗来盛饭吃。

连日的辛劳，云普叔和少普都弄得同跛脚人一样了。天还一样的狠心！一天功夫车下来的水，仅仅只够维持到一天禾苗的生命。立秋算是最能得力的人了，他没有感到过父亲和弟弟那般的苦痛。然而，他总是懒懒地不肯十分努力做功夫，好像车水种田，并不是他现在应做的事情一样。常常不在家，有什么事情要到处去寻找。因此使云云普叔加倍地恼恨着："这是一个懒精！忤逆不孝的杂种！"

月亮从树尖上涌出来，在黑暗的世界中散布了一片银灰色的光亮。夜晚并没有白天那般炎热，田野中时常有微风吹动。外面很少有纳凉的闲人，除了妇人和几个孩子。

人们都趁着这个风清月白的夜晚来加紧他们的工作。四面水车的声音，杂和着动人的歌曲，很清晰的可以送入到人们的耳鼓中来。夏夜是太适宜于农人们的工作了，没有白昼的嚣张、炎热、喧扰……

云普叔又因为寻不着立秋，暴躁得像一条发了狂的蛮牛一样。吃晚饭时曾好好地嘱咐他过，今夜天气很好，一定要做做夜工，才许再跑到外面去。谁知一转眼就不看见人，真把云普叔的肚皮都气破了。近来常有一些人跑来对云普叔说：立秋这个孩子变坏了，不知道他天天跑出去，和癞老大他们这班人弄做一起干些什么勾当。个个都劝他严厉地管束一下，以免弄出大事。云普叔听了，几回硬恨不得把牙门都咬碎下来。现在，他越想越暴躁，从上村叫到下村，连立秋的影子都没有看到。他回头吩咐少普先到水车上去等着他，假如寻不到的话，光老小两个也是要车几线水上田的。于是他重新地把牙根咬紧，准备去和这不孝的东西拼一拼老性命。

又兜了三四个大圈子还没有寻到，只好气愤愤地走回来。远远地，忽然听到自己的水车声音响了，急忙赶上去，车上坐的不正是立秋和少普吗？他愤恨得说不出一句话来，半响，才下死劲地骂道：

"你这狗入的杂种！这会子到哪里收尸去了？"

"噎！我不是好好地坐在这里车水吗？"立秋很庄严地回答着。

"妈妈的！"

云普叔用力地盯了他一眼，随即自己也爬上来，踏上了轮子。

月亮由村尖升到了树顶，渐渐地向西方斜落！田野中也慢慢地慢慢地沉静了下来。

东方已经浮上了鱼肚色的白云，几颗疏散的星儿，还在天空中挤眉弄眼地闪动。雄鸡啼过两次了，云普叔从黑暗里爬起来，望望还没有天亮，悠长地舒了一口冷气。日夜的辛劳，真使他有些感到支持不住了。周身的筋骨，常常在梦中隐隐地作痛。但他无论如何也不肯懈怠一刻功夫，或说几句关于疲劳痛痒的话。因为他怕给儿子们一个不好的印象。

生活鞭策着他劳动，他是毫不能怨尤的哟！现在他算是已经把握到一线新的希望了：他还可以希望秋天，秋天到了，便能实现他所梦想的世界！

现在，他不能不很早就爬起来啦。这还是夏天，隔秋天，隔那梦想的世界还远着哩！

孩子们正睡得同猪猡一样。年轻人在梦中总是那么甜蜜哟！他真是羡慕着。为了秋收，为了那个梦想的世界，虽然天还没有十分发亮，他不得不忍心地将儿子们统统叫起来：

"起来哟，立秋！"

"……"

"少普，少普！起来哟！"

"什么事情呀？爹！天还没有亮哩！"少普被叫醒了。

"天早已亮了，我们车水去！"

"刚刚才睡下，连身子都没有翻过来，就天亮了吗？唔！……"

"立秋！立秋！"

"……"

"起来呀！……"

"唔！"

"喂！起来呀！狗入的东西！"

最后云普叔是用手去拖着每一儿子的耳朵，才把他们拉起来的。

"见鬼了，四面全是黑漆漆的！"

立秋揉揉眼睛，才知道是天还没有光，心中老大不高兴。

"狗杂种！叫了半天才把你叫起来，你还不服气吧！妈妈的！"

"起来！起来！不知道黑夜里爬起来做些什么事？拼死了这条性命，也不过是替人家当个奴隶！"

"你这懒精！谁作人家的奴隶？"

"不是吗？打禾下来，看你能够落到手几粒捞什子？"

"鬼话！妈妈的，难道会有一批强盗来抢去你的吗？你这个咬烂鸡巴横嚼的杂种！你近来专在外面抛尸，家中的什么事情都不要管！只晓得发懒筋，你变了！狗东西！人家都说你专和癫老大他们在一起鬼混！你一定变做了什么××党！……"

云普叔气急了，恨不得立刻把儿子抓来咬他几口出气。声音愈骂愈大了。云普婶也被他惊醒来：

"半夜三更闹什么呀,老头子?儿子一天辛苦到晚,也应该让他们睡一睡!你看,外边还没有天亮哩!"

"都是你这老猪婆不好,养下这些淘气杂种来!"

"老鬼!你骂谁啊?"

"骂你这偏护懒精的猪婆子!"

"好!老鬼,你发了疯!你恶他们,你把他们一个一个都拿去杀掉好了,何必要这样地来把他们慢慢地磨死呢?要不然,把他们统统都卖掉,免得刺痛了你的眼睛。半夜里,天南地北的吵死?"

云普叔暴躁得发了疯,他觉得老婆近来更加无理地偏护着孩子,丝毫不顾及到家中的生计:

"你这猪婆疯了!你要吃饭吗?你!……"

"好!我是疯了!老鬼,你要吃饭,你可以卖女儿!现在你又可以卖儿子。你还我的英英来!老鬼,我的命也不要了!……啊啊啊!……"

"好泼的家伙,你妈妈的!……"

"老忘八!老贼!你自己没有能力就不要养儿女,养大了来给他们作孽。女的好卖了,男的也要逼死他们,将来只剩了你这老忘八!我的英英!老贼,你找回来来!啊啊啊!……"

她连哭带骂地向着云普叔扑来,想起了英英,她恨不得把云普叔一口吞掉。

"妈妈的!英英,英英,又不是单为了我一个!"

云普叔连忙躲开她,想起英英来,眼泪也不由自主地掉下了。

"还我的英英,你这老鬼!啊啊!……"

"……"

"啊啊啊!……"

"……"

东方发白了。儿子木鸡一般地站着。听见爹爹妈妈提及了妹子,也陪着流下几阵酸痛的眼泪来。

天色又是一样的晴和。立秋偷偷地扯了少普一下,提起锄耙就走。云普叔也带着懊恼伤痛的面容,一步一拖地跟出了大门。

"啊啊啊!……"

晨风在田野中掠过,油绿色的禾苗,掀起了层层的浪涛,人们都感到一阵清晨特有的凉意。

"今天车哪一方呢?"

"妈妈的,到华家堤去!"

五

"立秋!你的心不诚,不要你抬!"

"云普叔顶万民伞,小二疤子打锣!"

"吹唢呐的没有,王老大你的唢呐呢?"

"妈妈的!好像是哪一个人的事一样,大家都不肯出力,还差三个轿夫。"

"我来一个。高鼻子大爹!"

"我也来!"

"我也来一个!"

"好了,就是你们三个吧!大家都洗一个脸。小二疤子,着实洗干净些,菩萨见怪!"

"打锣!把唢呐吹起来!"

"打锣呀!小二疤子听见没有?婊子的儿子!"

"当!当!当!……"

"呜咧啦!……"

几十个人蜂拥着关帝爷爷,向田野中飞跑去了。

二十多天没有看见一点云影子,池塘里,河里的水都干透了,田中尽是几寸宽的裂口,禾叶大半已经卷了筒。这样再过三四天,便什么都完了。

关帝爷爷是三天前接来的。杀了一条牛,焚了斤半檀香,还是没有一点雨意。禾苗倒烊倒得更加多了。

所以,大家都觉得菩萨不肯发雨下来,一定是有什么缘故。几个主祭的首事集合起来商量了很久,求了无数支签,叩了千百个头,卦还是不能打顺。

"那么今年不完了吗?"

"高鼻子大爹,不要急!我们且把菩萨抬到外面去跑一路,看他老人家见了这个样子心中忍也不忍?"

"好的!也许菩萨还没有看见田中的情况吧!大前年天干,也是请菩萨到外面去兜了一个圈子才下雨的。云普,你去叫几个小伙子来!还有锣鼓唢呐!"

"啊!"

很快地,便把临时的队伍邀齐了。高鼻子大爹在前面领队,第二排是旗锣鼓伞,菩萨的绿呢大轿跟在后头。

从新渡口华家堤,一直弯到红庙,兜了四五个圈子回来,太阳仍旧是同烈火一样,烫得浑身发烧。地上简直热得不能落脚。四面八方都是火,人们是在火中颠扑!

雨一点还没有求下来,菩萨反被磨子湾抬去了。处处都忙着抬菩萨求雨哩!

"天老爷呀!一年大水一年干,究竟欲把我们怎么办呢?"

风色陡然变了,由东北方吹来呼呼地响着。没有星光也没有月亮,很多的人都站在屋外看天色。

"那方扯闪子哩！"

"东扯西合，有雨不落。"

"那是北方呀！"

"好了！南扯火门开，北扯有雨来！今夜该有点雨下吧，天哪！……"

"总要求天老爷开恩啦！"

"还不是，我们又都没有做过恶人，天老爷难道真的要将我们饿死？"

"不见得吧！"

大家喧嚷一会儿之后，屋顶上已有了滴沥的声音，人们只感到一阵凉意。每一滴雨声，都像是打落在开放的心花上。

"这真是天老爷的恩典啦！"

横在人们心中的一块巨石，现在全被雨点溶化了。随即，便是暴风雨的降临！

雷跟在闪电的后面发脾气。

大雨只下了一日夜，田中的水又饱满起来。禾苗都得了救，卷了筒子的禾叶边开展了，像少女们解开着胸怀一样地迎风摆动。长，很迅速地在长，这正是禾苗飞长的时候啊！每个人都默祷着：再过二十来天不出乱子，就可以看到粒粒的黄金，那才算是到了手的东西哩。

雨只有西南方上下得特别久，那边的天是乌黑的。恐怖像大江的波浪，前头一个刚刚低落下去，后面的一个又涌上来。西南方上的雨太下大了，又要耽心水患。种田人真是一刻儿也不能安宁啊！

西水渐渐地向下流膨胀，然而很慢。堤局只派了一些人在堤岸上梭巡。光是西水没有南水助势，大家都可不必把它放在心上。让它去高涨吧！

一天，两天，水总是涨着。渐渐地差不多已经平了堤面了，云普叔也跟着大家着起急来：

"怎么！光是西水也有这么大吗？"

人们都同样的嚷着：

"哎哟！大家还是来防备一下吧！千万不要又和去年一样呀。"

去年的苦痛告诉他们，水灾是要及早防务的哟！锣声又响了，一批一批的人都扛着锄头被絮，向堤边跑去！

"哪一个家里有男人不出去来上堤的，他妈妈的拖出来打死！"云普叔忙得满头是汗地说，"连堂客们都不许躲着，妈妈的，今年要再和去年一样，一个也别想活！……"

"大家都挡堤去呀！"

"当！当！当！……"

夜晚上，火把灯笼像长蛇一样地摆在堤上，白天里沿岸都是骚动的人群。团防局里的老爷们，骑着马，带着一群副爷往来的巡视着，他们负有维持治安的重大责任，尤恐这一群人中间，潜伏着有闹事的暴徒份子，这是不能不提防的。

"妈妈的，作威作福的贱狗，吃了我们的粮没有事做，日夜打主意来害我们！一个个都安得……"

"我恨不得咬下这些狗入的几块肉！总有一天老子……"

多数被团防加害过的人，让他们走过之后，都咬牙切齿地暗骂着。很远了，立秋还跟在他们的后面装鬼脸儿。

水仍旧是往上涨，有些已经漂过了堤面。黄黄的水，是曾劫夺过人们的生命的，大家都对它怀着巨大的恐怖。眼睛里都有一把无名的烈火，向这洪水掷投。

"只要南水不再下来就好了！"

人们互相地安慰着。锄头铲耙，还是不住地加工。

水停住了！

突然地，有些地方在倒流，当有人把几处倒流的地方指出来的时候，人群中间，立刻开始了庞大的骚动。

"哪里倒流？"

"兰溪小河口吗？"

"该死！一个也活不成！"

"天啦！你老人家真正要把我们活活地弄死吗？……"

"关帝爷爷呀！今年要再和去年一样……"

南水涨了，西水受着南水的胁迫，立即开始了强烈的反攻，双方冲突的结果，是不断的向上膨胀！

锣声响得紧！人们心中还没有弥缝的创口，又重新地被这痛心的锣锤儿敲得四分五裂，连孩子妇人都跑到堤边去用手捧着一合一合的泥土向堤上堆。老年人和云普叔一道的，多数已经跪下来了：

"天哪！救苦救难的观世音菩萨呀！今年的大水实在再来不得了啊！"

"盖天古佛！你老人家保过了这场水灾，准还你十本大戏！……"

"天收人啦！"

"……"

经过了两日夜拼命的挣扎，每个人的眼睛里都暴出了红筋。身体像弹熟了的软棉花一样，随处倒落。西水毕竟是过渡了汹涌的时期，经不起南水的一阵反攻，便一泻千里地崩溃下去了！于是南水趁势地顺流下来，一些儿没有阻碍。

水退了！

千万颗悬挂在半空中的心，随着洪水的退落而放下。每个人都张开了口，吐出了一股恶气。提起锄头被絮，拖着软棉花似的身子，各别地踏上了归途。脸上，都挂上着一丝胜利的微笑。

"喂！癞大哥，夜里到我这里来谈天啊！"

立秋在十字路上分岔时对癞老大说。

六

生活和工作，双管齐下地夹攻着这整个的农村。当禾苞标出线来时，差不多每个农民都在拼着他们的性命。过了这严重的一二十天，他们便全能得救！

家中虽然没有一粒米了，然而云普叔的脸上却浮上着满面的笑容。他放心了，经过了这两次巨大的风波，收成已经有了九成把握。禾苗肥大，标线结实，是十多年来所罕见的好，穗子都有那样长了。眼前的世界，所开展在云普叔面前的尽是欢喜，尽是巨大的希望。

然而云普叔并没有作过大的幻想，他抓住了目前的现势来推测二十天以后的情形那是真的。他举目望着这一片油绿色的原野，看看那肥大的禾苗，一线一线快要变成黄金色的穗子，几回都疑是自己的眼睛发昏，自己在做梦。然而穗子禾苗，一件件都是正确地摆在他的面前，他真的欢喜得快要发疯了啊！

"哈哈！今年的世界，真会有这样的好吗？"

过去的疲劳，将开始在这儿作一个总结了：从下种起，一直到现在，云普叔真的没有偷闲过一刻功夫。插田后便闹天干，刚刚下雨又吓大水，一颗心像七上八下的吊桶一般地不能安定。身子疲劳得像一条死蛇，肚皮里没有充过一次饱。以前的挨饿现在不要说，单是英英卖去以后，家中还是吃稀饭的。每次上田，连腿子都提不起，人瘦得像一堆枯骨。一直到现在，经过这许多许多的恐怖和饥饿，云普叔才看见这几线长长的穗子，他怎么不欢喜呢？这才是算得到了手的东西呀，还得仔细地将它盘算一下哩！

开始一定要饱饱地吃它几顿。孩子们实在饿得太可怜了，应当多弄点菜，都给他们吃几餐饱饭，养养精神。然后，卖几担出去，做几件衣服穿穿，孩子们穿得那样不像一个人形。过一个热热闹闹的中秋节。把债统统还清楚。剩下来的留着过年，还要预备过明年的荒月，接新……

立秋少普都要定亲，立秋简直是处处都表示需要堂客了。就是明年下半年吧，给他们每个都收一房亲事，后年就可养孙子，做爷爷了……

一切都有办法，只少了一个英英，这真使云普叔心痛。早知今年的收成有这样好，就是杀了他也不肯将英英卖掉啊！云普叔是最疼英英的人，他这许多儿女中只有英英最好，最能孝顺他。现在，可爱的英英是被他自己卖掉了啦！卖给那个满脸胡须的夏老头子了，是用一只小划子装走的。装到什么地方去了呢？云普叔至今还没有打听到。

英英是太可怜了啊！可怜的英英从此便永远没有了下落。年岁越好，越有饭吃，云普叔越加伤心。英英难道就没有坐在家中吃一顿饱饭的福命吗？假如现在英英还能站在云普叔面前的话，他真的想抱住这可怜的孩子嚎啕大哭一阵！天呵！然而可怜的英英是找不回来了，永远地找不回来了！留在云普叔心中的，只有那条可怜的瘦小的影子，永远不可治疗的创痛！

还有什么呢？除此以外，云普叔的心中只是快乐的，欢喜的，一切都有了办法。他再三地嘱咐儿子，不许谁再提及那可怜的英英，不许再刺痛他的心坎！

家里没有米了，云普叔丝毫也没有着急，因为他已经有了办法，再过十多天就能够饱饱地吃几餐。有了实在的东西给人家看了，差了几粒吃饭谷还怕没有人发借吗？

何八爷家中的谷子，现在是拼命地欲找人发借，只怕你不开口，十担八担，他可以派人送到你的家中来。价钱也没有那样昂贵了，每担只要六块钱。

李三爷的家里也有谷子发借。每担六元，并无利息，而且都是上好的东西。

垄上的人都要吃饭,都要渡过这十几天难关,可是谁也不愿意去向八爷或三爹借谷子。实在吃得心痛,现在借来一担,过不了十多天,要还他们三担。

还是硬着肚皮来挨过这十几天吧!

"这就是他们这班狗杂种的手段啦!他们妈妈的完全盘剥我们过生活。大家要饿死的时候,向他们叩头也借不着一粒谷子,等到田中的东西有把握了,这才拼命地找人发借。只有十多天,借一担要还他们三担。这班狗杂种不死,天也真正没有眼睛。……"

"高鼻子大爹,你不是也借过他的谷子吗?哼!天才没有眼睛哩!越是这种人越会发财享福!"

"是的呀!天是不会去责罚他们的,要责罚他们这班杂种,还得依靠我们自己来!"

"怎样靠自己呢?立秋,你这话里倒有些玩艺儿,说出来大家听听看!"

"什么玩艺儿不玩艺儿,我的道理就在这里:自己收的谷子自己吃,不要纳给他们这些狗杂种的什么捞什子租,借了也不要给他们还去!那时候,他还有什么道理来向我们要呢?"

"小孩子话!田是他家的呀!"二癞子装着教训他的神气。

"他家的?他为什么有田不自己种呢?他的田是哪里来的?还不是大家替他做出来的吗?二癞子你真蠢啊!你以为这些田真是他的吗?"

"那么,是哪个的呢?"

"你的,我的!谁种了就是谁的!"

"哈哈!立秋!你这完全是十五六年时农民会上的那种说法。你这孩子,哈哈!"

"高鼻子大爹,笑什么?农民会你说不好吗?"

"好，杀你的头！你怕不怕？"

"怕什么啊！只要大家肯齐心，你没有看见江西吗？"

"齐心！你这话是很有道理的，不过，哈哈！……"

高鼻子大爷，还有二癞子、壳壳头、王老六大家和立秋瞎说一阵之后，都相信了立秋的话儿不错。民国十六年的农民会的确是好的；就可惜没有弄得长久，而且还有许多人吃了亏。假如要是再来一个的话，一定硬要把它弄得久长一些啊！

"好！立秋，还有团防局里的枪炮呢？"

"咄！到了那个时候，我们就不好把他妈妈的缴下来吗？"

儿子整天地不在家里，一切都要云普叔自己去理会。家中没有米了，不得不跑到李三爷那里去借了一担谷子来。

"你家里五六个人吃茶饭，一担谷就够了吗？多挑两担去！"

"多谢三爷！"

云普叔到底只借了一担。他知道，多吃一担，过不了十来天就要还三担多。没有油盐吃，曹炳生店里也可以赊账了。肉店里的田麻拐，时常装着满面笑容地来慰问他：

"云普哥，你要吃肉吗？"

"不要啊，吃肉还早哩。"

"不要紧的，你只管拿去好了！"

云普叔从此便觉得自己已经在渐渐地伟大，无论什么人遇见了他，都要对他点头微笑地打个招呼。家中也渐渐地有些生气了。就只恨自己的儿子不争气，什么事都要自己操心。妈妈的，老太爷就真的没有福命做吗？

穗子一天一天地黄起来，云普叔脸上的笑容也一天一天地加厚着。他真是忙碌啊！补晒簟，修风车。请这个来打禾，邀那个来扎草，一天到晚，他都是忙得笑迷迷的。今年的世界确比往年要好上三倍，一担田，至少可以收三十四五担谷。这真是穷苦人走好运的年头啊！

去年遭水灾，就因为是堤修得不好，今年首先最要紧的是修堤。再加厚它一尺土吧，那就什么大水都可以不必担心事了。这是种田人应尽的义务呀！堤局里的委员早已来催促过。

"曹云普，你今年要出八块五角八分的堤费啦！"

"这是应该的，一石多点谷！打禾后我亲自送到局里来！劳了委员先生的驾。应该的，应该的！……"

云普叔满面笑容地回答着。堤不修好，免不了第二年又要遭水灾。

保甲先生也衔了团防局长的使命，来和云普叔打招呼了：

"云普叔，你今年缴八块四角钱的团防捐税啦！局里已经来了公事。"

"怎么有这样多呢？甲老爷！"

"两年一道收的！去年你缴没有缴过？"

"啊！我慢慢地给你送来。"

"还有救国捐五元七角二，剩共捐三元零七。"

"这！又是什么名目呢？甲，甲老爷！"

"咄！你这老头子真是老糊涂了！东洋鬼子打到北京来了，你还在鼓里困。这钱是拿去买枪炮来救国打共匪的呀！"

"啊呀！……晓得，晓得了！我，我，我送来。"

云普叔并不着急，光是这几块钱，他真不放在心上。他有巨大的收获，再过四五天的世界尽是黄金，他还有什么要着急的呢？

七

儿子不听自己的指挥，是云普叔终身的恨事。越是功夫紧的当口，立秋总不在家，云普叔暴躁得满屋乱跑。他始终不知道儿子在外面干些什么勾当。大清早跑出去，夜晚三更还不回来。四方都有桶响了，自家的谷子早已黄熟得滚滚的,再不打下来,就会一粒粒地自行掉落。

"这个狗养的,整天地在外面收尸!他也不管家中是在什么当口上了。妈妈的!"

他一面恨恨地骂着,一面走到大堤上去想兜一张桶①。无论如何,今天的日脚好,不响桶是非常可惜的事情。本来,立秋在家,父子三个人还可勉强地支持一张跛脚桶②,立秋不回来就只好跑到大堤上去叫外帮打禾客。

打禾客大半是由湘乡那方面来的,每年的秋初总有一批这样的人来:挑着简单的两件行李,四个一伴四个一伴地向这滨湖的几县穿来穿去,专门替人家打禾割稻子,工钱并不十分大,但是要吃一点儿较好的东西。

云普叔很快地叫了一张桶。四个彪形大汉,肩着憔悴的行囊跟着他回来了。响桶时太阳已经出了两丈多高,云普叔叫少普守在田中和打禾客作伴,自己到处去寻找立秋。

天晚了,两斗田已经打完,平白地花了四串打禾工钱。立秋还是没有寻到,云普叔更焦急得无可如何了。收成是出于意外的丰富,两斗田竟能打到十二担多毛谷子。除了恼恨儿子不争气以外,自己的心中倒是非常快活的。

叫一张外帮桶真是太划不来的事情啊!工钱在外,一大碗一大碗的白米饭,都给这些打禾客吃进肚里去了,真使云普叔看得眼红。想起过去饥饿的情形来,恨不得把立秋抓来活活地摔死。明天万万不能再叫打禾客了,自己动手,和少普两个人,一天至少能打几升斗把田。

夜深了,云普叔还是不能入梦。仿佛听到了立秋在耳边头和人家说话。张开眼睛一看,心中立刻冒出火来:

---

① 桶:即打禾桶,四方的,很大,四个人支持一张桶,两人割稻,两人打稻,"兜一张桶",就是说叫四个打稻的人来。——原注。
② 跛脚桶:即不够四个人,像跛脚的意思。——原注。

"你这杂种！你，你也要回来呀！妈妈的，家中的事情你一点都不管，剩下我这个老鬼来一个人拼命！妈妈的，我的命也不想要了！今朝不是鱼死就是网破！老子一定要看看你这杂种的本事！……"

云普叔顺手拿着一条木棍，向立秋不顾性命地扑来。四串工钱和那些白米饭的恶气，现在统统要在这儿发作了。

"云普叔叔，请你老人家不要错怪了他，这一次真是我们请他去帮忙一件事情去了！"

"什么鸡巴事？你，你，你是谁？……癞大哥你难道不知道吗？我家中的功夫这样忙！他妈妈的，他要去收尸！"云普叔气急了，手中的木棍儿不住地战动。

"不错呀！云普伯伯。这回他的确是替我们有事情去了啊！……"又一个说。

"好！你们这班人都帮着他来害我。鸡肚里不晓得鸭肚里的事！你们都知道我的家境吗？你们？……"

"是的，伯伯！他现在已经回来了，明天就可以帮助你老人家下田！"

"下田！做死了也捞不到自己一顿饱饭，什么都是给那些杂种得现成。你看，我们做个要死，能够落得一粒捞什子到手吗？我老早就打好了算盘！"立秋愤愤地说。

"谁来抢去了你的，狗杂种？"

"要抢的人才多呢！这几粒捞什子终究会不够分配的！再做十年八年也别想落得一颗！"

"狗入的！你这懒精偏有这许多辩说，你不做事情天上落下来给你吃！你和老子对嘴！"

云普叔重新地把木棍提起，恨不得一棍子下来，将这不孝的东西打杀！

"好了，立秋，不许你再多说！老伯伯，你老人家也休息一会儿！

本来，现在的世界也变了，作田的人真是一辈子也别想抬起头来。一年忙到头，收拾下来，一担一担送给人家去！捐呀！债呀！饷呀！……哪里分得自己还有捞呢？而且市面的谷价这几天真是一落千丈，我们不想个法子是不可能的啊！所以我们……"

"妈妈的！老子一辈子没有想过什么鸡巴法子，只知道要做，不做就没有吃的……"

"是呀！……立秋你好好地服侍你的爹爹，我们再见！"

三四个后生子走后，立秋随即和衣睡下。云普叔的心中，像卡着一块硬礧礧的石子。

从立秋回来的第二天起，谷子一担一担地由田中挑回来，壮壮的，黄黄的，真像金子。

这垅上，没有一个人不欢喜的。今年的收成比往年至少要好上三倍。几次惊恐，日夜疲劳，空着肚皮挣扎出来的代价，能有这样丰满，谁个不喜笑颜开呢？

人们见着面都互相点头微笑着，都会说天老爷有眼睛，毕竟不能让穷人一个个都饿死。他们互相谈到过去的苦况：水，旱，忙碌和惊恐，以及饿肚皮的难堪！……现在他们全都好了啦。

市面也渐渐地热闹了，物价只在两三天功夫中，高涨到一倍以上。相反地，谷米的价格倒一天一天地低落下来。

六块！四块！三块！一直低落到只有一元五角的市价了，还是最上等的迟谷。

"当真跌得这样快吗？"

欢欣、庆幸的气氛，于是随着谷价的低落而渐渐地消沉下来了。谷价跌下一元，每个人的心中都要紧一把。更加以百物的昂贵，丰收简直比常年还要来得窘困些了。费了千辛万苦挣扎出来的血汗似的谷子，谁愿那样不值钱地将它卖掉呢？

云普叔初听到这样的风声，并没有十分惊愕，他的眼睛已经看黄黄

的谷子看昏了。他就不相信这样好好的救命之宝会卖不起钱。当立秋告诉他谷价疯狂地暴跌的时候,他还瞪着两只昏黄的眼睛怒骂道:

"就是你们这班狗牛养的东西在大惊小怪地造谣!谷跌价有什么稀奇呢?没有出大价钱的人,自己不好留着吃?妈妈的,让他们都饿死好了!"

然而,寻着儿子发气是发气,谷价低,还是没有法子制止。一块二角钱一担迟谷的声浪,渐渐地传播了这广大的农村。

"一块二角,婊子的儿子才肯卖!"

无论谷价低落到一钱不值,云普叔仍旧是要督促儿子们工作的。打禾后晒草,晒谷,上风车,进仓,在火烈的太阳底下,终日不停地劳动着。由水泱泱地杂着泥巴乱草的毛谷,一变而为干净黄壮的好谷子了。他自己认真地决定着:这样可爱的救命宝,宁愿留在家中吃它三五年,决不肯烂便宜地将它卖去。这原是自己大半年来的血汗呀!

秋收后的田野,像大战过后的废垒残墟一样,凌乱的没有一点次序。整个的农村,算是暂时地安定了。安定在那儿等着,等着,等着某一个巨大的浪潮来毁灭它!

八

为着几次坚决的反对办"打租饭",大儿子立秋又赌气地跑出了家门。云普叔除了怄气之外,仍旧是恭恭敬敬地安排着。无论如何,他可以相信在这一次"打租"的筵席上,多少总可以博得爷们一点同情的怜悯心。他老了,年老的人,在爷们的眼睛里,至少总还可以讨得一些便宜吧!

一只鸡,一只鸭子,两碗肥肥的猪肉,把云普叔馋得拖出一线一线的唾沫来。进内换了一身补得规规矩矩了的衣裤,又盼咐少普将大堂扫得清清爽爽了，太阳还没有当空。

早晨云普叔到过何八爷家里，又到过李三爹庄上；诚恳地说明了他的敬意之后，八爷三爹都答应来吃他们一餐饭。堤局里的陈局长也在内，何八爷准许了替云普叔邀满一桌人。

桌上的杯筷已经摆好了，爷们还没有到。云普叔又恭恭敬敬地站在大门口观望了一回，远远地似乎有两行黑影向这方移动了。连忙跑进来，吩咐少普和四喜儿暂时躲到后面去，不要站在外面碍了爷们的眼。四条长凳子，重新地将它们揩了一阵，自己觉得没有什么不干净的地方了，才安心地站在门边侍候爷们的驾到。

一路总共七个人，除了三爹八爷和陈局长以外，各人还带了一位算租谷的先生。其他的两位不认识，一个有兜腮胡须的像菩萨，一位漂漂亮亮的后生子。

"云普！你费了力呀！"满面花白胡子，眼睛像老鼠的三爹说。

"实在没有什么，不恭敬得很！只好请三爹，八爷，陈老爷原谅原谅！唉！老了，实在对不住各位爷们！"

云普叔战战兢兢地回答着，身子几乎缩成了一团。"老了"两个字说得特别的响。接着便是满脸的苦笑。

"我们叫你不要来这些客气，你偏要来，哈哈！"何八爷张开着没有血色的口，牙齿上堆满了大粪。

"八爷，你老人家……唉！这还说得上客气吗？不过是聊表佃户们一点孝心而已！一切还是要请八爷的海量包涵！"

"哈哈！"

陈局长也跟着说了几句勉励劝慰的话，少普才从后面把菜一碗一碗地捧出来。

"请呀！"

筷子羹匙，开始便像狼吞虎咽一样。云普叔和少普二人分立在左右两旁侍候，眼睛都注视着桌上的菜肴。当肥肥的一块肉被爷们吞嚼得津津有味时，他们的喉咙里像有无数只蚂蚁在那里爬进爬出。涎水从口角里流了出来，又强迫把它吞进去。最后少普简直馋得流出来眼泪了，要不是有云普叔在他旁边，他真想跑上去抢一块来吃吃。

像上战场一般地挨过了半点钟，爷们都吃饱了。少普忙着泡茶搬桌子，爷们都闲散地走动着。五分钟后，又重新地围坐拢来。

云普叔垂着头，靠着门框边站着，恭恭敬敬地听候爷们说话。

"云普，饭也吃过了，你有什么话，现在尽管向我们说呀！"

"三爹，八爷，陈老爷都在这里，难道你们爷们还不明白云普的困难吗？总得求求爷们……"

"今年的收成不差呀！"

"是的，八爷！"

"那么，你打算要说些什么呢？"

"我想，想求求爷们！……"

"啊！你说。"

"实在是云普去年的元气伤狠了，一时恢复不起来。满门大小天天要吃这些，云普又没有力量赚活钱，呆板地靠田中过日子。总得要求要求八爷，三爹……"

"你的打算呢？"

"总求八爷高抬贵手，在租谷项下，减低一两分。去年借的豆子和今年种谷项下，也要请八爷格外开恩！……三爹，你老人家也……"

"好了，你的意思我统统明白了，无非是要我们少收你几粒谷。可是云普，你也应当知道呀！去年，去年谁没有遭水灾呢？我们的元气说不定还要比你损伤得厉害些呢！我们的开销至少要比你大上三十倍，有谁来替我们赚进一个活钱呢？除了这几粒租谷以外！……至于去年我借给你的豆子，你就更不能说什么开恩不开恩。那是救过你们性命的东西啦！借给你吃已算是开过恩了，现在你还好意思说一句不还吗？……"

"不是不还八爷，我是想要求八爷在利钱上……"

"我知道呀！我怎能使你吃亏呢？借豆子的不止你一个人。你的能够少，别人的也能够少。这是万万做不到的事情啊！至于种谷，那更不是我的事情，我仅仅经了一下手，那是县库里的东西，我怎么能够做主呢？"

"是的，八爷说的也是真情！云普老了，这次只要求八爷三爹格外开一回恩，下年收成如果好，我决不拖欠！一切沾爷们的光！……"

云普叔的脸色十分地沮丧了，说话时的喉咙也硬酸酸的。无论如何，他要在这儿尽情地哀告。至少，一年的吃用是要求到的。

"不行！常年我还可以通融一点，今年半点也不能行！假使每个人都和你一样的麻烦，那还了得！而且我也没有那许多精神来应付他们。不过，你是太可怜了，八爷也决不会使你吃亏的。你今年除去还捐还债以外，实实在在还能落到手几多？你不妨报出来给我听听看！"

"这还打得过八爷的手板心吗？一共收下来一百五十担谷子，三爹也要，陈老爷也要，团防局也要，捐钱，粮饷，……"

"哪里只有这一点呢？"

"真的！我可以赌咒！……"

"那么，我来给你算算看！"

八爷一面说着，一面回头叫了那位穿蓝布长衫的算租先生：

"涤新！你把云普欠我的租和账算算看？"

"八爷，算好了！连租谷，种子，豆子钱，头利一共一百零三担五斗六升！云普的谷，每担作价一块三角六。"

"三爹你呢？"

"大约也不过三十担吧！"

"堤局约十来担光景！"陈局长说。

"那么，云普你也没有什么开销不来呀！为什么要这样噜哧呢？"

"哎呀！八爷！我一家老小不吃吗？还有团防费，粮饷，捐钱都在里面！八爷呀！总要你老人家开恩！……"

云普叔的眼泪跑出来了！在这种紧急关头中，他只有用最后的哀告来博取爷们的怜悯心。他终于跪下来了，向爷们像拜菩萨一样地叩了三四个响头。

"八爷三爹呀！你老人家总要救救我这老东西！……"

"唔！……好！云普，我答应你。可是，现在的租谷借款项下，一粒也不能拖欠。等你将来到了真正不能过门的时候，我再借给你一些吃谷是可以的！并且，明天你就要替我把谷子送来！多挨一天，我便多要一天的利息！四分五！四分五！……"

"八爷呀！"

第二天的清早，云普叔眼泪汪汪地叫起来了少普，把仓门打开。何八爷李三爹的长工都在外面等待着。这是爷们的恩典，怕云普叔一天送去不了这许多，特地打发自家的长工来帮忙挑运。

黄黄的，壮壮的谷子，一担一担地从仓孔中量出来，云普叔的心中，像有千万利刀在那里宰割。眼泪水一点一点地淌下，浑身阵阵地发颤。英英满面泪容的影子、蚕豆子的滋味、火烈的太阳、狂阔的大水、观音粉、树皮，……都趁着这个机会，一齐涌上了云普叔的心头。

长工的谷子已经挑上肩了，回头叫着云普叔：

"走呀！"

云普叔用力地把谷子挑起来，像有一千斤重。汗如大雨一样地落着！举眼恨恨地对准何八爷的庄上望了一下，两腿才跨出头门。勉强地移过三五步，脚底下活像着了锐刺一般地疼痛。他想放下来停一停，然而头脑昏眩了，经不起一阵心房的惨痛，便横身倒下来了！

"天啦！"

他只猛叫了这么一句，谷子倾翻了一满地。

"少普！少普！你爹爹发痧！"

"爹爹！爹爹！爹爹呀！……"

"云普，云普！"

"妈妈来呀，爹爹不好了！"

云普婶也急急地从里面跑出来，把云普叔抬卧在戏台下的一块门板上，轻轻地在他的浑身上下捶动着：

"你有什么地方难过吗？"

"唔！……"

云普叔的眼睛闭上了。长工将一担一担的谷子从云普叔的身边挑过，脚板来往的声音，统统像踏在云普叔的心上。渐渐地，在他的口里冒出了鲜血来。

保甲正带着一位委员老爷和两个佩盒子炮的大兵闯进来了。后面还跟着五六个备有箩筐扁担的工役。

"怎么！云普生病了吗？"

少普随即走来打了招呼：

"不是的，刚刚劳动了一下，发痧！"

"唔！……"

"云普！云普！"

"有什么事情呀，甲老爷？"少普代替说。

"收捐款的！剿共，救国，团防，你爹爹名下一共一十七元一角九分。算谷是一十四担三斗零三合。定价一元二角整！"

"唔！几时要呢？"

"马上就要量谷的！"

"啊！啊啊！……"

少普望着自己的爹爹，又望望大兵和保甲，他完全莫名其妙地发痴了！何李两家的长工，都自动地跳进了仓门那里量谷。保甲老爷也赶着钻了进去：

"来呀！"

外面等着的一群工役统统跑进来了。都放下箩筐来准备装谷子。

"他们难道都是强盗吗？"

少普清醒过来了，心中涌上着异样的恼愤。他举着血红的眼睛，望了这一群人，心火一把一把地往上冒。他始终不明白，为什么自己辛辛苦苦种下来的谷子，都一担一担地送给人家挑走。这些人又都那样地不讲理性。他咬紧了牙齿，想跑上去把这些强盗抓几个来饱打一顿，要不是旁边两个佩盒子炮的向他盯了几眼。

"唔！……唔！……唔呀！……"

"爹爹！好了一点吗？……"

"唔！……"

只有半点钟功夫，工役长工们都走光了。保甲慢慢地从仓孔中爬出来，望着那位委员老爷说道：

"完了，除去何李两家的租谷和堤费外，捐款还不够三担三斗多些。"

"那么，限他三天之内自己送到镇上去！你关照他一声。"

"少普！你等一会告诉你爹爹，还差三担三斗五升多捐款，限他三天内亲自送到局里去！不然，随即就会派兵来抓人。"保甲恶狠狠地传达着。

"唔！"

人们在少普朦胧的视线中消失了。他转身向仓孔中一望：天哪！那里面只剩了几块薄薄的仓板子了。

他的眼睛发了昏，整个的世界都好象在团团地旋转！

"唔……哎哟！……"

"爹爹呀！……"

九

立秋回来了，时候是黑暗无光的午夜！

"真的有抢谷的强盗啊！"

云普叔又继连地发了几次昏。他紧紧地把握着立秋的手腕，颤动地说着：

"立秋！我们的谷子呢？今年，今年是一个少有的丰年呀！"

立秋的心房创痛了！半晌，才咬紧牙关地安慰了他的爹爹：

"不要紧的哟！爹爹。你老人家何必这样伤心呢？我不是早就对你老人家说过吗？迟早总有一天的，只要我们不再上当了。现在垄上还有大半没有纳租谷还捐的人，都准备好了不理他们。要不然，就是一次大的拼命！今晚，我还要到那边去呢！"

"啊！……"

模糊中云普叔像做了一场大梦。他隐约地了解儿子立秋不常在家的原因。十五六年前农民会的影子，突然地浮上了他的脑海里。勉强地展开着眼睛，苦笑地望了立秋一眼，很迟疑地说道：

"好，好，好啊！你去吧，愿天老爷保佑他们！"

一九三三年五月二十日脱稿于上海

（选自《叶紫创作集》）

火

一

何八爷的脸色白得像烧过了的钱纸灰，八字眉毛紧紧地蹙着，嘴唇和脸色一样，闭得牢牢的，只看见一条线缝。

拖着鞋子，双手抱住一根水烟袋，在房中来回地踱着。烟袋里的水咕咚咕咚地响，青烟从鼻孔里钻出来，打了一个翻身，便轻轻地向空间飞散。

天黑得怕人，快要到中秋了，连一颗星星都看不见。房间里只有烟榻上点着一盏小青油灯，黄豆子样大，一跳一跳的。户外四围都沉静了，偶然有一两声狗儿的吠叫，尖锐地钻进到人们的心坎里。

多么不耐烦哟！那外面的狗儿吠声，简直有些像不祥之兆。何八爷用脚狠命地在地上跺了几下，又抬头望望那躺在烟榻上的女人。

女人是听差高瓜子的老婆，叫做花大姐。朝着何八爷装了一个鬼脸儿，说道：

"怎么，困不困？爷，你老欢喜多想这些小事情做什么啊！反正，谁能够逃过你的手掌心呢？"

"混账！堂客们晓得什么东西！"

八爷信口地骂了这么一句，又来回兜过三五个圈子，然后走到烟榻旁边躺下。放了水烟袋，眼睛再向天花板出了一会儿神，脑子里好像塞住着一大把乱麻，怎么也想不出一个解脱的方法。花大姐顺手拾起一根烟枪来，替他做上一口火。

"爷，你总不相信我的话呀！不是吗？我可以担保，这一班人终究是没有办法的。青明炉罐放屁，决没有那样的事情来，你只管放心好了，何必定要急得如此整夜地不安呢！"一边说，一边将那根做好了烟的烟枪递过来。

八爷没有响，脸皮沉着。接过枪口来，顺手在花大姐的下身拧了一把。

"要死啊！爷，你这个鬼！"花大姐的腿子轻轻地一颤。

使劲地抽着，一口烟还没有吃完，何八爷的心思又火一样地燃烧起来了。他第三次翻身从烟榻上立起来，仍旧不安地在房子中兜着那焦灼的圈子。

他总觉得这件事情终究有些不妥当，恐怕要关系到自家两年来的计谋。这些东西闹的比去年还要凶狠了，真正了不得！然而事情大小，总要有个商量才行。于是他决心地要花大姐儿将王涤新叫起来问一问：

"他睡了呀！"花大姐懒洋洋地回答着。

"去！不要紧的，你只管把他叫起来好了！"

"唔，讨厌！你真是一个胆小如鼠的人，听不到三两句谣言，就吓成这个样子，真是哩！……"

"小妖精！"

何八爷骂她一句。

王涤新从梦中惊醒来，听到声音是花大姐，便连忙爬起来，一手将她搂着：

"想死人啊！大姐，你真有良心！"

"不要歪缠，爷叫你！赶快起来，他在房里等着哩！"

"叫我？半夜三更有什么事情？"

"大约是谈谈收租的事情吧！"

"唔！"

"哎哟！你要死啦！"

鬼混一会儿，他们便一同踏进了八爷的烟房，王涤新远远地站着，避开着花大姐儿。嘴巴先颤了几下，才半吞半吐地说：

"八爷，夜，夜里叫我起来，有什么事情吩咐呢？"

八爷的眉头一皱；

"你来，涤新！坐到这里来，我们详细地商量一件事。"

"八爷，你老人家只管说。假如有用得着我王涤新的地方，即使'赴汤蹈火'，也属'义不容辞'。男子汉，大丈夫，忘恩不报，那还算得人吗？"

"是的！我也很知道你的为人，所以才叫你来一同商议。就是因为——"八爷很郑重地停一停，才接着说，"现在已经快到中秋节了，打租饭正式来请过的还不到几家，其余的大半连影响都没有。昨天青明炉罐来说：有一些人都准备不缴租了。涤新，这事情你总该有些知道呀！……"

"唔！"王涤新一愣，"这风声？八爷！我老早就听到过了呀！佃户们的确有这种准备。连林道三，桂生，王老大都打成了他们一伙儿。先前，我本想不告诉八爷的，暗中去打听一个明白后再作计较。现在八爷既然知道了，也好；依我看来，还得及早准备一下子呢！"

"怎样准备呢？依你？"

王涤新的脑袋晃了几晃，像很有计划似的，凑近何八爷的耳根，叽哩咕噜说了一阵。于是八爷笑了：

"那么，就只有他们这几个人吗？"

"还有，不过这是两个最主脑的人：上屋癞老大和曹云普家的立秋。八爷！你不用着急，无论他们多少人，反正都逃不过我们的手心啊！"

"是呀！我也这么说过，爷总不相信。真是哩，那样胆小，怕这些蠢牛！……"

花大姐连忙插上一句，眼珠子从右边溜过来，向王涤新身上一落。随即，便转到八爷的身上去了。

"堂客们晓得什么东西？"

八爷下意识地骂了她一句。回头来又同王涤新商量一阵，心里好像已经有了七八分把握似的，方才深深地吐出一口恶气。

停了一停，他朝涤新说：

"那么，就是这样吧！涤新，你去睡，差不多要天亮了。明天，明天看你的！"

退出房门来，王涤新又掉头盯了花大姐一眼；花大姐也暗暗地朝他做了一个手势，然后赶上来，拍——的一声将房门关上。

二

这一夜特别清凉，月亮从黑云中挤出来，散布着一片银灰色。卧龙湖的水，清彻得同一面镜子一般；微风吹起一层细细的波浪，皱纹似的浮在湖面。

远远地，有三五起行人，继继续续地向湖边移动；不久，都在一棵大枫树下停住着。突然地，湖中飞快地摇出两只小船，对着枫树那儿直驶；湖水立刻波动着无数层圈浪，月光水银似的散乱一满湖。

悄悄地，停泊在枫树下面；人们一个一个踏上去，两只小船儿装满了。

"开呀，小二疤子！"

"还有吗？"

"没有了。只有壳壳头生毛病，没有去叫他。"

声音比蚊子还细。轻轻的一篙，小船儿掉头向湖中驶去了。穿过湖心，穿过蛇头嘴，一直靠到蜈蚣洲的脚下。

大家又悄悄地走上洲岸。迎面癞大哥走出来，向他们招招手：

"这儿来，这儿来！"

大伙儿穿过一条芦苇小路，转弯抹角地走到了一所空旷的平场。

四围沉静，每个人的心里都怀着一种异样的欢愉，十五六年时的农民会遗留给他们的深刻的影子，又一幕一幕地在每个人的脑际里放映出来。

于是，他们都现得非常熟习地开始了。

"好了，大家都请在这儿坐下吧！说说话是不要紧的，不过，不要太高声了。"癞大哥细心地关照着。

"到齐了吗，大哥？"

"大约是齐了的，只有壳壳头听说是生了病。现在让我来数数看：一位，两位，三位，……不错，是三十一个人！"

人数清楚了，又招呼着大家围坐拢来，成一个小圈子，说起话来比较容易听得明白。

"好了！大哥，我们现在要说话了吧。"

"唔！"

"那么，大哥，你先说，说出来哪个人不依你，老子用拳头揍他！"

妈妈的！……"李憨子是一个躁性子人。说着，把拳头高高地扬起。

"赞成！赞大哥的成！大哥先说，不许哪一个人不依允！"

"赞成！"这个十五六年时的口语，现在又在他们的嘴边里流行起来。

"大哥说，赞成！"

"赞成，赞成！"

"好了！……"癫大哥急急地爬起来向大家摇摇手，慢轻轻地说道："兄弟伯叔们！现在我们说话不是这样说的，请你们不要乱。我们今夜跑来，不是要听哪一个人的指教，也不是要听哪一个人的吩咐的，我们大家都要说几句公平话。只看谁说得对，我们就得赞成他；谁说得没有道理，我们就不赞成他，派他的不是，要他重新说过。所以，请你们不要硬以为我一个人说的是对的。憨子哥，你的话不对；并且我们不能打人，我们是要大家出主意，大家都说公平话，是吗？"

"嗯！打不得吗？打不得我就不打！李憨子是躁性子人，你们大家都知道的！大哥，我总相信你，我说得不对的，你只管打我骂我，憨子决不放半个屁！大哥，是吗？……"

"哈哈！憨子哥到底正直！"

大家来一阵欢笑声。憨子只好收拾自家的拳头，脸上红红的倒有些不好意思了。癫大哥便连忙把话儿拉开了：

"喂！不要笑了，正经话还多着哩！"

"好！大家都听！"

"各位想必都是明白的，我们今天深夜跑到这里来到底为的什么事？今年的收成比任何年都好，这辛辛苦苦饿着肚皮作出来的收成，我们应当怎样地用它来养活我们自家的性命？怎样不再同去年和今年上半年一样，终天饿得昏天黑地的，捞不到一餐饱饭？现在，这总算是到了手的东西，谷子在我们手里便能救我们自己的性命，给人家夺去了我们就得饿肚皮，同上半年，同去年一样。所以，我们无论如何不能将我们的谷子给人家夺去；我们不能将自己的性命根子送给人家。一定的，因为我们每一个人都还要活！还要活！……半个月来，市上的谷价只有一块二角钱一担了。这样一来，我可以保证：我们在坐的三十多个人中，无论哪一个，他把他今年收下来的谷子统统卖了，仍旧会还去年的欠账不清。单是种谷，何八发下来的是十一块，现在差不多一担要还他十担了。还有豆子钱，租谷，几十门捐款，团防，堤费……谁能够还得清呢？就算你肯把今年收下来的统统给他们挑去，还是免不了要坐牢监的。云普叔家里便是一个很明白的榜样，一百五六十担谷子全数给他们抢去，还不够三担三斗多些。一家五六口人的性命都完了，这该不是假的吧！立秋在这儿，你们尽可向他问。所以，我们今天应该确切地商量一下，看用个什么方法才能保住着我们的谷子，对付那班抢谷子的强人！为的我们都还要活！……"

"打！妈妈的，老子入他的娘！这些活强盗，非做他妈妈的一个干净不行。"李憨子实在忍不住了，又爬起来双脚乱跳乱舞地骂着。癞大哥连忙一把扯住他：

"憨子哥！你又来了！你打，这个时候，这个地方，你到底要打哪一个呢？坐下来吧，总有得给你打的！"

"唔！大哥，我实在，……唉！实在，……"

"哈哈！"

大家都笑着，憨子的话没有说出来，脸上又通红了。

"请大家不要笑了！"癞大哥正声地说，"每一个人都要说话。我们应当怎样地安排着，对付这班抢谷子的强人？从左边说起，立秋，你先说！"

立秋从容地站起来：

"我没有别的话说，因为我也是一个做错了事的人。十天前我没有想出一个法子来阻止我的爹爹不请打租饭，以致弄得一仓谷子都给人家抢去，自己饿着肚皮，爹爹病着没有钱去医好，一家人都弄得不死不活的。不过，我可以告诉大家：如果有人还想能够在老板爷们手里讨得一点面子或便宜时，我真是劝他不起这念头的好！我爹爹就是一个很好的榜样。叩了千万个响头，哭丧似的，结果还是没有讨得半升谷子的便宜。利上加利，租上加租，统统给他们抢完还不够。所以，我敢说：如果还想能在这班狗入的面前哀告乞怜地讨得一点甜头，那真是一辈不能做到的梦啊……"

"大家听了吗？立秋说的：哀告乞怜地去求老板爷们，完场总是恰恰相反，就像这回云普叔一样。所以我们如今只能用蛮干的手法对付这班狗入的。立秋的话已经说完了，高鼻子大爹，你呢？"

"我吗？半条性命了，在世的日子少，黄土里去的日子多。今年一共收到十九担多谷子，老夫妇吃刚够。妈妈的，他们要来抢时，老子就给他们挤了这条老命，死也不给这班忘八入的！"

"好？赞成大爹的！"

大家一声附和之后，癞大哥又顺次地指着道三叔。

"一样的，我的性命根子不能给他们抢去！昨天何八叫那个狗入的王涤新小子来吓我，限我在过节前后缴租，不然就要捉我到团防局里去！我答应了他：'要谷子没有，要性命我可以同你们去！'他没有办法，又对我软洋洋地说了一些好话。因为我的堂客听得不耐烦，便拖起一枝'牢刷板'来将他赶走了！"

"好哇！哈哈！用牢刷板打那忘八入的，再好没有了，三婶真聪明！"

继着，又轮到憨子哥的头上了。

"大哥！你不要笑我，我有拳头。要打，我李憨子总得走头前！嘿！怕事的不算人。我横竖是一个光蛋！……"

"哈哈！到底还是憨子哥有劲！"

"……"

"……"

一个一个地说着。想到自己的生活，每一个的眼睛里都冒出火来，都恨不得立刻将这世界打它一个翻转，像十五六年时农民会所给他们的印象。三十多个人都说完了，继续便是商量如何对付的办法。因为张家宅、陈字岭、严坪寺，这些地方处处都已经商量好了的，并且还派人来问过：曹家垄是不是和他们一样地弄起来？所以今夜一定要决定好对付的方法，通知那些地方，以免临时找不到帮手。

又是一阵喧嚷。

谁都是一样的。决定着：除立秋家的已经没有了办法之外，无论哪一个人的捐款租谷都不许缴。谁缴去谁就自己讨死，要不然，就是安心替他们做狗去。例如他们再派那些活狗来收租时，就给他妈的一顿饱打，请团丁来吗？大家都不用怕，都不许躲在家里，大大小小，老幼男女都跑出来，站一个圈子请他们枪毙！或者跪下来一面向他们叩头，一面爬上去，离得近了，然后站起来一个冲锋，把他们的东西夺下来，做，做，做他妈妈的一个也不留！

最后，大家又互相地劝勉了一番：每一个人回去之后，都不许懈怠，分头到各方面去做事，尤其是要去告诉那些老年顽固的人。然后，和张家宅、严坪寺、陈字岭的人联合！反正，大家一齐……

月亮渐渐地偏西了，一阵欢喜，一阵愤慨，捉住了每一个人的心弦，紧紧地，紧紧地扣着！十五六年时的农民会，又好像已经开展在每一个人的面前似的。船儿摇动了，桨条打在水面上，发出微细的咿哑声。仍旧在那棵大枫树下，他们互相点头地分别着。

三

云普叔勉强地从床上挣扎下来，两脚弹棉花似的不住地向前打跪，左手扶着一条凳子移一步，右手连忙撑着墙壁。身子那样轻飘的，和一只风车架子一样。二三十年来没有得过大病，这一次总算是到阎罗殿上打了一次转身。他尽力地支撑到头门口：世界整个儿变了模样，自家也好像做了两世人。

"唉！这样一天不如一天，不晓得这世界要变成一个什么样子！"

他悠长地叹了一声气，靠着墙壁在阶级边坐下了。

眼睛失神地张望着，猛然地，他看了那只空洞的仓门，他想起自己金黄色的谷子来，内心中不觉又是一阵炸裂似的创痛。无可奈何地，他只好把牙齿咬紧，反过头来不看它，天，他望了一望，晦气色的，这个年头连天也没有良心了。再看看自家心爱的田野，心儿更加伤痛！狗入的，那何八爷的庄子，首先就跑进到他的眼睛中来。

云普叔的身体差不多又要倒将下来了，他硬想闭上眼睛不看这吃人的世界，可是，他不可能呀！他这一次的气太受足了，无论如何，他不能带着这一肚皮气到棺材里去。他还要活着，他还要留着这条老命儿在世界上多看几年：看你们这班抢谷子的强人还能够横行到什么时候？

他不再想恨立秋了。倒反只恨他自己早些不该不听立秋的话来，以致弄得仓里空空的，白辛苦一场给人家抢去，气出来这一场大病。儿子终究是自家的儿子，终究是回护自己的人；世界上决没有那样的蠢材，会将自家的十个手指儿向外边跪折！

相信了这一点，云普叔渐渐地变成了爱护立秋的人，他希望立秋早一些出去，早一些回来，多告诉他一些别人不请打租饭和不纳租谷的情况。

"是的，蠢就只蠢了我！叩了他妈妈的千万个头，结果仍旧是自己打开仓门，给他们抢个干干净净！"云普叔每一次听到儿子从外面回来，告诉他一些别人联合不纳租谷的情况时，他总是这样恨恨地自家向自家责骂着。

天又差不多要黑了，儿子立秋还不见回来，云普叔一步移一步地摸进到房里，靠着床边坐着。少普将夜饭搬过来，云普叔老远望他摇了一摇手，意思好像是要他等待立秋回来时一道吃。

的确的，自蜈蚣洲那一夜起，立秋他比任何人都兴奋些！几天功夫中，他又找到了不少的新人物。每天，忙得几乎连吃饭的功夫都没有，回家来常常是在半晚，或是刚刚天亮的时候。

今夜，他算是特别的回得早，后面还跟着有四五个人一群。跨进房门，一直跑到云普叔的床侧。

"你老人家今天怎样呢？该好了些吧！"

云普叔懂得，这是和颜悦色的癞大哥的声音。他连忙点头地苦笑了一笑，想爬起来和他们打个招呼，身子不觉得发抖的要倒。

"啊呀！……"

小二疤子吓了一跳，连忙赶上来双手将他扶住，轻轻地放下来说：

"你老人家不要起来，站不住的，还是好好地躺一躺吧！"

"唉！先前还移到了头门口，现在连站也站不起来了。这几根老骨头……唉！大哥，小二哥，只怕是……"

"不要紧的，老叔叔，慢慢地再休养几天就会好了，不要心焦，不要躁！"

"唉！大哥，谢谢你！你们现在呢？"

"还好！"

"租谷缴了没有？用什么方法对付那班强盗的？"

"我们有什么办法呢？叔叔！除非他们走来把我们一个个都杀死，

不然，我们是不会缴租的。缴了马上就要饿死，不缴说不定还可以多活几日。性命抓在在自己手里，不到死是不会放松的啊！"

"是的，除此以外，也实在再没有办法。蠢就只蠢了我一个人，唉！妈妈的，早晓得他们这班东西要吃人，我，我，……唉！……"云普叔说着说着，一串眼泪，又偷偷地溜到了腮边。

"老叔叔，你老人家也用不着再伤心了，过去了的事情都算了，只要我们以后不再上当！……"

"是的！不过，不过，唉！大哥，现在我们，我们一家人连吃的谷都没有了，明天，明天就……唉！他妈妈的！"

"不要紧啊！我们总可以互相帮忙的，你老人家只管放心好了！"

"唉！大哥，立秋这孩子，他完全要靠你指教指教他呀！"

云普叔的心里凄然的！然而，他总感觉得这一群年轻人都有无限的可爱。以前憎恨他们的心思，现在不知道怎样地一点儿也没有了。他只觉得他们都是有生气的人，全不像自家那般地没有出息。

大家闲谈了一会，癞大哥急急地催促立秋吃完了晚饭，因为事情已经做到了要紧关头。主要的还是王涤新和李茂生那两个狗东西挨了三四顿饱打，说不定马上就要弄出来重大的事变。请团丁，搬大兵，那就是地主爷们对付小佃家的最后手段。必然的，每一个人都可以料到。

"最要紧的还是联络陈字岭！……"癞大哥很郑重地说，"立秋，你今晚一定要跑到那边去，找找陈聘三，详细地要他告诉你他们的情形，假如事情闹大了的话，我们还可以有一条退路！"

"好，"立秋回答着。"严坪寺那儿你们准备派哪一个人去呢？恐怕他们现在已经被迫缴租了！今天中饭时，王三马糊对我说：团防局里的团丁统统开到那里去勒逼收租去了！假如那边的人心能给他们压下来，我们这儿就要受到不小的影响。所以我说：那边一定要很快地派一两个人去！"

"当然的，不过你到陈字岭去也很要紧，要不然，我们就没有退路。张家宅他们比我们弄得好，听说李大杰那老东西这两天还吓得不敢出头门，收租的话，简直谈都谈不到！"

"好了，就是这么办吧！大哥，你还要去关照桂生哥他们一声：夜里要当心一点，顶好不要在家里睡觉！李茂生那个狗东西最会掉花枪，还是小心一些的比较好！"

"是的，我记得！你快些动身，时候已经不早了！"

癞大哥催着，立秋刚刚立起身来，云普叔反身拖住了他的手，颤声地吩咐道：

"秋，秋儿！你，你一定要小心些啊！"

云普婶也跟着嘱咐了几句，立秋安慰似地回答了他们：

"我知道的哟！爹妈，你们二位老人家只管放心吧！"

夜色清凉，星星在天空闪动。他们一同踏出了"曹氏家祠"的大门。微风迎面吹来，每一个人的身心，都感到一种深秋特有的寒意。

田原沉静着，好像是在期待着某一个大变动的到来。

四

因为要等李三爹，何八爷老早就爬起来了，一个人在房中不耐焦灼地回旋着；心头一阵阵的愤慨，像烈火似的燃烧着他的全身。他做梦也没有想到，今年收租的事情会弄出这样多的枝枝节节出来。

自己手下的一些人真是太没有用了，平常都只会说大话，吹牛皮，等到事情到了要紧的关头，竟没有一点儿用处，甚至于连自己的身子也都保不牢。何八爷恼恨极了，在这些人身上越想越加使他心急！

突然地，花大姐打扮得妖精似的从里面跑出来，轻轻地从八爷的身边擦过，八爷顺口喝了一下：

"哪里去？大清早打扮得妖精似的！"

"不，不是的！老太太说：后面王涤新痛得很可怜，昨晚叫了一通夜，她老人家要我去看看，是不是他那条膀子真会断？叫得那样怪伤心的！……"

"妈妈的，嘿！让他去好了，这种东西！事情就坏在他一个人手里！"

花大姐瞟了他一眼，仍旧悄悄地跑了过去。何八爷的心中恨恨地又反复思量一番，这一次的事情弄得泼汤，完全是自己用错了人的缘故。早晓得王涤新这东西这样草包似的无用，无论如何也不会把那些重大的责任交给他。现在还有什么办法呢？事情已经糟得如此一塌糊涂了！

恨着，他只想能够找出一个补救的办法来。迎面，李三爹跨进门来了，八爷连忙迎将上去：

"三爹，你早呀！"

三爹的眉头也是蹙着的，勉强地笑了一笑：

"早？你已经等得很久了吧！"

"没有！没有！刚起来不一会儿！进来请坐，高瓜子点火，泡杯茶来！"

"不要客气！老八……"

李三爹很亲切地和八爷说着：

"你看，这件事情到底怎么办？你们这边的情形恐怕还没有我们那边的凶吧？算是我和竞三太爷两家吃亏吃的顶大，几个收租的人都被打得寸骨寸伤地躺着，抬回来，动都不能动弹了，茂生恐怕还有性命之虞！所以，你今天不派人来叫我，我也要寻来和你商量一下，是否还有补救的办法……"

"这个，除非是我们去请一两排团丁来，把为首的几个都给他抓起，或者还可以把他们弄散，这是我的意思！"

"是的，竞三太爷也是这么说。可是，老八，我看这也是不大十分妥当的事情，恐怕梁名登要和我抬杠子。上一次他派兵来收捐，我们都不是回绝了他，答应代替他收了送去吗？那时候他的团丁还只收了曹云普一家。现在我们连自己的租都收不来，都要去请他的团丁帮忙，这不是给他一个现成的话柄吗？"

"不会的哟，三爹！你总只看到这小微的一点，这有什么关系呢？事情到了危急的时期，他还有心思来和你抬这些无谓的杠子吗？收租不到，他自己不得了，捐款缴不上去，团丁们没有饷，他不派人来，他可能把这事情摆脱不管吗？世界上真是没有这样一个蠢东西。大家都是同船合命的人，没有我们就没有他自己，至少他梁名登不会有今日！……"

"是的，老八，你的话很对！不过你打算去请多少人来呢？听说镇上的团兵开到各乡下去收租去的很不少呀！"

"多了开销不下，少了不够分配，顶好是两排人！不过依我的配备是这样：首先抓那些主使抗租的人，然后把队伍分散，驻在每一个人的家里。譬如你那里，竞三太爷和我这里，都经常地驻扎三五个，再将其余的一些人会同各家的长工司务，挨家挨户去硬收，这样三四天下来，就可以收回来一个大概，至多也少不了几升！"

"好的，我回去告诉竞三太爷。就请你先到镇上去！团丁的招呼，火食，我和竞三太爷来预备好。他妈的，不拿一点厉害给这些蠢东西看，也真是无法无天！八爷，我们明天再见！"

"好的，我们明天再见！"

在团防局里：

梁局长没有回话，眼睛侧面向何八爷瞟了一下，才重声地说道：

"你们那边怎么也弄到这个地步了呢？早些又不来！现在这儿的弟

兄统统派到四乡去了，每一个垸子里今年都有这样的事情发生，因为只有你们那边没有来人，我总以为你们比旁的地方好，谁知道……"

"本来没有事情的！"八爷连忙分辨着，"因为这一回出了几个特别激烈的分子，到处煽动佃户们不缴租谷，所以才把事情弄大起来。老梁，只要你派一排人给我，将几个激烈分子抓来，包管能把他们压下去！"

"现在局子里仅仅只剩了八个弟兄，你叫我拿什么来派给你呢？除非到县里总局去拨人来，那我不能会丢这个面子。连几个乡下的农夫都压制不下来，还说得上铲除土共？八翁！你是明白人，这个现成的钉子，我不能代你们去碰呀！"

"错是不错的！不过，老梁，你总得替我想个办法！是不是还可以在旁的外乡调回排把人来救救急，譬如十八垸、严坪寺这些地方？……"

"嘿！严坪寺昨夜一连起了三次火，十八垸今天早晨还补派了一班人去！据王排长的报告：农夫还想准备抢枪！……"

"那怎么得了呢？老梁，事情已经到了这个地步？"

何八爷哭丧似的。梁局长从容地喝了一口茶，眼睛仰望着天花板出神地想着。半晌，他才渐渐地把头低下来，朝着何八爷皱了一皱眉头，很轻声地说道：

"就是这样吧！我暂时交给你四个人，八翁，你先回去，把那几个主使的家伙先抓下来。假如事情闹大了，我立刻就调人来救你的急！"

"谢谢你！"

失望地，何八爷领着四个老枪似的团丁垂头丧气地跑回来，天色已经渐渐地乌黑起来了。

是四更时分，在云普叔的家里：

立秋拖着疲倦的身子从外面归来，正和云普叔说不到三五句话，外面突然传来一阵激烈的打门声音！

自己的病差不多好全了，为着体恤儿子的疲劳起见，云普叔自告奋勇地跑去开门：

"谁？哪一个？……"

"我！"

听不出是谁的声音，云普叔连忙将一扇大门打开了！瞧着：

冲进来一大群人！

为首的是何八爷家里当差的高瓜子，后面跟着三四个背盒子炮的团丁。

"什么事呀，小高瓜子？"

云普叔没有得到回话，他们一齐冲进了房中！

"就是他，他叫曹立秋！"

高瓜子伸手向立秋指着，四个团丁一齐跑上去抓住他，将盒子炮牢牢地对住他的胸口！

"什么事？你们说出来！抓我？我犯了谁的法？"

"嘿！你自己还假装不知道吗？妈妈的！"

团丁顺手就是一个耳光。随即拿手铐将立秋扣上：

"走！"

昏昏的云普叔清醒了！一眼看定高瓜子，不顾性命向他扑去！

"哎呀！你这活忘八呀！你带兵来抓我的秋儿！你赶快将他放下，妈妈的，老子入你的娘！……"

云普婶和少普都围拢来了，拼性命地和高瓜子扭成一团：

"活忘八呀！你抓我的儿子……"

"放手不？你们自己养出这种坏东西来！"

团丁回转来替高瓜子解开了，在云普叔身上狠狠地踢了两脚，一窝蜂似的拖着立秋向外面飞跑！

"老子入你的娘啊！何八你这狗杂种！你派高瓜子来……"

黑暗中，云普叔和少普不顾性命地追了上去！云普婶也拖着四喜儿跟在后面哭爷呼娘的，一直追到何八爷的庄上。

庄门闭得牢牢的。

五

太阳血红色的涌出来，高高地挂着。

曹家垄四围都骚动了，旷野中尽是人群，男的，女的，老的，小的，……喧嚷奔驰，一个个都愤慨的，眼睛里放出来千丈高的火焰！

"大家都出来，要命的，一概不许躲在家里！"

像疯狂了的大海，像爆发了的火山！

"去，一齐冲到何八的家中去！救立秋，要死大家一同死！"

"好呀！冲到何八的家中去！"

人们像潮水似的涌动着。

疼儿子，像割了自己心头的肉一般，云普叔老夫妇跑在最前面。自谷子被抢去一直到现在，云普叔才深刻地明白：世界整个儿都是吃人的！

"大哥呀！我这条老命不能要了！早晨，他的门关得绷紧的，我没有办法！现在，请你替我帮忙我把它冲开！我要冲进去同何八这狗入的去拼命！……"

"冲呀！"

四面团团地围上去，何八爷的庄子被围得水泄不通；千万颗人头攒动，喊声差不多震破了半边天！

庄门仍旧是闭住的，三个团丁从短墙角上鬼头鬼脑地探望着。人们一层层地逼近拢来，差不多要冲到庄门口了，突然地：

拍！拍！拍！……

几颗子弹从墙角里飞来。

"哗！……"

像天崩地裂的一声。左边有三四个人倒在地上，血如涌泉似的流出来。人们立时都像疯狂了的猛虎一样：

"哗！杀人呀！"

"生哥倒了！哗！李憨子你赶快领一批人从后门冲进去！"

"冲呀！"

拍！拍！拍！

"砰！"

"好哇！大门冲开了！冲进去！"

牵络索似的，人们都从大门口冲进来！墙角边的三个团丁惊得同木鸡一样，浑身发抖，驳壳枪都给扔在地上！

人们跑上去，三个都抓下来了！

"打死他们！"

"活的吃了他！"

"我的儿呀！赶快说出，你们还有一个呢？昨晚给你们捉来的那个人现在在哪里？说！……"

"我，我，……救命呀！我不知道他们！……"

"入你的祖宗！"

"哎哟！"云普叔跑来狠命地咬了一个团丁一口。"你到底说不说！我的秋儿给你们关在哪里！"

"救救我的命啊！我说，老伯伯，老爷爷！你救救我！……"

"在哪里，在哪里？……"

"已，已，已经押到镇上去了，早，早晨！……"

"哎哟！老子入你的妈！不好了！"云普叔的眼泪雨一样地流下

来,再跑上去,又狠命的一口。

那个老团丁的耳朵血淋淋地掉下来。

"哎哟!救……"

"哗!"

又是一阵震响。李憨子从后面冲出来,眼睛像猎狗似的四围搜索着。一眼看见了癞大哥,急急地问道:

"你,你们抓住了何八那乌龟吗?"

"没有!"

"糟糕!他逃走了。大家细心去寻!小二疤子,你到外面去巡哨!"

又凌乱了一会。

"喂!你们看,这是谁?"

大家立刻回转头来,高鼻子大爹一手提着一个男子,一手提着一个女人,笑嘻嘻地向大家一摔!

"呀!王涤新你这狗入的还没有死吗?"

林道三跑上来一脚,踢去五六尺远!

"唔,救……"

"这是一个妖精,妈妈的,干死她!"

"哈哈!"

"妈妈的,谁要干这臭婊子!拍!——"

一个大巴掌打在花大姐的脸上。

"哈哈!带到那边去!绑在那三个团丁一起!"

大家又是一阵搜索!一个老太婆跑出来,手战动地敲着木鱼,口中"阿弥陀佛!阿弥陀佛!"地念着。

"这要死的老东西!"

仅仅鄙夷地骂了一句,并没有人去理会她。

大家搜着,仍旧没有捉到何八爷!失望的,没有一个人肯离开这个庄子。

"不要急,你们让我来问她!"高鼻子大爹笑嘻嘻地说。"告诉我,花大姐!你说出来我救你的性命:你家的爷躲在哪里?"

"老爹爹!只要你老人家救我,我肯说。不过,放了我,还要放了他!……"花大姐一手指着地下的王涤新说。

"好的!放你们做长久的夫妇!"

大家一阵闷笑,花大姐倒有些不好意思起来。忸怩地刚想开口说,不妨突然地那个老太婆跑来将她扭住:

"你敢说!你这不要脸的白虎屄!你害了我一家,你偷了汉子,还要害你爷的性命!"

两个人扭着打转。花大姐的脸儿给抓出了几条血痕!

大家拉开了老太婆。花大姐向高鼻子大爹哭着说:

"老爹爹救我呀!呜!呜!……"

"你只管说。"

"他,他同高瓜子两个,都躲在那个大神柜里面!"

"好哇!"

一声震喊,人家都挤到神柜旁边。清晰地,里面有抖索的声音。癞大哥一手打开柜门,何八爷同高瓜子两个蹲在一起,满身灰菩萨似的战慄着。

"我的儿呀!你们原来在这里!"

李憨子将他们一把提出来,顺手就是两个巴掌!云普叔的眼睛里火光乱迸,像饿虎似的抓住着高瓜子!

"你这活忘八呀!你带兵来捉我的秋儿!老子要你的命,你也有今朝呀!"牙齿切了又切,眼泪豆大一点的流下来!张开口一下咬在高瓜子的脸上,拖出一块巴掌大的肉来!

高瓜子做不得声了。何八爷便同杀猪似的叫起来。

大家边打边骂地：

"你的种谷十一元！……"

"你的豆子六块八！……"

"你硬买我的田！……"

"你弄跑我的妹子！……"

"我的秋儿！……"

"……"

怒火愈打愈上升，何八爷已经只剩了一丝儿气了。癫大哥连忙喝住大家：

"喂！弟兄们！时候不早了，镇上恐怕马上就有大兵来！我们还要到李大杰家中去，现在我们怕不能再在这儿站脚了。"

"好！冲到张家宅去！"

"那么，把这些东西统统拖到外面去干了他！免得逃走！"

"好。"

一串，老太婆除外，七个人。花大姐满口的冤枉！

"高鼻子大爷！你答应救的啦！你怎么不讲信用了！救，救，救……"

在庄门外面，轻便的事情都做完了。自己伤亡的七八个人用凉床抬起来，谷子车着。

"去呀！冲到张家宅去！干李大杰周竞三那狗东西去呀！"

仍旧同潮水似的，男男女女，老老幼幼的一大群，又向张家宅冲去了！

六

入夜，梁局长从县城里请求了一营大兵亲自赶来，曹家垄只剩了一团冷静的空气。

据侦探的报告："乱民已经和雪峰山的匪人取了联络，陈字岭、张家宅、严坪寺周围百余里都没有了人烟，统统逃到雪峰山去了。"

梁局长急得双脚乱跳，三四天中损失了一百多团丁和枪械不算，还弄得纵横这样远没有人烟。自己的饭碗敲碎，回到总局里去更交不了差。

愤怒地，他展望着这凌乱的原野，心火一阵阵地往上冒。再看看这一营大兵，自家非常惋惜地感觉得无用武之地，猛然他发出来一个报复似的命令：

"四面散开，把大小的茅瓦屋统统给我放它一把火！妈妈的，断绝他们的归路！"

半个时辰之后，红光弥漫了天空。垄中沉静了的空气，又随着火花的闪烁而渐形活跃起来。

一九三三年六月十日作于上海，九月十七日修正

（选自《叶紫选集》）

电网外

一

风声又渐渐地紧起来了。

田野里，遍地都是人群，互相往来地奔跑着，谈论着，溜着各种各色的眼光。老年的，在怀疑，在惊恐！年轻人，都浮上了历年来的印象；老是那么喜欢的，像安排着迎神集会一般。

王伯伯斜着眼睛瞅着，口里咬着根旱烟管儿，心里在辘辘地打转：

"这些不知死活的年轻人啊！"

想着，大儿子福佑又从他的身边擦过来。他叫住了：

"你们忙些什么呢？妈妈的！"

"来了呀！爹，我们应当早些准备一下子。"

"鬼东西！"

花白的胡须一战，连脸儿都气红了。他，王伯伯，是最恨那班人的。他听见过许多城里的老爷们说过：那班人都不是东西，而且，上一次，除了惊恐和忙乱，人们谣传的好处，他也是连影子都没见到的，他可真不相信那班人还会来。他深深地想：

"年轻人啊！到底是不懂什么事的！为什么老欢喜那班人来呢？那班人是真的成不了气候的呀。同长毛一样，造反哪，又没有个真命天子。而且上次进城，又都是那么个巧样儿，瘦得同鬼一样，没有福气，只占了十来天就站不住了，真的成不了气候啊！"

他再急急地叫着儿子们问：

"这消息是谁告诉你们的呢？"

"大家都是这么说。"小儿子吉安告诉他。

"放屁！这一定是谣言，那些好吃懒做的人造的。你们都相信了吗？猪！你不要想昏了脑筋啊！那班人已经去远了。并且，那班人都是成不了气候的。他们，还敢来吗？城里听说又到了许多兵。"

儿子们都闷笑着，没有理会他。

老远地，又一个人跑来了，喘着气，对准王伯伯的头门。

这是谁呀？王伯伯的心儿怔了一下。

看看：是蔡师公的儿子。

"什么事情，小吉子？"

小吉子吃吃地老喘着气：

"我爹爹说：上次围城的那班人，已经，已经，又，又……"

"真的吗？到了哪儿？"

"差，差，……"小吉子越急越口吃着说不出话来，"差，差，……"

"你说呀！"

"差，差不多已经到到南，南，南陵市了。"

"糟糕！"

王伯伯的眼前一黑，昏过去啦！小吉子也巴巴地溜跑了。

儿子们将他扶着，轻轻地捶着他的胸口儿。媳妇也出来了。两个孙儿，七岁一个十岁一个，围着他叫着：

"公公呀！"

清醒了，看看自家是躺在一条板凳上，眼睛里像要流出泪来：

"怎么办呢？福儿！那班人真的要来了，田里的谷子已经熟得黄黄的；那班人一来，不都糟了吗？这是我们一家人的性命呀！"

"不要紧的哟！爹。谷子我们可不要管它了，来不及的！那班人来了蛮好啊！我们不如同他们一道去！"

"放屁！"王伯伯爬起来了，气得浑身发战，"你们，你们是要寻死了啊！跟那班人去！入伙？妈妈的，你们都要寻死了啊？"

"不去，挨在这儿等死吗？爹，还是跟他们去的好啊！同十五六年，同上一次来围城一样。挨在这儿准得饿死，炮子儿打死！谷子仍旧还是不能捞到手的。而且，那班人又都是那么好的一个……"

"混账东西！你们不要吃饭了吗？你们是真的要寻死了啊！入伙，造反，做乱党哪！连祖宗，连基业都不要了，妈妈的，你们都活久了年数啊！"

"不去有什么办法呢？爹，他们已经快要到南陵市了，这儿不久就要打仗的！"

"不好躲到城里去吗？"

"城打破了呢？"

"妈妈的！……"

王伯伯没有理会他们了。他反复地想着。他又和儿子们闹了起来。他不能走，他到底不相信那班人还会来。他知道，城里的老爷们也告诉了他，那班人是终究成不了气候的，同长毛一样。他不怕，他要挨在这儿等着。这儿他有急待收获的黄黄的谷子，这儿他有用毕生精力所造成的一所小小的瓦房。有家具，有鸡，有猫，还有狗，牛，……他不能走哪。

终于，儿子们都一溜烟地跑出去了，全不把他的话儿放在心上。他气得满屋子乱转。孙儿们都望着他笑着：

"公公兜圈子给我们玩哩！"

回头来，他朝孙儿们瞅了一眼，心里咕噜着：

"你们这些可怜的孩子啊！"

夜深了，儿子们都不声不响地跑回来，风声似乎又平静了一些。王伯伯深深地舒了一口气：

"盖天古佛啊！你老人家救救苦难吧！那班人实在再来不得了呀！……"

二

大清早爬起来，儿子们又在那里窃窃地议论着。王伯伯有心不睬他们，独自儿掉头望望外面：

外面仍旧同昨天一样。

"该不会来了吧！"

他想。然而他还是不能放心，他打算自家儿进城去探听探听消息。叫媳妇给他拿出来一个篮子，孙儿便向他围着：

"公公啦，给我买个菩萨。"

"给我买五个粑粑！"

"好啊！"

漫声地答应着，又斜瞅了儿子们一眼。走出来，心里老大不高兴。

到了摆渡亭。渡船上的客人今朝特别多；有些还背着行李，慌慌张张地，像逃难一样。

王伯伯的心里又怔了一下：

"怎么！逃难吗？"

可是，他不敢向同船的人问。他怕他们回答他的是：——那班人还会来。

闷着，渡过了小新河，上了岸。突然地，又有一大堆人摆在他的面前，拦住着出路，只剩了一条小小的口儿给往来的人们过身。而且每人的身上都须搜查一遍。在人们的旁边：木头，铅丝钮钮，铁铲，锄锹；锥着，钉着，挖着！……还有背着长枪的兵啦。

什么玩意儿？王伯伯不懂。

他想问。可是，他不认识人。渡客们又都从小口儿钻过去了。只剩下他一个人站在那儿，瞧着：看看铅丝儿钮在木头上，沿着河边，很长很长的一线，不知道拖延到什么地方去了。靠铅丝的里面，还正挖着一条很深很深的沟。

这是干什么的呢？

王伯伯今年五十五岁了，他可从没有看见过这玩意儿。他想再开口问一问，嘴巴边刚颤了一颤，忽然地：

"滚开！"

一个背枪的兵士恶意地向他挥了一挥手。他只好很小心地退了一步。

"再滚开些！"

再退一步下来。王伯伯的心儿忍不住跳起来了。他掉头向两边望了一望，在那一群挖泥的兵士里，他发现了一个熟人：张得胜，是从前做过他的邻舍的一个小家伙。

他喜极了，他连忙叫道：

"得胜哥！你们这些东西钉着做什么用啊？"

"谁呀？"张得胜抬头看着。"啊！王伯伯！这是电网呀！"

"电网？"

王伯伯从来没有听过这么个怪名儿。他进一步地问着：

"做什么用的呀，得哥？"

"拦匪兵的。上面有电，一触着，就升天。"

"啊！那条沟沟呢？"

"躲着，放枪哪！"

糟糕！王伯伯的心里真的急起来了。他想：照这个样子看来，上次围城的那班人又到了南陵市的话儿，一定是千真万确的了。他心里急的一阵阵地跳着。可是，他不能不镇静下来，因为他还要问：

"得胜哥，你们的枪口儿对哪边放呢？"

"对河，电网外啦！因为匪兵都是由那边来的。"

两边的兵士都笑着，看看这老头儿怪好玩的。可是，王伯伯的心儿乱了，因为他估计着：自家的屋子正在对河的电网外边，正挡着炮子儿的路道。他再急急地问：

"得胜哥！那，那，那边，我们的几间小屋子该不要紧吧！"

"你老人家那间屋吗？正当冲呀！"

王伯伯的腿儿渐渐地发抖了。得胜哥连忙接着说：

"伯伯，你老人家还得赶快回去搬东西呀！那班人说不定今天就要到的。"

王伯伯的腿儿越发像棉花絮似的拖不动了。他火速地回转身来，爬着，跌着，昏昏沉沉地渡过了小新河。刚爬上自家边的河岸，他便发疯似的叫了起来：

"不得了呀！我们都围在电网外呀！炮子儿对着冲呀！……"

家中，儿子们又一个都看不见，野猫似的不知道跑到什么地方去了。他急的满屋子乱窜。叫着媳妇，又喊了孙儿。猪，牛，猫，狗，家具，锄，锹，风车子，……每一样东西他都摸到了。他却始终想不出一点儿办法，他不知道应该先搬哪一件东西的好。

媳妇孙儿们都朝着他怔着！

习惯地，他又想到了救苦救难的观世音菩萨和盖天古佛爷爷。他知道：到了紧急关口，唯有神明能够救他，能够保佑他渡过一切的灾难。他连忙跑到神龛上拿下一只大木鱼来，下死劲地敲着：

"救苦救难的观世音菩萨呀！那班人实在再来不得了呀！……"

停停。

儿子们都回来了，他恨得跳了起来：

"你们这两个东西，你们收尸！你们收到哪里去了？现在，现在，……我们都围在电网外面，炮子儿冲啦！……"

儿子们仍旧是那么冷然地，全不把他的话儿放在心上：

"爹爹啊！这儿实在不能再挨了。还是跟我们走吧！到那班人那儿一起去。新河镇上的人，大半都是这么办。挨在这儿终究是没用的。家财什物反正什么都保不牢了。"

"放狗屁！"

王伯伯又和儿子们闹了起来。他觉得儿子们全变坏了，都像吃了迷魂汤似的，全没有些儿准定。他无论如何不能让他们那样胡闹。他要他们尽全力来帮他保家。连媳妇、孙儿们都不许走。要死，大家得死在一道。

可是，儿子们终究不能安心地听信王伯伯的教言，带着媳妇和孙儿们跑出去了，同附近，同新河镇的一群年轻人混在一道。

王伯伯气得要哭起来了。不过，他又觉得有几分安了心。这些不孝的东西走开也好，因为不走也仍旧是没有办法的，挨在这儿说不定都要遭危险。他自己虽然痛恨那班人，不甘心儿子们跟那班人一道，但是，王伯伯疼孙儿，假如能够好好地保住着他的两个孙儿无恙，他也是非常安心的。反正。儿子们的心都死了。

"去吗？畜生！你们要自家小心些啊！"

这是他最后的吩咐。老远地望着儿孙们的背影，心儿就像刀割一般。跨进门来，连忙将头门关上。他独自儿死心塌地地坐在堂屋中，在安排着怎样地来保守自家的门庭牲畜。

他重新地决定着：他无论如何不能走，炮子儿多少总有些眼睛的。并且，他家中还有观世音菩萨和盖天古佛爷爷……

三

下午，新河镇上已经很少有人们往来了，炊烟也没有从人们的屋顶上冒出来。世界整个儿静板板地，像快将沉下去一样。

天色乌黑，也不像要下雨。气候热闷得使人发昏，小新河里的水呆呆地，连一点儿皱纹似的波浪都没有了。

王伯伯苦闷的非常难过，他勉强打开着头门走了出来，伤心地步着小路儿向河边悄悄地移动。他的眼睛向四方张望着，他满想能探听出一点儿什么好的消息出来。

四面全没个人影儿了。

只有摆渡亭那儿还有一些嘈杂的声音。他走将过去：

十来个兵，二三十个小子。

王伯伯站得老远老远地，瞅着他们。

一个兵，先捧着一盆白水灰在摆渡亭基石上，写着四个方桌儿样大的字：

"四百米远！"

然后二三十个小子一齐动起手来，将一座小小的渡船亭子撤倒。王伯伯心里非常惋惜：

"为什么一定要撤倒它呢？费了多少力量才造成这么一个小亭子，

不料今朝……"

突然地,有一个兵士向王伯伯吆喝起来了:

"什么东西站在那里?滚开!"

王伯伯连忙走开来,再由原路退回去。在他的惨痛心情中,立刻波动着无数层懊丧的圈浪:

"黄黄的谷子不能收回来,摆渡亭子撤去了,儿孙们不知去向!……"

信步又退回了家门,猛然地,他看见自家堂屋中站住着四个兵和一个刘保甲。

他不敢进去。可是刘保甲向他招呼了:

"来呀!王国六。"

"刘爷,有什么事情吩咐呀?"

"这几位老总爷爷是奉了命令来的。说你这个屋子阻碍了对河电网里的射线,开火时会给敌人当作掩护的。限你在两个钟头之内将它撤下来。赶快!撤!"

"撤!"

王伯伯像给迅雷击了一下,浑身麻木下来。心肝儿痛得像挖去了似的,半晌还不能回话。

"赶快动手呀!"一个老总补上了一句。

王伯伯可清醒过来了,心儿一酸,双腿连忙跪了下去:

"老总爷爷呀!请你老人家做做好事吧!我就只有这么一个小屋子了。撤,撤,撤不得啦。"

"放屁!谁管你的!"

"刘爷爷呀!"

"更不关我的事。"

王伯伯一面叩着响头,一面从怀中拿出自家藏了三四年的那一个小纸包儿来，塞到刘保甲的手里。

"刘爷爷呀！请你老人家帮帮忙吧！陪陪老总爷们去喝杯水酒，我这个小屋子实在撤不得啦。"

刘保甲顺手解开来一看，十多层纸头包着四块银洋。

"哈哈，谁要你的钱，这是上面的命令呀。"

他将四元钱交给了那四个兵士。

"老总爷爷呀！"

"你还有吗？统统拿出来，我们给你设法说句方便话。"

"唔，有的！"

王伯伯的心儿一喜，连忙跑进去将神龛里收藏着的十余元钱也拿了出来，恭恭敬敬地放在老总们的手上：

"统统在这儿。千万求爷爷们说句方便话。"

"那么，你这几只鸡儿我也替你拿去吧！"

"好的！好的！"

王伯伯感激到连眼泪都要流出来了。再蹲下去叩了三五个响头，跪着送到大门外面，眼巴巴地又望着他们匆匆地走进了另一个人家。

心儿似乎比较安静了一点。虽然损失了一二十元和几只老鸡，可还并不算大。屋子总算还保留在这儿。反正等到事情平静下来，还可以图其他的发展。

重新关起门儿来跪着求菩萨。

天色更加阴暗了，光景是快要天黑了吧。外面的人声又频频地沸腾起来，庞杂地，渐渐像山崩土裂一样。

王伯伯的心又给拉紧了。可是，他不敢出来，他知道，一定是那话儿到了，他怕瞎眼睛的炮子儿穿中了他的心窝。

木鱼更加下死劲地敲着。然而，他还没有听见炮子儿响。小窗孔里无缘无故地钻进了一些红光来，他举着怀疑的眼光望着。

突然地——

"砰！砰！"

"开门呀！里面有人没有？"

王伯伯吓的发战，他不敢答应。随即又：

"砰！砰！"

"操你妈妈！人都走光了吗？放火！"

"放火！"

王伯伯的灵魂儿飞上了半天空中。他爬起来拼命地叫着：

"有人呀！我出来了。"

开开门——

一大堆老总爷涌了进来，每一个的手中都拿着一枝巨大的火把。有一个便顺手给王伯伯一个耳光：

"你妈勒个巴子！躲着寻死呀！"

王伯伯可全没有灵魂了。

"搜搜看！小心有匪徒。"

"大概是没有的。"

"那么，烧！"

老总爷都涌了出来，将火把在屋子的周围点着。

"老总爷爷呀！"王伯伯突然地记起来了。他跑上去，一把抱住了一个高个子的兵："刚刚我已经拿出了二十块钱，你们都答应了不撤我的屋子啦！你，你，……"

"老猪！"高个儿兵顺手一掌！——"你发疯了啦！"

王伯伯老远老远地倒着，呆着眼珠子儿瞧着自家的屋子冒烟。

"天！……"

他可没有叫得出来。

四面镇上的火光照彻了天地。老远地：

拍拍拍拍！……轰！……格格格格！……

四

王伯伯渐渐地苏醒过来了。他展开眼睛一看，他的前面正闪烁着千万团火花，那个高个儿兵也正在那里点火烧着他的屋子。他大声地喊道：

"你们这些狼心的东西呀！老子总有一天要你们的命的！……老子一定和你们拼！……你们吃人不吐骨了啦！……二十块钱啦！……放火啊！……啊啊！老总爷爷救救命啊！……"

声音又渐渐地低了下去。

"老伯伯！"

"唔！"

"老伯伯！"

"……"

"他又睡着了呢。你出去吧，暂时不要来惊他。"

一个穿着旧白衣的老人，对着一个临时的看护妇说。

"是的。"那个看护妇答应了一声。"我仍旧到那边去招呼受伤的人去吗？"

"唔！"

这个小禅房中，立刻又清静下来了。王伯伯，他是好好地躺在那儿，没有作声。

远远地，枪声仍旧还很斑密。可是并不曾惊吓着这儿的病人，因为隔离远，不静着心儿还听不出来呢。

一小时之后，穿旧白衣的老人和那临时的看护妇又走进到这小禅房中来了。老人替王伯伯看了一回脉，点了一点头儿，似乎说：病已经轻松了许多了。

王伯伯再次的苏醒。

"天啊！……"

他微微地叫着。看护妇也细声地呼叫他：

"老伯伯呀！"

"唔！……"

"醒来哟！"

"唔！我，我，我死了吧？……"

"没有呢！这是大佛寺啦。伯伯，你觉得好些吗？"

"唔！你，谁呀？我怎么来的呢？我的房子呀！……"

"我们今早在前线上抬你回来的。老伯伯，安心一些吧！你惊的很啊！"

"唔！……"

看护妇又轻轻地替他复上一条被单，然后，才走到旁的病人的房间。

一天过去，王伯伯自家渐渐地感到清醒些了。他知道，他还并没有死去，他是被人家营救到这古庙里来的。这老人和那看护妇都能特别细心地替他调治，温和地慰问他，给他滋养。

三天，王伯伯很快地便恢复了原状。但是，他还是不能回想。他那些黄黄的谷子，他那费了几十年精力所造成的一所小小的瓦房，畜生，家具，二十块钱，火！……一想，他就要疯狂。

"……我，我，我几十年的精力！……"

他真的不能想啊！老人和看护妇也常常关照他：

"老伯伯，你才复原啦！你是什么都不能想的。静心些吧！闲着，到大殿上去玩玩，那儿弟兄们多着哩。"

他虔诚地听信了老人的吩咐，他把心事儿横下来。

拐着,一跛一跛地,两个腿儿都酸软。他挣到了大殿的门边。

里面的弟兄们,大家都知道这庙里有一个从前线上救回来的老头儿。

"老伯伯,到这儿来玩玩吧。"一个快眼的士兵说。接着,又有人:

"到这儿来,老伯伯!"

"老伯伯!"

亲热的呼声,撩乱了王伯伯的视听。他望着:大殿上横横直直地摆着无数只小竹床,床上全是人。有的包着头,有的裹着腿,有的用白布条将手儿吊着。他顺次地看过去,那些人的脸上全没有一点儿痛苦的表情;全是喜欢地亲热地在瞧他,要他进去。

他本能地踏进了殿门。

他想开口说话,可是,他不知道应该说些什么样的话儿。他的嘴巴战了一下,内心里不觉得迸出了一个热烈的呼声来:

"弟兄们,好哇!"

"好!老伯伯,你好呀!"

"……"

他没有答。他的头本能地点了下来。他的心儿像给无数热情包围了似的,频频地跳着。他实在是塞得说不出话来了。泪珠儿,热烫热烫地滚将下来。

"坐坐,老伯伯!你老人家怎么到这儿来的呀?"

"我,我,唉!妈妈的!……"

"怎么?伯伯,你老人家不要伤心啊!"

"你们,你们,唉!弟兄们,你们不知道啦!……"他尽量地抽噎着,全殿里的空气立时紧张起来。他断断续续地告诉了他们这一次的事件:"……我不能走啦!……我的屋子,……我给了他们二十块钱！……鸡，……后来，他妈的，放火啦！……我，……啊！弟兄们啊！我，我真的不能再活哟！……"

听着，全殿的弟兄们都立时变了一个模样儿了。脸子都显得非常可怕，都随着王伯伯的话儿逐步地紧张下来，他们都像要爬起来，都像要再跑到前线去和敌人拼命，替王伯伯复仇。可是，他们一转眼看见王伯伯更加伤心地在抽噎，他们便一齐都和缓下来了。他们都用着温和而又激荡的话儿来给王伯伯宽慰：

"你老人家不要再伤心哟！老伯伯，那班东西全不是人呀！比豺狼比虎豹还要贪残呢。你老人家尽管放心，我们正在那儿要他们的命！我们的弟兄们都在那里给你老人家复仇。老伯伯啊！安心些吧！反正，这个世界有了他们就没有我们，我们一天不将他们打下来，我们便一天不想在人间过活。你老人家放心吧！将来的世界一定是我们的啊！……"

"唔！……"

王伯伯深深地感动着。他今朝才明白过来。

他放心了。他知道儿孙们并没有和坏人一伙儿。

王伯伯每天都要到弟兄们这儿来玩，弟兄们也都能将他当做自己的亲爷爷看待。他安心极了。虽然，他还有可能纪念的田园，值得凭吊的被焚烧的屋子，然而，现在他还不能够回去，因为那斑密的枪声还可以听得出来

拍拍拍！……格格格格格！……

他只能耐心地和弟兄们厮混着。

是一个大雨滂沱的夜晚。雨声刚刚停住着，前线的枪声又突然地加急起来。机关枪声，夹着新奇的大炮声，像巨雷一样——

轰！轰！……

伤着的弟兄们都爬起来了，关心着前线。他们猜疑着：在雨后，忽然会有这许多连珠似的大炮声音，多少是总有些蹊跷的。电网里面的

人们决没有这么多，这么大的炮弹，自家这边弟兄们更加没有。这一定是……

轰！轰！轰！……

他们没有一个人能猜得着。每个人的心儿都吊起来了。这大炮，这大炮……

猛然地——

有一个骑马的弟兄，从前面敲门进来了。他大声叫道：

"受伤的弟兄们，你们都赶快收拾。英日帝国主义的兵舰都赶着参加进来了！我们今晚怕要退，退……退回浏阳！"

"入你的妈呀！……"

每一个受伤的弟兄都不顾苦痛地爬将起来。咬紧着牙齿，恨恨地都想将帝国主义者的兵舰抓来摔个粉碎！

可是，他妈的！大家都不能动弹。

炮声又继续地轰了千百下。二三百个人伕跑了进来，两个两个地将弟兄们的竹床抬起了。

王伯伯夹在他们中间辘辘地打转。

"老伯伯！现在敌人请了外国人的兵船大炮来打我们了！我们不幸败了下来，我们就要走啦！你老人家同不同我们去呢？"

"……"

王伯伯没有回答。他实在是有些舍不下他的那些田园，和那烧焚得不知道成了一个什么样儿了屋子。他站着。他的心儿不能决定下来。

停停一会儿，弟兄们终于开口了：

"那么你老人家不去也得。不过，我们可不能留着久陪你老人家，再会吧！老伯伯哟！再会！再会！……"

外面差不多天亮了。王伯伯望着百十个弟兄们的竹床和那个仁慈的老人的背影，他扑扑地不觉得吊下了两行眼泪来。

他又连忙地赶了几步。可是，地上非常湿滑，走一步几乎要跌一交，等他用力地站定了脚跟之后，巴巴地已经赶不及了。

他想：

"也罢！我反正不能放心我的田园和屋子，不如回家中看看再说吧！"

五

禁锢了三天，经过无数次的盘问和拷打，王伯伯才被认为"并非乱党"，从一个叫做什么部的"行辕"中赶将出来。

他一步一拖地，牙齿儿咬得铁紧。他忍着痛，手里牢牢捻着那张叫做"良民证"的纸头。

路上还遗落着一些不曾埋没的尸首，和无涯的血迹。王伯伯也没有功夫去多看，就急速地奔回来。

屋子呢？

他瞧，全部都塌了，烟黄的只剩了一堆瓦砾。他又连忙跑到田中去一看，谷子也全数倒翻下来，大半都浸在水里，上面还长出着一些些黄绿色的嫩芽。

"什么都完了啦！……"

他叫着。他再用手儿捧上了一些来看，没一颗谷子没有长芽的。他又急的要发疯了。他还有什么办法呢？挨着不和儿子们一道去，又留着不和那班弟兄们一块儿走，都是为的不能丢下这些黄黄的谷子和那所小的瓦房。现在，什么都完了啦！他吃着惊恐和禁锢，他受着拷打，结果他还是什么都落了空，他怎么不该发疯呢？

他蹲着，伤心地瞧着焚余的瓦砾和田中的谷芽。他真的再想放声痛哭一阵，可是，他不能哭呀！仅仅干号了几声，因为他的眼泪已经干了。

再爬起来看着，远远地，新河镇上已经没有了半家人家。他有心地走到撤了的摆渡亭那边去望一望。四个"四百米远"的灰白的字儿仍旧还在那里。

瞧将过去：

是河。是洋鬼子的兵船。

再瞧过去：

天哪！那个横拖着像一条蛇的东西，不就是叫做什么"电网"的吗？王伯伯转着愤怒的眼光瞧着它。他想跑过去用个什么东西将它捣碎！真的呀！假使这回没有这个叫做什么"电网"的捞什子东西，他全家决不会弄成这个样子。那班弟兄们也会平平安安地进了城，同上一回一样，那多么好啊！现在，他妈的，一切都完了啦。一切都毁在这个鬼东西的身上。他再回头来瞧瞧洋鬼子的兵船，他的心里又记起了那晚上的大炮，他恨得说不出话来了！

他连忙跳下码头来，他想到河中去和这鬼东西拼命。可是，渡船儿不知道被人家摇到哪里去了。

无意识地，他又折回上来。

"今晚上到哪儿去落脚呢？"

一下子，他想到了这么一个问题，因为天气已经渐渐地黑将下来了。他再回头向新河镇上一望，那儿好像还有人们蠕动似的。

他走过去。那儿的人们也在走将过来。

"哎呀！蔡三爹，你还在这儿吗？"王伯伯喜的怪叫起来。

"王国爹，你也回来了呀？"

蔡师公也很惊喜的。他们立时亲近着。还有张三爹，李五伯伯，……

"你躲在哪儿呀！"蔡师公说。

"说不得啊！妈妈的，这回真是……唉！三爹，你呢？"

"也危险啦！一气儿真说不了。我现在还住在张三哥那儿。"

"那么张三爹呢？"

"我们可幸亏天保佑，打仗时还在木排上，还在湘潭。"

"现在呢？你的排停在哪儿？"

"刚刚才流到猴子石口。"

"他们打得厉害吗？"张三爹问。

"那才真正伤心啊！……"

散乱的谈着，每个人都怀抱着一种说不出来的悲哀，渐渐地走，渐渐地谈，他们不知不觉地谈到谷芽子上面去了。

"那怎么办呢？三爹，通通长了芽啦！"

"是呀！我也是为这个来的。张哥排上的客人想要，割下来熬酒。"

"谷芽酒好呀！那么，我的这些也给他买去吧！"

王伯伯听到有人肯出钱买发了芽的谷子，他立时欢喜起来，他和蔡师公恳切地商量着。他决计将自家田中的谷芽统统卖了，只要多少能有几个钱儿好捞。

蔡师公点头答应着。他们一同回来到木排上。又和排客们商量了一回，结果排客们都答应了。一元钱一亩的田，由排客们自家去割。

王伯伯的心中觉得宽松了一些。夜晚他和蔡师公互相交谈着各自逃难的情形。

"多勇啊！那班人。"蔡师公说，"他们简直不要命啦！我躲在那山坡边瞧着。那边没有河，他们便一层一层爬过来对电网冲啦！机关枪格格格格格的！他们冲死的多啊！都钉在电网上……后来，又用篙子跳，跳，跳！……"

蔡师公吞了一口气，接着说：

"后来，我又到银盆山这边来了。那班人请我，是请呀！他们真客气！请我替他们抬伤兵送到红莲寺，我抬了几十个，后来，他们请我吃饭，后来，又给我一些钱……后来打得更厉害！后来又用牛冲！……后来又落雨，响大炮！……后来他们退了。……后来我被抓到一个叫做什么部！……后来要打我的屁股！后来又给我一张什么'良民证'，后来放了，后来，……真是凶啊！后来，狗季子他们几个年轻的还关在那里！……"

"那么你领了'良民证'回来，就到了他们这木排上吗？"

"还早呢！我还到了姑姑儿庙，那里都是团防局的人。天哪！他们抓得多哩。听说有几百，统统是那班人。而且都是女的，小孩子也有。……他妈的！后来，我才到这木排上。后来，又到镇上来，后来，我见了你了。……你躲在哪儿呀？"

蔡师公说了一大串，有时候还手舞足蹈地做着一些模样儿。王伯伯听得痴了。

"喂！你躲在哪儿呀？"

"我吗？唔！我是……唉！二十块钱啦！……火啦！……关了三天啦！……他妈的！唉！……"

王伯伯也简单地告诉了蔡师公一些大概。他们又互相地太息了一回，才疲倦地躺在木排上的小棚子旁边睡去了。

第二天的早晨，王伯伯再三地和排客们交涉，水谷芽居然还卖到了十来元钱，他喜极了。他带着排客们到田中来交割。自家又去木排上花六七元钱买来一个现成的小棚子。也是由排客们替他抬着，由小排船送到这新河镇来的。棚子是架在离原来被焚毁的瓦屋地基足有十来丈远。棚子门朝北。因为他想到：那块烧掉了屋子的地基，真是十分不吉利，再将棚子架在原地方一定更加不吉利。棚子们呢？他不能再朝南呀！那儿，……那儿他一开门就会看见那个叫做什么鬼名儿的电，电，电……

他真的不想在记起那个鬼东西的名字啊！

一切都安排好了。锅儿，小火炉儿，小木板床，……蔡师公也跑来替他道过贺。

他又重新地安心下来。

他想着：

"假如媳妇儿孙们都还能回来，假如自家还能拼命地干一下子，假如现在还赶忙种些荞麦，假如明年的秋天能够丰收！……"

六

大难不死，必有后福。

棚子里的生活又将王伯伯拖回到无涯的幻想中。他自烧自煮地过着。他悬望着儿媳们还能回来，他布置着冬天来如何收荞麦。……他打听到那班弟兄们退得非常远了，今后也再没有什么乱子来扰他了。

他是如何地安心啊！

过着。没事将门儿关起来。一天，两天，……

一个阴凉的下午，小棚子外有一点儿"橐橐"的敲门声。

"这一定又是蔡师公。"

王伯伯的心里想。他轻悄地打开小门儿准备吓蔡师公一跳。

"王国爹好呀？"

王伯伯一看：——

刘保甲！

他的心儿便立刻慌张起来。这个家伙一来，王伯伯就明白：必无什么好事情商量。本能地，他也回了一句：

"好呀！"

"你这回真正吃亏不小啦！"

"唉！……"

"现在镇上已经来了一班赈灾的老爷,他们叫你去说给他们听,你一共损失了多大一个数目儿。他们可以给你一些赈灾钱。"

"赈灾钱?"

王伯伯的心儿又是一怔。这个名目儿好像听得非常纯熟似的。他慢些儿记着:有一年天干,又有一年涨大水,好像都曾闹过那么些玩意儿。有一年他还请过那些委员老爷们吃过一碗面,他也向那些委员老爷们叩过头。结果,名字造上册子了,手印儿也打了,而"赈灾钱"始终没有看见老爷们发下来。现在,又要来叫他去打手印,上册子,他可不甘心了。然而,他还是非常低声地对刘保甲爷说:

"刘爷,请你对老爷们去说一声,我这儿不要赈灾钱。我现在还生毛病,不能够出去。"

"那不行呀!老爷们等着哩!要不然,他们就派兵来抓!"

王伯伯的心里一惊:

"那么我同你去一回吧!不过,'赈灾钱'我是没有福气消受的。"

刘保甲斜瞅了他一眼:

"那么,走呀!"

王伯伯的脚重了三十三斤,他一步一拖着。

看看,那儿还站了很多很多的人,蔡师公,王定七,杨六老倌,……

"你叫什么名字?"

"王国六。"

"几十岁呢?"

"今年五十五。"

"住在哪儿?"

"前面!"

"匪徒们烧了你多少房子?"

"……"

"怎么？说呀！"

"他，他，他们没有烧，烧我的房子呀！"

"那么，你的房子是什么人烧的呢？"

"……"

"说呀！"

王伯伯的嘴巴战了一下：

"是官，官，官兵呀！"

"混账！"老爷们跳将起来，"你这个老东西胡说八道！你，你，你发疯！"

王伯伯吓的两个腿子打战。老爷们立刻回转头来，向另外一个写字的先生说：

"老李！你记着：王国六，瓦屋三间，全数烧毁。损失约二百元上下！……"

随即便回转头来；

"王国六！你自家去写个名儿。"

"我，老爷！不会写字的。"

"打个手印。"

王伯伯很熟习地打了一个手印。

"还有，王国六，你家里被匪徒杀死几多人？"

"人，人，没有。"

老爷们又回转头来：

"老李，你再记：王国六家，杀死三人，一子，一孙，一媳。"

"老爷，没有呀！我的儿子，媳妇，孙儿都没有死呀！"

"混账！不许你说话！"

"老爷啊……"

王伯伯再想分辩，可是，老远地：——

大大帝！大大帝！……

　　大家都回过头来一看：

　　一大队团防兵押解着无数妇女和孩子们冲来了。在残砖破瓦边，一群一群地叫她们跪着。

　　大家都痴了！王伯伯惊心地一看，媳妇和两个孙儿好像都跪在里面似的。他发狂地怪叫起来：

　　"哎呀！……"

　　可是，机关枪已经格格格地扫射了！

　　尸身一群一群地倒将下来。王伯伯不顾性命地冲过去，双手拖住两个血糊的小尸身打滚！

　　停停。

　　委员者爷们都从容地站起来，当中的一个眉头一皱，便立刻吩咐那个携着照相机的伙计，赶快将照相机架起。

　　"拍呀！拍呀！多拍两三张，明儿好呈报出去。"

　　那个写字的李先生也站将起来了。他像有些不懂似的。他吃吃地问：

　　"这照拍下来有什么用呀？……"

　　"傻子！"

　　委员老爷回头来一笑，嘴巴向李先生努了一下。李先生也就豁然明白过来。

　　委员老爷便吩咐着刘保甲说：

　　"你赶快去！叫两个人来，将那个昏在死尸中的老头儿抬起，送回他自家的茅棚子里去。"

七

　　不知道什么时候，王伯伯苏醒过来了，他也不知道怎么会回到这棚子里来的。他记着，……他哇的一声叫起来，口里的鲜血直淌。

又昏昏沉沉地过了一些时候，他才真正地清醒了。

"这是一个什么世界呀！……"

他可没有再喊天。他想着：他还有什么希望呢？谷子，房子，畜牲，家具，而且还有：——人！

他觉得他已经全没有一点儿希望了，连菩萨也都不肯保他了。尤其痛心的是那被野兽吞噬去的两个孙儿。

一切都完了！

他勉强地爬起了，解下自家床角上的一根麻绳来，挽个圈圈，拴在棚子的顶上。

他把一条小凳子踏住脚，又将自家的头颈骨摸了两摸，他想钻进那个圈子中间去。

"钻呀！"

他已经把头儿伸过去了。可是，突然地，他又连忙将它缩回来。他想：

"这真是不值得啊！他妈的，我今年五十五岁了，还能做枉死鬼吗？我还有两个儿子呀，我不能死！我是不能死的！"

他立刻跳下了小凳子。将心儿定了一定，他完全明白过来了。

"是的，我不能死。我还有两个那样大的孩儿，我还有一群亲热的兄弟！……"

于是，第二天，王伯伯背起一个小小的包袱，离开了他的小茅棚子，放开着大步，朝着有太阳的那边走去了！

一九三三年九月一日上午十一时，脱稿于上海

（选自《叶紫选集》）

山村一夜

外面的雪越下越紧了。狂风吹折着后山的枯冻了的树枝,发出哑哑的响叫。野狗遥远地,忧郁而悲哀地嘶吠着,还不时地夹杂着一种令人心悸的,不知名的兽类的吼号声。夜的寂静,差不多全给这些交错的声音碎裂了。冷风一阵一阵地由破裂的壁隙里向我们的背部吹袭过来,使我们不能禁耐地连连地打着冷噤。刘月桂公公面向着火,这个老年而孤独的破屋子主人,是我们的一位忠实的农民朋友介绍给我们来借宿的。他的左手拿着一大把干枯的树枝,右手捋着灰白的胡子,一边拨旺了火势,一边热烈地,温和地给我们这次的惊慌和劳顿安慰了;而且还滔滔不停地给我们讲述着他那生平的,最激动的一些新奇的故事。

因为火光的反映,他的眼睛是显得特别地歪斜,深陷,而且红红的。他的额角上牵动着深刻的皱纹;他的胡子顽强地,有力地高翘着;他的鼻尖微微地带点儿勾曲;嘴唇是颇为宽厚而且松弛的。他说起话来就像生怕人家要听不清或者听不懂他似的,总是一边高声地做着手势,一边用那深陷的,歪斜的眼睛看定着我们。

又因为夜的山谷中太不清静，他说话时总常常要起身去开开那扇破旧的小门，向风雪中去四围打望一遍，好像察看着有没有什么人前来偷听的一般；然后才深深地呵着气，抖落那沾身的雪花，将门儿合上了。

"……先生，你们真的愿意常常到我们这里来玩吗？那好极了！那我们可以经常地做一个朋友了。"他用手在这屋子里环指了一个圈圈："你们来时总可以住在我这里的，不必再到城里去住客栈了。客栈里的民团局会给你们麻烦得要死的。那些蠢子啊！……什么保人啦，哪里来啦，哪里去啦，'年貌三代'啦，……他们对于来客，全像是在买卖一条小牛或者一只小猪那样的，会给你们从头上直看到脚下，连你们的衣服身胚一共有多少斤重量，都会看出来的。真的，到我们这个连鸟都不高兴生蛋的鬼地方来，就专门欢喜这样子：给客人一点儿麻烦吃吃。好像他们自己原是什么好脚色，而往来的客人个个都是坏东西那样的，因为这地方多年前就不像一个住人的地方了！真的，先生……"

"世界上会有这样一些人的：他们自以为是怎样聪明得了不得，而别人只不过是一些蠢子。他们自己拿了刀去杀了人家——杀了'蠢子'——劫得了'蠢子'的财帛，倒反而四处去向其他的'蠢子'招告：他杀的只不过是一个强盗。并且说：他的所以要杀这个人，还不只是为他自己，而是实在地为你们'蠢子'大家呢！……于是，等到你们这些真正的蠢子都相信了他，甚至于相信到自己动起手去杀自己了的时候，他就会得意洋洋地躲到一个什么黑角落里去，暗暗地好笑起来了：'看啦！他们这些东西多蠢啊！他们蠢得连自己的妈妈都不晓得叫呢！'……真的，先生，世界上就真会有这样一些人的。但他们却不知道：蠢的才是他们自己呢！因为真正的蠢子蠢到了不能再蠢的时候，也就会一下子变得聪明起来的。那时候，他们这些自作聪明的人，就是再会得'叫妈妈'些，也怕是空的了吧。真的啊，先生！世界上的事情就通统是这样的——我说蠢子终究要变得聪明起来的。要是他不聪明起来，那他就只有自己去送死了，或者变成一个什么十足的痴子，疯子那样的东西！……先生，真的，不会错的！……从前我们这里还发生过一桩这样的事呢：一个人会蠢到这样的地步的——自己亲生的儿子送去给人家杀了，还要给人家去叩头赔礼！您想：这还算是一个怎样的世界呢！人蠢到这样的地步了，又怎能不变成疯子呢？先生！……"

"啊——会有这样的事情吗？桂公公！一个人又怎能将自己的儿子送去给人家杀掉呢？"我们对于这激动的说话，实在地感到惊异起来了，便连忙这样问。

"你们实在不错，先生。一个人怎能将自己的儿子送去给人家杀掉呢？不会的，普天下不会，也不应该有这样的事情的。然而，我却亲自看见了，而且还和他们是亲戚，还为他们伤了一年多的心哩！先生。"

"怎样的呢？这又是怎样一回事呢？桂公公！"我们的精神完全给这老人家刺激起来了！不但忘记了外面的风雪，而且也忘记了睡眠和寒冷了。

"怎样一回事？唉：先生！不能说哩。这已经是快两周年的事情了！……"但是先生，你们全不觉得要睡吗？伤心的事情是不能一句话两句话就说得完的！真的啊，先生！……你们不要睡？那好极了！那我们应该将火加得更大一些！……我将这话告诉你们了，说不定对你们还有很大的益处呢！事情就全是这样发生的：

"三年前，我的一个叫做汉生的学生，干儿子，突然地在一个深夜里跑来对我说：

"'干爹，我现在已经寻了一条新的路了。我同曹德三少爷，王老发，李金生他们弄得很好了，他们告诉了我很多的事情。我觉得他们说得对，我要跟他们去了，像跟早两年前的农民会那样的。干爹，你该不会再笑我做蠢子和痴子了吧！'

"'但是孩子，谁叫你跟他们去的呢？怎么忽然变得聪明起来了？

你还是受了谁的骗呢？'我说。

"'不的，干爹！'他说，'是我自己想清白了，他们谁都没有来邀过我；而且他们也并不勉强我去，我只是觉得他们说的对——就是了。'

"'那么，又是谁叫你和曹三少爷弄做一起的呢？'

"'是他自己来找我的。他很会帮穷人说话，他说得很好哩！干爹。'

"'是的，孩子。你确是聪明了，你找了一条很好的路。但是，记着：千万不要多跟曹三少爷往来，有什么事情先来告诉我。干爹活在这世界上六十多年了，什么事都比你经验得多，你只管多多相信干爹的话，不会错的，孩子。去吧！安静一些，不要让你的爹爹知道，并且常常到我这里来。……'

"先生，我说的就是这样一个孩子，给他那糊涂的，蠢拙的爹爹送掉的。他住得离我们这里并不远，就在这山村子的那一面。他常常要到我这里来。因为立志要跟我学几个字，他便叫我做干爹了。他的爹爹是做老长工出身的，因而家境非常的苦，爷儿俩就专靠这孩子做零工过活。但他自己却十分志气。白天里挥汗替别人家工作，夜晚小心地跑到我这里来念一阵书。不喝酒，不吃烟。而且天性又温存，有骨气。他的个子虽不高大，但是十分强壮。他的眼睛是大大的，深黑的，头发像一丛短短的柔丝那样……总之，先生！用不着多说，无论他的相貌，性情，脾气和做事的精神怎样，只要你粗粗一看，便会知道这绝不是一个没有出息的孩子就是了。

"他的爹爹也常到这里来。但那是怎样一个人物呢？先生！站在他的儿子一道，你们无论如何不会相信他们是父子的。他的一切都差不多和他的儿子相反：可怜，愚蠢，懦弱，而且怕死得要命。他的一世完全消磨在别人家的泥土上。他在我们山后面曹大杰家里做了三四十年长工，而且从来没有和主人家吵过一次嘴。先生，关于这样的人本来只要一句话：就是猪一般的性子，牛一般的力气。他一直做到六七年前，老了，完全没有用了，才由曹大杰家里赶出去。带着儿子，狗一样地住到一个草屋子里，没有半个人去怜惜他。他的婆子多年前就死了，和我的婆子一样，而且他的家里也再没有别的人了！……

"就是这样的，先生。我和他们爷儿俩做了朋友，而且做了亲戚了。我是怎样地喜欢这孩子呢？可以说比自己亲生的儿子还要喜欢十倍。真的，先生！我是那样用心地一个一个字去教他，而他也从不会间断过，哪怕是刮风，落雨，下大雪，一约定，他都来的。我读过的书虽说不多，然而教他却也足有余裕。先生，我是怎样在希望这孩子成人啊！……

"自从那次夜深的谈话以后，我教这孩子便格外用心了。他来的也更加勤密，而且读书也更觉得刻苦了。他差不多天天都要来的，我一看到他，先生，我那老年人的心，便要温暖起来了。我想：'我的心爱的孩子，你是太吃苦了啊！你虽然找了一条很好的路，但是你怎样去安顿你自己的生活呢？白天里挥汗吃力，夜晚还要读书，跑路，做着你的有意思的事情！你看：孩子，你的眼睛陷进得多深，而且已经起了红的圈圈了呢！'唉，先生！当时我虽然一面想，却还一面这样对他说：'孩子啊，安心地去做吧！不错的——你们的路。干爹老了，已经没有用了。干爹只能睁睁地看着你们去做了哩。爱惜自己一些，不要将身子弄坏了！时间还长得很呢，孩子哟！……'但是，先生，我的口里虽是这样说，却有一种另外的，可怕的想念，突然来到我的心里了。而且，先生，这又是怎样一种懦弱的，伤心的，不可告人的想念呀！可是，我却没有法子能够压制它。我只是暗暗为自己的老迈和无能悲叹罢了！而且我的心里还在想哩：也许这样的事情不会来吧！好的人是决不应该遭意外的事情的！但是先生，我怎样了呢？我想的这些心思怎样了呢？……

唉，不能说哩！我不知道世界上真的有没有天，而且天的心里到底在想些什么？为什么人家希望的事，偏偏不来；不希望的，耽心的，可怕的事，却一下子就飞来了？这到底是怎样的一个天呢？而且又是怎样的一个世界呢？先生，不能说哩。唉，唉！先生啊！……"

因了风势的过于猛烈，我们那扇破旧的小门和板壁，总是被吹得呀呀地作响。我们的后面也觉得有一股刺骨般的寒气，在袭击着我们的背心。刘月桂公公尽量地加大着火，并且还替我们摸出了一大捆干枯的稻草来，靠塞到我们的身后。这老年的主人家的言词和举动，实在地太令人感奋了。他不但使我们忘记了白天路上跋涉的疲劳，而且还使我们忘记了这深沉，冷酷的长夜。

他只是短短地沉默了一会，听了一听那山谷间的，隐隐不断的野狗和兽类的哀鸣。一种夜的林下的阴郁的肃杀之气，渐渐地笼罩到我们的中间来了。他也没有再作一个其他的举动，只仅仅去开看了一次那扇破旧的小门，便又睁动着他那歪斜的，深陷的，湿润的眼睛，继续起他的说话来了。

"先生，我说：如果一个人要过分地去约束和干涉他自己的儿子，那么这个人便是一个十足的蠢子！就譬如我吧：我虽然有过一个孩子，但我却从来没有对他约束过，一任他自己去四处飘荡，七八年来，不知道他飘荡到些什么地方去了，而且连讯息都没有一个。因为年轻的人自有年轻人的思想，心情和生活的方法，老年人是怎样也不应该去干涉他们的。一干涉，他们的心的和身的自由，便要死去了。而我的那愚拙的亲家公，却不懂得这一点。先生，您想他是怎样地去约束和干涉他的孩子呢？唉，那简直不能说啊！除了到这里来以外，他完全是孩子走一步便跟一步地啰嗦着，甚至于连孩子去大小便他都得去望望才放心，就像生怕有一个什么人会一下子将他的孩子偷去卖掉的那样。您想，先生，孩子已经不是一个三岁两岁的娃娃了，又怎能那样地去监视呢？为了这事情我还不知道向他争论过几多次哩，先生，我说：

"'亲家公啦！您莫要老是这样地跟着您的孩子吧！为的什么呢？是怕给人家偷去呢？还是怕老鹰来衔去呢？您应当知道，他已经不是一个娃娃了呀！'

"'是的，亲家公。'他说，'我并不是跟他，我只是有些不放心他——就是了！'

"'那么，您有些什么不放心他呢？'我说。

"'没有什么，亲家公。'他说，'我不过是觉得这样：一个年轻的人，总应该管束一下子才好……'

"'没有什么！'唉，先生！您想，一个人会懦弱到这样的地步的：马上说的话马上就害怕承认得。于是，我就问他：

"'那么，亲家公，你管束他的什么呢？'

"'没有什么，亲家公，我只是想像我的爹爹年轻时约束我的那样，不让他走到坏的路上去就是了。'

"'拉倒了您的爹爹吧！亲家公！什么是坏的路呢？'先生，我当时便这样地生气起来了。'您是想将您的汉生约束得同您自己一样吗？一生一世牛马一样地跟人家犁地耕田，狗一样地让人家赶出去吗？……唉！你这愚拙的人啊！'先生，我当时只顾这样生气，却并没有看着他本人。但当我一看到他被我骂得低头一言不发，只管在拿着他的衣袖抖战的时候，我的心便完全软了。我想，先生，世界上为什么会有这样可怜无用的人呢。他为什么要生到这世界上来呢？唉，他的五六十岁的光阴如何度过的呢？于是先生，我就只能够这样温和地去对答他了：

"'莫多心了吧！亲家公。莫要老是这样跟着您的汉生了，多爱惜自己一些吧！您要再是这样跟着，您会跟出一个坏结局来的，告诉您：您的汉生是用不着您担心的了，至少比您聪明三百倍哩。'唉，先生，话有什么用处呢？我应该说的，通统向他说过了。他一当了你的面，怕得你要命；背了你的面，马上就四处去跟着，赶着他的儿子去了。

"关于他儿子所做的事，大家都知道，是无论如何不能够去告诉他的。因此我就再三嘱咐汉生：不要在他爹爹面前露出行迹来了。但是，谁知道呢？这消息是从什么地方走给他耳朵里的呢？也许是汉生的同伴王老发吧，也许是曹三少爷和木匠李金生吧！……但是后来据汉生说：他们谁都没有告诉他过。大概是他自己暗中察觉出来的，因为他夜间也常常不睡地跟踪着。总之，汉生的一切，他不久都知道就是了，因此我就叫汉生特别注意，处处都要防备着他的爹爹。

"大概是大前年八月的夜间吧，先生，汉生刚刚从我这里踏着月亮走出去，那个老年的愚拙的家伙便立刻跟着追到这里来了。因为没有看见汉生，他便觉得有些不好意思那样地走近我的身边。然而，却不说话。在大的月光的照耀下，他只是用他那老花的眼睛望着我，猪鬃那样的几根稀疏的胡子，也轻轻地发着战。我想：这老东西一定又是来找我说什么话了，要不然他就绝不会变成一副这样的模样。于是，我就立刻放下了温和的脸色，殷勤地接着他。

"'亲家公啦！您来又有什么贵干呢？'我开玩笑一般地说。

"'没有什么，亲家公，'他轻声地说。'我只是有一桩事情不，不大放心，想和您来商量商量——就是了。'

"'什么呢，亲家公？'

"'关于您的干儿子的情形，我想，亲家公，您应该知道得很详细吧！'

"'什么呢？关于汉生的什么事情呢？嗳，亲家公？'

"'他近几个月来，不知道为了什么事，……亲家公！夜里总常常一个通夜不回来。……'

"'那又有什么关系呢？'

"'我想，亲家公！他说不定是跟着什么坏人，走到坏的路上去

了。因为我常常看见他同李木匠王老发他们做一道。要是真的，亲家公，您想：我将他怎么办呢？我的心里啊……'

"'您的心里又怎样呢？'

"'怎样？……唉，亲家公，您修修好吧！您好像一点都不知道那样的！您想：假如我的汉生要有了什么三长两短，我还有命吗？我不是要绝了后代了吗？有谁来替我养老送终呢？将来谁来上坟烧纸呢？我又统共只有这一个孩子！唉，亲家公，帮帮忙吧！您想想我是怎样将这孩子养大起来的呢？别人家不知道，您总应该知道呀！我那样千辛万苦地养大了他，我要是得不到他一点好处，我还有什么想头呢？亲家公！'

"'那么您的打算是应该将他怎样呢？'先生，我有点郑重起来了。

"'没有怎样，亲家公，'他说。这家伙大概又对着月光看到我的脸色了。'您莫要生我的气吧！我只是觉得有点害怕，有点伤心就是了！我能将他怎么办呢？……我不过是想……'

"'啊——什么呢？'

"'我想，想……亲家公，您是他的干爹！只有您的话他最相信，您又比我们都聪明得多。我是想……想……求求您亲家公对他去说一句开导的话，使他慢慢回到正路上来，那我就，就……亲家公啊！就感——感……您的恩，恩……了。'

"唉！先生！您想：对待这样的一个人，还有什么法子呢？他居然也知道了他自己是不聪明的人。他说了那么一大套，归根结蒂——还不过是为了他自己没有'得到他一点好处'，'怕'没有人'养老送终'，'伤心'没有人'上坟烧纸'罢了！而他自己却又没有力量去'开导'他的儿子，压制他的儿子，只晓得狗一样地跟踪着，跟出来了又只晓得跑到我这里来求办法，叫'恩人！'您想，我还能对这样可怜的，愚拙的家伙说点什么有意思的，能够使他想得开通的话呢？唉，先生，不能说哩！当时我是实在觉得生气，也觉得伤心。我极力地避开月光，为了怕他看出了我的不平静的脸色。因为我心须尽我的义务，对他说几句'开导'他的，使他想得通的话；虽然我明知道我的话对于这头脑糊涂的人没有用处，但是为了汉生的安静，我也不能够不说啊！

"我说：'亲家公啦！您刚才罗哩啰嗦地说了这么一大套，到底为的什么呢？啊，您是怕您的汉生走到坏的路上去吗？那么，您知道什么路是坏的，什么路才是好的呢？——您说：王老发，李金生他们都不是好人，是坏人！那么他们的'坏'又都坏在什么地方呢？——唉，亲家公！我劝您还是不要这样糊涂的乱说吧！凡事都应该自己先去想清一下子，再来开口的。您知道：您的年纪已经不小了呀！为什么还是这样地孩子一样呢？您怎么会弄得'绝后代'呢？您的汉生又几时对您说过不给您'养老送终'呢？并且一个人死了就死了，没有人来'上坟烧纸'又有什么了不得呢？嗳，亲家公，您是——蠢拙的人啊！……'唉，先生，我当时是这样叹气地说。'莫要再糟蹋您自己了吧，您已经糟蹋得够了！让我来真正告诉你这些事情吧：您的孩子并没有走到什么坏的路上去，您只管放心好了。汉生他比您聪明得多，而且他们年轻人自有他们年轻人的想法。至于王老发和李金生木匠他们就更不是什么歹人，您何必啰嗦他们，干涉他们呢？您要知道：即算是您将您的汉生管束得同您一样了，又有什么好处呢？莫要说我说得不客气，亲家公，同您一样至多也不过是替别人家做一世牛马算了。譬如我对我的儿子吧，……八年了！您看我又有什么了不得呢？唉，亲家公啊！想得开些吧！况且您的儿子走的又并不是什么坏的路，完全是为着我们自己。您还有什么不放心的呢？唉，唉！亲家公啊！您这可怜的，老糊涂一样的人啊！……'

"唉，先生，您想他当时听了我的这话之后怎样呢？他完全一声不做，只是呆呆地坐在那里，贼一样地用他那昏花的眼睛看着我，并且还不住地战动着他的胡子,开始流出眼泪来。唉,先生,我心完全给这东西弄乱了!您想我还能对他说出什么话来呢?我只是这样轻轻地去向他问了一问:

"'喂,亲家公!您是觉得我的话说得不对吗,还是什么呢?您为什么又伤起心来了呢!'

"这时候,先生,我还记得:那个大的,白白的月亮忽然地被一块黑云遮去了;于是,我们就对面看不清大家的面庞了。我不知道他一个人在黑暗中做了些什么事。半天,半天了……才听见他哀求一样地说道:

"'唉,不伤心哩,亲家公!我只是想问一问您:我的汉生他们如果发生了什么别的事情,我一个人又怎样办呢?唉,唉!我的——亲家公啊……'

"'不会的哩,亲家公!您只管放心吧!只要您不再去跟着啰嗦着您的汉生就好了。您不知道一句这样的话吗——吉人自有天相的!何况您的汉生并不是蠢子,他怎么会不知道招呼他自己呢?……'

"'唔,是的,亲家公!您说的——都蛮对!只是我……唔,嗯——总有点……不放心他……有点……害——怕——就是了!呜呜——……'

"先生,这老家伙站起来了,并且完全失掉了他的声音,开始哽咽起来了。

"'亲家公,莫伤心了吧!好好地回去吧!'我也站起来送他了。'您伤心的什么呢?替别人家做一世牛马的好呢?还是自己有土地自己耕田的好呢?您安心地回去想清些吧!不要再糊涂了吧!……'

"唉,先生,还尽管罗罗嗦嗦地说什么呢?一句话——他便是这样一个懦弱的家伙就是了,并且凭良心说:自从那次的说话以后,我没有再觉得可怜这家伙,因为这家伙有很多地方有不应去给他可怜的。但是在那次——我却骗了他,而且还深深地骗了自己。您想:先生!'吉人自有天相的'这到底是一句什么狗屁话呢？几时有过什么'吉人'，几时又看见过什么'天相'呢？然而，我却那样说了，并且还那样地祷告啦。这当然是我太爱惜汉生和太没有学问的缘故，因为我实在想不出一句适当的话去宽慰那个愚懦的人，也想不出一个法子来压制和安静自己。但是，先生，事情终于怎样了呢？'吉人'是不是'天相'了呢？……唉，要回答，其实，在先前我早就说过了的。那就是——您所想的，希望的事，偏偏不来；耽心的，怕的和祸祟的事，一下子就飞来了！唉，先生，虽然他们那第一次飞来的祸事，都不是应在我的汉生的头上，但是汉生的死，也就完全是遭了那次事的殃及哩，唉，唉！先生！啊……"

刘月桂公公因为用铁钳去拨了一拔那快要衰弱了的火焰。一颗爆裂的红星，便突然地飞跃到他的胡子上去了！这老年的主人家连忙用手尖去挥拂着，却已经来不及了，燃断掉三四根下来了。……我们都没有说话。一种默默的，沉重的，忧郁之感，渐渐地压到了我们的心头。因为这故事的激动力，和烦琐反复的情节的悲壮，已经深深地锁住了我们的心喉，使我们插不进话去了。夜的山谷中的交错的声息，似乎都已经平静了一些。然而愈平静，就愈觉得世界在一步一步地沉降下去，好像一直欲沉降到一个无底的洞中去似的，使我们几乎透不过气来了。风雪虽然仍在飘降，但听来却也已经削弱了很多。一切都差不多渐渐在恢复夜的寂静的常态了。刘月桂公公却并没有关心到他周围的事物，他只是不住地增加着火势，不住地运用着他的手，不住地蹙动着他的灰暗的眉毛和睁开他的那昏沉的，深陷的，歪斜的眼睛。

因为遭了那火花的飞跃的损失，他继续着说话的时候，总是常常要用手去摸着，护卫着他那高翘着而有力量的胡子。

"那第一次的祸事的飞来，"他接着说，"先生，也是在大前年的十一月哩。那时候，我们这里的民团局因为和外来的军队有了联络，便想寻点什么功劳去献献媚，巴结巴结那有力量的军官上司，便不分日夜地来到我们这山前山后四处搜索着。结果，那个叫做曹三少爷的，便第一个给他们弄去了。

"这事情的发生，是在一个降着严霜的早上。我的干儿子汉生突然地丢掉了应做的山中的工作，喘息呼呼地跑到我这里来了。他一边睁大着他那大的，深黑的眼睛，一边上气不接下气地说：

"'干爹，我们的事情不好了！曹三少爷给，给，给——他们天亮时弄去了！这怎，怎么办呢？干爹……'

"唉，先生，我当时听了，也着实地替他们着急了一下呢。但是翻过来细细一想，觉得也没有什么大的了不得。因为我们知道：对于曹三少爷他们那样的人，弄去不弄去，完全一样，原就没有什么关系的。因为他们愿不愿意替穷人说话和做事，就只要看他们高兴不高兴便了，他们要是不高兴，不乐意了，说不定还能够反过来弄他的'同伴'一下子的。然而，我那仅仅只是忠诚，赤热而没有经历的干儿子，却不懂得这一点。他当时看到我只是默默着不做声，便又热烈而认真地接着说：

"'干爹，您老人家怎么不做声呢？您想我们要是没有了他还能怎么办呢？……唉，唉！干爹啊！我们失掉这样一个好的人，想来实在是一桩伤心的，可惜的事哩！……'

"先生，他的头当时低下去了。并且我还记得：的确有两颗大的，亮晶晶的眼泪，开始爬出了他那黑黑的，湿润的眼眶。我的心中；完全给这赤诚的，血性的孩子感动了。于是，我便对他说：

"'急又有什么用处呢？孩子！我想他们不会将他怎样吧！您知道，他的爹爹曹大杰还在这里当"里总"[①]呀，他怎能不设法子去救他呢？……'

[①] "里总"：同村长乡长一样。——原注。

"'唉,干爹!曹大杰不会救他哩!因为曹三少爷跟他吵过架,并且曹三少爷还常常对我们说他爹爹的坏话。您老人家想:他怎能去救这样的儿子呢?……并且,曹三少爷是——好的,忠实的,能说话的脚色呀!……'

"'唉,你还早呢,你的经历还差得很多哩,孩子!'我是这样地抚摸着他底柔丝的头发,说,你只能够看到人家的外面,你看不到人家的内心的:你知道他的心里是不是同口里相合呢?告诉你,孩子!越是会说话的人,越靠不住。何况曹德三的家里的地位,还和你们相差这样远。你还知道"叫得好听的狗,不会咬人——会咬人的狗,决不多叫"的那句话吗?……"

"'干爹,我不相信您的话!……'这忠实的孩子立刻揩干着眼泪叫起来了:'对于别人,我想:您老人家的话或者用得着的。但是对于曹三少爷,那您老人家就未免太,太不原谅他了!……我不相信这样的一个好的人,会忽然变节!……'

"'对的,孩子!但愿这样吧。你不要怪干爹太说直话,也许干爹老了,事情见得不明了。曹德三这个人我又不常常看见,我不过是这样说说就是了。"宁可信其有,不可信其无。"你自己可以去做主张,凡事多多防备防备……不过曹德三少爷我可以担保,决不致出什么事情……'

"先生,就是这样的。我那孩子听了我的这话之后,也没有再和我多辩,便摇头叹气,怏怏不乐地走开了。我当时也觉得有些难过,因为我不应该太说得直率,以致刺痛了他那年轻的,赤热的心。我当时也是怏怏不乐地回到屋子里了。

"然而,不到半个月,我的话便证实了——曹德三少爷安安静静地回到他的家里去了。

"这时候,我的汉生便十分惊异地跑来对我说:

"'干爹，你想：曹德三少爷怎样会出来的？'

"'大概是他们自己甘心首告了吧？'

"'不，干爹！我不相信会有这样的事。三少爷是很有教养的人，他还能够说出很动人的，很有理性的话来哩！……'

"'那么，你以为怎样呢？'

"'我想：说不定是他的爹爹保出来的。或者，至多也不过是他的爹爹替他弄的手脚，他自己是决不致于去那样做的！……'

"'唉，孩子啊！你还是多多地听一点干爹的话吧！不要再这样相信别人了，还是自己多多防备一下吧！……'

"'对的，干爹。我实在应该这样吧！……'

"'并且，莫怪干爹说得直：你们还要时刻防备那家伙——那曹三少爷……'

"那孩子听了我这话，突然地惊愕得张开了他的嘴巴和眼睛，说不出话来了。很久，他好像还不曾听懂我的话一样。于是，先生，我就接着说：

"'我是说的你那"同伴"——那曹三少爷啦！……'

"'那该——不会的吧！……干爹！'他迟迟而且吃惊地，不大欲信地说。

"'唉，孩子啊！为什么还是这样不相信你的干爹呢？干爹难道会害你吗？骗你吗？……'

"'是，是——的！干爹！……'他一边走，低头回答道。并且我还清晰地听见，他的声音已经渐渐变得酸硬起来了。这时候我因为怕又要刺痛了他的心，便不愿意再追上去说什么。我只是想，先生，这孩子到底怎样了呢？唉，唉，他完全给曹德三的好听的话迷住了啊！……

"就是这样地平静了一个多月，大家都相安无事。虽然这中间我的好愚懦的亲家公曾来过三四次，向我申诉过一大堆一大堆的苦楚，说过许多'害怕'和'耽心'的话。可是，我却除了劝劝他和安慰安慰他之外，也没有多去理会他。一直到前年正月十五日，元宵节的晚上，那第二次祸祟的事，便又突然地落到他们的头上来了！……

"那一晚，当大家正玩龙灯玩得高兴的时候，我那干儿子汉生，完全又同前次一样，匆匆地，气息呼呼地溜到我这里来了。那时候，我正被过路的龙灯闹得头昏脑胀，想一个人偷在屋子里点一枝蜡烛看一点书。但突然地给孩子冲破了。我一看见他进来的那模样，便立刻吓了一跳，将书放下来，并且连忙地问着：

"'又发生了什么呢，汉生？'我知道有些不妙了。

"他半天不能够回话，只是睁着大的，黑得怕人的眼睛，呆呆地望着我。

"'怎样呢，孩子？'我追逼着，并且关合了小门。

"'王老发给他们弄去了——李金生不见了！'

"'谁将他们弄去的呢？'

"'是曹——曹德三！干爹……'他仅仅说了这么一句，两线珍珠一般的大的眼泪，便滔滔不绝地滚出来了！

"先生，您想！这是怎样的不能说的事啊！

"那时候，我只是看着他，他也牢牢地望着我。……我不做声他不做声！……蜡烛尽管将我们两个人的影子摇得飘飘动动！……可是，我却寻不出一句适当的话来。我虽然知道这事情必然要来了，但是，先生，人一到了过分惊急的时候，往往也会变得愚笨起来的。我当时也就是这样。半天，半天……我才失措一般地问道：

"'到底怎样呢？怎样地发生的呢？……孩子！'

"'我不知道。我一个人等在王老发的家里，守候着各方面的讯息，因为他们决定在今天晚上趁着玩龙灯的热闹，去捣曹大杰和石震声的家。我不能出去。但是，龙灯还没有出到一半，王老发的大儿子哭哭啼啼地跑回来了。他说：'汉叔叔，快些走吧！我的爹爹给曹三少爷带着兵弄去了！李金生叔叔也不见了！……'这样，我就偷到您老人家这里来了！……'

"'唔……原来……'我当时这样平静地应了一句。可是忽然地，一桩另外的，重要的意念，跑到我的心里来了，我便惊急地说：

"'但是孩子——你怎样呢？他们是不是知道你在我这里呢？他们是不是还要来寻你呢？……'

"'我不知道……'他也突然惊急地说——他给我的话提醒了。'我不知道他们在不在寻我？……我怎么办呢？干爹…'

"'唉，诚实的孩子啊！'先生，我是这样地吩咐和叹息地说：'你快些走吧！这地方你不能久留了！你是——太没有经历了啊！走吧，孩子！去到一个什么地方去躲避一下！'

"'我到什么地方去呢，干爹？'他急促地说：'家里是万万不能去的，他们一定知道！并且我的爹爹也完全坏了！他天天对我罗嗦着，他还羡慕曹三忘八"首告"得好——做了官！……您想我还能躲到什么地方去呢？'

"先生，这孩子完全没有经历地惊急得愚笨起来了。我当时实在觉得可怜，伤心，而且着急。

"'那么，其他的朋友都完全弄去了吗？'我说。

"'对的，干爹！'他说，'我们还有很多人哩！我可以躲到杨柏松那里去的。'

"他走了，先生。但是走不到三四步，突然地又回转了身来，而且紧紧地抱住着我的颈子。

"'干爹！……'

"'怎么呢，孩子？'

"'我，我只是不知道：人心呀——为什么这样险诈呢？……告诉

我，干爹！……'

"先生，他开始痛哭起来了，并且眼泪也来到了我的眼眶。我，我，我也忍不住了！……"

刘月桂公公略略停一停，用黑棉布袖子揩掉了眼角间溢出来的一颗老泪，便又接着说了：

"'是的，孩子。不是同一命运和地位的人，常常是这样的呢！'我说。'你往后看去，放得老练一些就是了！不要伤心了吧！这里不是你说话的地方了。孩子，去吧！'

"这孩子走过之后，第二天，……先生，我的那蠢拙的亲家公一早晨就跑到我这里来了。他好像准备了一大堆话要和我说的那样，一进门，就战动着他那猪鬃一样的几根稀疏的胡子，吃吃地说：

"'亲家公，您知道王，王老发昨，昨天夜间又弄去了吗？……'

"'知道呀，又怎样呢？亲家公。'

"'我想他们今天一，一定又要来弄，弄我的汉生了！……'

"'您看见过您的汉生吗？'

"'没有啊——亲家公！他昨天一夜都没有回来……'

"'那么，您是来寻汉生的呢？还是怎样呢？……'

"'不，我知道他不在您这里。我是想来和您商，商量一桩事的。您想，我和他生，生一个什么办法呢？'

"'您以为呢？'我猜到这家伙一定又有了什么坏想头了。

"'我实在怕呢，亲家公！……我还听见他们说：如果弄不到汉生就要来弄我了！您想怎样的呢？亲家公……'

"'我想是真的，亲家公。因为我也听见说过：他们那里还正缺少一个爹爹要您去做呢。'先生，我实在气极了。'要是您不愿意去做爹爹，那么最好是您自己带着他去将您的汉生给他们弄到，那他们就一定不会来弄您了。对吗，亲家公？'

"'唉，亲家公——您为什么老是这样地笑我呢？我是真心来和您商量的呀！……我有什么得罪了您老人家呢！唉，唉！亲家公。'

"'那么您到底商量什么呢？'

"'您想，唉，亲家公，您想……您想曹德三少爷怎样呢？……他，他还做了官哩！……'

"'那么，您是不是也要您的汉生去做官呢？'先生，我实在觉得太严重了，我的心都气痛了！便再也忍不住地骂道：'您大概是想尝尝老太爷和吃人的味道了吧，亲家公？……哼哼！您这好福气的，禄位高升的老太爷啊！……'

"先生，这家伙看到我那样生气，更吓得全身都抖战起来了，好像怕我立刻会将他吃掉或者杀掉的那样，把头完全缩到破棉衣里去了。

"'唔，唔——亲家公！'他说'您，怎么又要骂我呢？我又没有叫汉生去做官，您怎么又要骂我呢？唉！我，我我不过是这样说说别人家呀！……'

"'那么，谁叫您说这样的蠢话呢？您是不是因为在他家里做了一世长工而去听了那老狗和曹德三的笼哄，欺骗呢？想他们会叫您一个长工的儿子去做官吗？……蠢拙的东西啊！您到底怎样受他们的笼哄，欺骗的呢？说吧，说出来吧！您这猪一样的人啊！……'

"'没有啊——亲家公！我一点都——没有啊！……'

"先生，我一看见他那又欲哭的样子，我的心里不知道怎样的，便又突然的软下来了。唉，先生，我就是一个这样没有用处的人哩！我当时仅仅只追了他一句：

"'当真没有？'

"'当真——一点都没有啊！——亲家公。……'

"先生，就是这样的，他去了。一直到第六天的四更深夜，正当我们这山谷前后的风声紧急的时候，我的汉生又偷来了。他这回却带来了另外一个人，那个人就是木匠李金生。现在还在一个什么地方带着很多人冲来冲去的，但却没有能够冲回到我们这老地方来。他是一个大个子，高鼻尖，黄黄的头发，有点像外国人的。他们跟着我点的蜡烛一进门，第一句就告诉我说：王老发死了！就在当天——第四天的早上。并且还说我那亲家公完全变坏了，受了曹大杰和曹德三的笼哄，欺骗！想先替汉生去'首告'了，好再来找着汉生，叫汉生去做官。那木匠并且还是这样地挥着他那砍斧头一样的手，对我保证说：

"'的确的呢，桂公公！昨天早晨我还看见他贼一样地溜进曹大杰的家里去了。他的手里还拿着一个包包，您想我还能哄骗您老人家吗，桂公公？'

"我的汉生一句话都不说。他只是失神地忧闷地望着我们两个人，他的眼睛完全为王老发哭肿了。关于他的爸爸的事情，他半句言词都不插。我知道这孩子的心，一定痛得很利害了，所以我便不愿再将那天和他爹爹相骂的话说出来，并且我还替他宽心地说开去。

"'我想他不会的吧，金牛哥！'我说，'他虽然蠢拙，可是生死利害总应当知道呀！'

"'他完全是给怕死，发财和做官吓住了，迷住了哩！桂公公！'木匠高声地，生气一般地说。

"我不再作声了。我只是问了一问汉生这几天的住处和做的事情，他好像'心不在焉'那样地回答着。他说他住的地方很好，很稳当，做的事情很多，因为曹德三和王老发所留下来的事情，都给他和李金生木匠担当了。我当然不好再多问。最后，关于我那亲家公的事情，大家又决定了：叫我天明时或者下午再去汉生家中探听一次，看到底怎样的。并且我们约定了过一天还见一次面，使我好告诉他们探听的结果。

"可是，我的汉生在临走时候还嘱咐我说：

"'干爹，您要是再看了我的爹爹时，请您老人家不要对他责备得太利害了，因为他……唉，干爹！他是什么都不懂得哩！……并且，干爹，'他又说：'假如他要没有什么吃的了，我还想请您老人家……唉，唉，干爹——'

"先生，您想：在世界上还能寻到一个这样好的孩子吗？

"就在这第二天的一个大早上，我冒着一阵小雪，寻到我那亲家公的家里去了。可是，他不在。茅屋子小门给一把生着锈的锁锁住了。中午时我又去，他仍然不在。晚间再去，……我问他那做竹匠的一个癞痢头邻居，据说是昨天夜深时给曹大杰家里的人叫去了。我想：完了……先生。当时我完全忘记了我那血性的干儿子的嘱咐，我暴躁起来了！我想——而且决定要寻到曹大杰家里的附近去，等着，守着他出来，揍他一顿！……可是，我还不曾走到一半路，便和对面来的一个人相撞了！我从不大明亮的，薄薄的雪光之下，模糊地一看，就看出来了那个人是亲家公。先生，您想我当时怎样呢？我完全沉不住气了！我一把就抓着他那破棉衣的胸襟，厉声地说：

"'哼——你这老东西！你到哪里去了呢？你告诉我——你干的好事呀！'

"'唔，嗯——亲家公！没有呵——我，我，没有——干什么啊！……'

"'哼，猪东西！你是不是想将你的汉生连皮，连肉，连骨头都给人家卖掉呢？'

"'没有啊——亲家公。我完全——一点……都没有啊——'

"'那么，告诉我！猪东西！你只讲你昨天夜里和今天一天到哪里去了？'

"'没有啊！亲家公。我到城，城里去，去寻一个熟人，熟人去了啊！'

"唉，先生，他完全颤动起来了！并且我还记得：要不是我紧紧地拉着他的胸襟，他就要在那雪泥的地上跪下去了！先生，我将他怎么办呢？我当时想，我的心里完全急了，乱了——没有主意了。我知道从他的口里是无论如何吐不出真消息来的。因为他太愚拙了，而且受人家的哄骗的毒受得太深了。这时候，我忽然地记起了我的那天性的孩子的话：'不要将我的爹爹责备得太利害了！……因为他什么都不懂得！……'先生，我的心又软下去了！——我就是这样地没有用处。虽然我并不是在可怜那家伙，而是心痛我的干儿子，可是我到底不应该在那个时候轻易地放过他，不揍他一顿，以致往后没有机会再去打那家伙了！没有机会再去消我心中的气愤了！就是那样的啊，先生。我将他轻轻地放去了，并且不去揍他，也不再去骂他，让他溜进他的屋子里去了！……

"到了约定的时候，我的干儿子又带了李金生跑来。当我告诉了他们那事情的时候，那木匠只是气得乱蹦乱跳，说我不该一拳头都不揍，就轻易地放过他。我的干儿子只是摇头，流眼泪，完全流得像两条小河那样的，并且他的脸已经瘦得很利害了！被烦重的工作弄得憔悴了！眼睛也越加现得大了，深陷了！好像他的脸上除了那双黑黑的眼睛以外，就再看不见了别的东西那样的。这时候我的心里的着急和悲痛的情形，先生，我想你们总该可以想到的吧！我实在是觉得他们太危险了！我叫他们以后绝不要再到我这里来，免得给人家看到。并且我决意地要我的干儿子和李金生暂时离开这山村子，等平静了一下，等那愚拙的家伙想清了一下之后再回来。为了要使这孩子大胆地离开故乡去飘泊，我还引出自己的经历来做了一个例子，对他说：

"'去吧，孩子啊！同金生哥四处去飘游一下，不要再拖延在这里等祸事了！四处去见见世面吧！……你看干爹年轻的时候飘游过多少地方，有的地方你连听都没有听过哩。一个人，赤手空拳地，入军营，打仗，坐班房……什么苦都吃过，可是，我还活到六十多岁了。并且你看

你的定坤哥,(我的儿子的名字,先生。)他出去八年了,信都没有一个。何况你还有金生哥做同伴呢!……'

"可是,先生,他们却不一定地答应。他们只是说事业抛不开,没有人能够接替他们那沉重的担子。我当时和他们力争说:担子要紧——人也要紧!直到最后,他们终于被说得没有了办法,才答应着看看情形再说;如果真的站不住了,他们就到外面去走一趟也可以的。我始终不放心他们这样的回答。我说:

"'要是在这几天他们搜索得利害呢?……'

"'我们并不是死人啊,桂公公!'木匠说。

"'他们走了,先生,'我的干儿子实在不舍地说:

"'我几时再来呢,干爹?'

"'好些保重自己吧!孩子,处处要当心啊!我这里等事情平静之后再来好了!莫要这样的,孩子!见机而作,要紧得很时,就到远方去避一时再说吧!……'

"先生,他哭了。我也哭了。要不是有李金生在他旁边,我想,先生,他说不定还要抱着我的颈子哭半天呢!……唉!唉——先生,先生啊——又谁知道这一回竟成了我们的永别呢?唉,唉——先生,先生啊!……"

火堆渐渐在熄死了,枯枝和枯叶也没有了。我们的全身都给一种快要黎明时的严寒袭击着,冻得同生铁差不多。刘月桂公公只管在黑暗中战得悉索地作响,并且完全停止了他的说话。我们都知道:这老年的主人家不但是为了寒冷,而且还被那旧有的,不可磨消的创痛和悲哀,沉重地鞭捶着!雄鸡已经遥遥地啼过三遍了,可是,黎明还不即刻就到来。我们为了不堪在这严寒的黑暗中沉默,便又立刻请求和催促这老人家,要他将故事的"收场"赶快接着说下去,免得耗费时间了。

他摸摸索索地站起身来,沿着我们走了一个圈子,深深地叹着气,然后又坐了下去。

"不能说哩，先生！唉，唉！……"他的声音颤动得非常利害了。"说下去连我们的心都要痛死的。"但是，先生，我又怎能不给你们说完呢？唉，唉！先生，先生啊！……

"大概过了半个多月的平静日子，我们这山谷的村前村后，都现得蛮太平那样的。先生！李金生没有来，我的亲家公也没有来。我想事情大概是没有关系了吧！亲家公或者也想清一些了吧！可是，正当我准备要去找我那亲家公的时候，忽然地，外面又起了风传了——鬼知道这风传是从什么地方来的呢！我只是听到那个癞痢头竹匠对我说了这么一句：'汉生给他的爹爹带人弄去了！'我的身子便像一根木头柱子那样地倒了下去！……先生，在那时候，我只一下子就痛昏了。并且我还不知道是什么人在什么时候给我弄醒来的。总之，当我醒来的时候，我的眼睛已经给血和泪弄模糊了！我所看见的世界完全变样了！……我虽然明知道这事情终究要来的，但我又怎能忍痛得住我自己呢？先生啊！……我不知道做声也不知道做事地，呆呆地坐了一个整日。我的棉衣通统给眼泪湿透了。一点东西都没有吃。不知道世界上还有没有比这更残酷，更伤心的事情！为什么这样的事情偏偏要落到我的头上呢？我想：我还有什么呢？世界上剩给我的还有什么呢？唉，唉！先生……

"我完全不能安定，睡不是，坐不是，夜里烧起一堆大火来，一个人哭到天亮。我虽然明知道'吉人天相'的话是狗屁，可是，我却卑怯地念了一通晚。第二天，我无论如何忍痛不住了，我想到曹大杰的大门口去守候那个愚拙的东西，和他拼命。但是，我守了一天都没有守到。夜晚又来了，我不能睡。我不能睡下去，就好像看见我的汉生带着浑身血污在那里向我哭诉的一样。一切夜的山谷中的声音，都好像变成了我的汉生的悲愤的申诉。我完全丧魂失魄了。第三天，先生，是一个大风雨的日子，我不能够出去。我只是咬牙切齿地骂那蠢恶的，愚拙的东西，我的牙齿都咬得出血了。'虎口不食儿肉！'先生，您想他还能算什么人呢？

"连夜的大风大雨，刮得我的心中只是炸开那样地作痛。我挂记着我的干儿子，我真是不能够替他作想啊！先生，连天都在那里为他流眼泪呢。我滚来滚去地滚了一夜，不能睡。也找不到一个能够探听出消息的人。天还没有大亮，我就爬起来了，我去开开那扇小门，先生，您想怎样呢？唉，唉！世界真会有这样伤心的古怪事情的——我第一眼看见的就是那个要命的愚拙的家伙。他为什么会回到这里来的呢？这又是怎样一回事呢？唉，唉，先生！他完全落得浑身透湿，狗一样地蹲在我的门外面，抖索着身子。他大概是来得很久了，蹲在那里而不敢叫门吧！这时候，先生，我的心血完全涌上来了！我本是想要拿把菜刀去将他的头顶劈开的，但是，我还没有来得及翻身去，他就爬到泥地上跪下来了！他的头捣蒜那样地在泥水中捣着，并且开始小孩子一样地放声大哭了起来。先生，凭大家的良心说说吧！我当时对于这样的事情应该怎样办呢？唉，唉！这蠢子——这疯子啊！……杀他吧？看那样子是无论如何也下不去手的！不杀吗？又恨不过，心痛不过！先生，连我都差不多要变成疯子了呢！我的眼睛中又流出血来了！我走进屋子里去，他也跟着，哭着，用膝头爬了进来。唉，先生！怎样办呢？……

"我坐着，他跪着。……我不做声，他不做声！……他的身子抖，我的身子也抖！……我的心里只想连皮连骨活活的吞掉他，可是，我下不去手，完全没有用！……

"'呜——呜……亲家公！'半天了，他才昂着那泥水沾污的头，说。'恩，我的恩——人啊……打，打我吧！……救救，我和孩，孩子吧！呜，呜——我的恩——亲家公啊……'

"先生，您想：这是怎样叫人伤心的话呢！我拿这样的人和这样的事情怎么办呢？唉，唉，先生！真的呢，我要不是为了我那赤诚的，而又无罪受难的孩子啊！……我当——时只是——

"'怎样呢？——你这老猪啦！孩子呢？孩子呢？——'我提着他的湿衣襟，严酷地问他说。

"'没有——看见啊！亲家公，他到——呜，呜——城，城里，粮子①里去了哩！——呜，呜……'

"'啊——粮子里？……那么，你为什么还不跟去做老太爷呢？你还到我们这穷亲戚这里来做什么呢？……'

"'他，他们，曹大杰，赶，赶我出来了！恩——恩人啊！呜，呜！……'

"'哼！"恩人啊！"——谁是你的"恩人"呢？……好老太爷！你不要认错了人啦……只有你自己才是你儿子的"恩人"，也只有曹大杰才是你自己的恩人呢！……'

"'先生，他的头完全叩出血来了！他的喉咙也叫嘶了！一种报复的，厌恶的，而且又万分心痛的感觉，压住了我的心头。我放声大哭起来了。他爬着上前来，下死劲地抱着我的腿子不放！而且，先生，一说起我那受罪的孩子，我的心又禁不住地软下来了！……看他那样子，我还能将他怎么办呢？唉，先生，我是一生一世都没有看见过蠢拙得这样可怜的，心痛的家伙呀！

"'他，他们叫我自己到城，城里去！'他接着说，'我去了！进，进不去呢！呜，亲家——恩人啊！……'

"唉，先生！直到这时候，我才完全明白过来了。我说：'老猪啦！你是不是因为老狗赶出了你，而要我陪你到城里的粮子里去问消息呢？'先生，他只是狗一样地朝我望着，很久，并不做声。'那么，还是怎样呢？'我又说。

---

① 即军队、兵营。

"'是，是，亲家恩人啊！救救我的孩子吧——恩——恩人啊！……'

"就是这样，先生！我一问明白之后，就立刻陪着他到城里去了。我好像拖猪羊那样地拖着他的湿衣袖，冒着大风和大雨，连一把伞都不曾带得。在路上，仍旧是——他不作声，我不作声。我的心里只是像被什么东西在那里踩踏着。路上的风雨和过路的人群，都好像和我们没有关系。一走到那里，我便叫他站住了；自己就亲身跑到衙门去问讯和要求通报。其实，并不费多的周折，而卫兵进去一下，就又出来了。他说：官长还正在那里等着要寻我们说话呢！唔！先生，听了这话，我当时还着实地惊急了一下子！我以为还要等我们，是……但过细一猜测，觉得也没有什么。而且必须要很快地得到我的干儿子的消息，于是，就大着胆子，拖着那猪人进去了。

"那完全是一个怕人的场面啦！先生。我还记得：一进去，那里面的内卫，就大声地吆喝起来了。我那亲家公几乎吓昏了，腿子只是不住地抖战着。

"'你们中间谁是文汉生的父亲呢？'一个生着小胡子的官儿，故意装得温和地说。

"'我——是。'我的亲家公一根木头那样地回答着。

"'好哇！你来得正好！……前两天到曹大爷家里去的是你吗？'

"'是！……老爷！'

"唉，先生！不能说哩。我这时候完全看出来了——他们是怎样在摆布我那愚拙亲家公啊！我只是牢牢地将我的眼睛闭着，听着！……

"'那么，你来又是做什么的呢？'官儿再问。

"'我的——儿子啦！……老爷！'

"'儿子？文汉生吗？原来……老头子！那给你就是娄！——你自己到后面的操场中去拿吧！……'

"先生，我的身子完全支持不住了，我已经快要昏痛得倒下去了！可是，我那愚拙的亲家公却还不知道，他似乎还喜得，高兴得跳了起来，我听着：他大概是想奔到后操场中去'拿儿子'吧！……突然地，给一个声音一带，好像就将他带住了！

"'你到什么地方去？老东西！'

"'我的——儿子呀！'

"先生，我的眼越闭越牢了，我的牙关咬得绷紧了。我只听到另外一个人大喝道：

"'哼！你还想要你的儿子哩，老乌龟！告诉你吧！那样的儿子有什么用处呢？"为非做歹！""忤逆不孝！""目无官长！""咆哮公堂！"……我们已经在今天早晨给你……哼哼！枪毙了——你还不快些叩头感谢我们吗！……嗯！要不是看你自己先来"首告"得好时……'

"先生！世界好像已经完全翻过一个边来了！我的耳朵里雷鸣一般地响着！眼睛里好像闪动着无数条金蛇那样的。模糊之中，只又听到另外一个粗暴的声音大叫道：

"'去呀！你们两个人快快跪下去叩头呀！这还不应当感激吗……'

"于是，一个沉重的枪托子，朝我们的腿上一击——我们便一齐连身子倒了下去，不能够再爬起来了！……

"唉，唉！先生，完了啊！——这就是一个从蠢子变痴子、疯子的伤心故事呢！……"

刘月桂公公将手向空中沉重地一击，便没有再作声了。这时候，外面的，微弱的黎明之光已经开始破绽进来了。小屋子里便立刻现出来了所有的什物的轮廓，而且渐渐地清晰起来了。这老年的主人家的灰白的头，仰靠到床沿上，歪斜的，微闭着的眼皮上，留下着交错的泪痕。他的有力的胡子，完全阴郁地低垂下来了，错乱了，不再高翘了。他的松弛的，宽厚的嘴唇，为说话的过度的疲劳，而频频地战动着。他似乎从新感到了一个枪托的重击那样，躺着而不再爬起来了！……我们虽然也觉十分疲劳，困倦，全身疼痛得要命，可是，这故事的悲壮和人物的英雄的教训，却偿还了我们的一切。我们觉得十分沉重地站起了身来，因为天明了，而且必须要赶我们的路。我的同伴提起了那小的衣包，用手去推了一推刘月桂公公的肩膊。这老年的主人家，似乎还才从梦境里惊觉过来的一般，完全怔住了！

"就去吗？先生！……你们都不觉得疲倦吗？不睡一下吗？不吃一点东西去吗？……"

"不，桂公公！谢谢你！因为我们要赶路。夜里惊扰了您老人家一整夜，我们的心里实在过意不去呢！"我说。

"唉！何必那样说哩，先生。我只希望你们常常到我们这里来玩就好了。我还罗罗嗦嗦地，扰了你们一整夜，使你们没有睡得觉呢！"桂公公说着，他的手几乎又要揩到眼睛那里去了。

我们再三郑重地，亲敬地和他道过了别，踏着碎雪走出来。一路上，虽然疲倦得时时要打瞌睡，但是只要一想起那伤心的故事中的一些悲壮的，英雄的人物，我们的精神便又立刻振作起来了！

前面是我们的路……

一九三六年七月四日，大病之后

（选自《山村一夜》）

杨七公公过年

一

稻草堆了一满船,大人、小孩子,简直没有地方可以站脚。

杨七公公从船尾伸出了一颗头来,雪白的胡须,头发;失掉了光芒的,陷进去了的眼珠子;瘪了的嘴唇衬着朝天的下颚。要偶然不经心地看去,却很像一个倒竖在秧田里,拿来吓小雀子的粉白假人头。

他眯着眼珠子向四围打望着:不像寻什么东西,也不像看风景。嘴巴里,含的不知道是什么话儿,刚好可以给他自己听得明白。随即,便用干枯了的手指,将雪白的胡须抓了两抓,低下了头来,像蛮不耐烦地说:

"为什么还不回来呢?"

"大约快来了吧!"

回话的,是七公公的媳妇,儿子福生的老婆。是一个忠实而又耐得勤劳的，善良的农妇。她一边说话，一边正是煮沸着玉蜀黍浆，准备给公公和孩子们做午饭。

"入他妈妈的！这家伙，说不定又去捣鬼去了啊！不回来，一定是舍不得离开这块！……老子……老子……。"

一想起儿子的不听话来，七公公总常欲生气。不管儿子平日是怎样地孝顺他，他总觉得，儿子有许多地方，的确是太那个，那个了一点的。不大肯守本分。懵懂起来，就什么话都不听了，一味乱闯，乱干。不听老人家的话，那是到底都不周全的哟！譬如说：就拿这一次不缴租的事情来讲吧！……

"到底不周全啊。……"他深深地叹了一口气。心思像乱麻似的老扯不清，去了一件又来一件。有很多，他本是可以不必要管的，可是，他很不放心那冒失鬼的儿子，似乎并非自己出来挡一下硬儿就什么都得弄坏似的。因此，杨七公公就常常在烦恼的圈子里面钻进钻出。儿子的不安本分，是最使他伤心的一件事情啊！

孙子们在狭小的中舱里面，哇啦哇啦叫着要东西吃。福生嫂急忙将玉蜀黍浆盛起来，分了两小碗给孩子，一大碗给了公公。

喝着，杨七公公又反复地把这话儿念了一回：

"不听老人家的话，到底都不周全啊！……"

远远地，福生从一条迂曲的小路上，一直向这边河岸走来。脚步是沉重的，像表现着一种内心的弹力。他的皮肤上，似乎敷上了一层黄黑色的釉油。眼睛是有着极敏锐的光辉，衬在一副中年人的庄重的脸膛上，格外地显得他是有着比任何农民都要倔强的性格。

几个月来的事业，像满抱着一片烟霞似的，使福生的希望完全落了空。田下的收成，一冬的粮食，凭空地要送给别人家里，得不到报酬，也没有一声多谢！

"为什么要这样呢？越是好的年成，越加要我们饿肚子！"

因此，福生在从自己要生活的一点上头，和很多人想出了一些比较倔强的办法："要吃饭，就顾不了什么老板和佃家的！……"可是，这事情刚刚还没有开始，就遭到了七公公的反对，一直像连珠炮似的放出了一大堆：

"命啊！命啊！……种田人啊！安分啊！……"

福生却没有听信他的吩咐，便不顾一切地同着许多人照自己的意思做了起来。结果，父子们伤了感情；事情为了少数人的不齐心，艰苦地延长到两三个月的时间，终于失败了。而且，还失去了好几个有力量的年轻角色！

"入他妈妈的！不听老子的话！……不听老子的话！……我老早就说了的！……"七公公就常拿这件事情来对儿子卖老资格。

现在呢？什么都完了，满腔地希望变成一片烟霞，立时消灭得干干净净。福生深深地痛恨那些到了要紧关头而不肯齐心的胆小鬼，真是太可恶。没有一点办法，眼巴巴地望着老板把自己所收成下的东西，统统抢个干净。剩下来一些什么呢？满目荒凉的田野，不能够吃也不能够穿的稻草和麦茎。……

"怎么办呢，今年？"大家都愣着，想不出丝毫办法来。

"到上海去吧！我老早就这么对你们说过的，入他妈妈的，不听我的话！……"

七公公的主意老是要到上海去，上海给他的印象的确是太好了啊！那一年遇了水灾，过后又是一年大旱，都是到上海去过冬的。同乡六根爷爷就听说在上海发了大财了。上海有着各式各样的谋生方法，比方说：就是讨铜板吧，凭他这几根雪白的头发，一天三两千（约合一枚银元）是可以稳拿的！……

福生没有什么不同的主意，反正乡间已经不能再生活了。不过，这一次事情的没有结果，的确是使他感到伤心的。加以，上海是否能够维持一家人的生活，也还没有把握。他有些儿犹疑了；不，不是犹疑，他是想还在这失败了的局面中，用个什么方法儿，能够重新地掀起一层希望的波浪。这波浪，是可以卷回大家所损失的那些东西，而且还能够替大家把吃人的人们卷个干干净净！……

因此，他一面取下那四五年前的破板儿小船来，钉钉好，上了一点石灰油，浸在小河里。然后再把一年中辛辛苦苦的结果：——百十捆稻草都归纳起来，统统堆到小船上面。"到大地方去，总该可以卖得他几文钱的吧。"他想。另一方面呢，仍旧不能够甘心大家这次的失败；他暗中还到处奔跑，到处寻人，他无论如何都想能够再来一次，不管失败或者还能够得到多少成功。可是，大家都不能齐心了，不能跟他再来了，他感到异样的悲哀和失望！……

沿着小路跑回河边来，这是他最后的一次去找人，想方法活动。一直到没有一个人理会他了，他才明白：事情是再也没有转机了的。

"完了哟！"当他带着气愤的目光和沉重的脚步，跑回到自己的船边的时候，他差不多已经气昏了。杨七公公，老拿着那难堪的眼色瞧着他，意思好像在说：

"你不听我的话！到底如何呀！"

停了一会儿，他才真的开了口：

"你打算怎么办呢，明天？"

"明天开船！"

福生斩钉截铁地这样回答了。

二

从水道上离开这破碎的家乡的，不止杨七公公他们一伙。每到冬初秋尽的时候，就有千万只船像水鸭似的，载着全家大小向江南各地奔来，寻找他们一个冬天的生活，这，这差不多已经成为惯例了。

现在呢，时候已是隆冬，要走的，大半都走了。剩下来的，仅仅只是杨七公公他们这破碎了巨大的希望的一群。带着失望的悲哀，有的仍旧还架着那水鸭似的船，有的就重新的弄了几块破旧的板子，钉成一个小船儿模样。去哟！到那无尽宝藏的江南去哟！

一共本来是三十多个，快要到达吴淞口的时候，已经只剩下五六个比较坚牢的了。有的是沿着长江，在镇江、江阴等处停住着，找着个另外的可以（？）过冬的工作。有的是流在半途被大江抛弃了，破了船，坏了行船的工具，到陆上去飘流去了。

福生的船，虽然也经过几次危险，总算还没有完全损坏，勉强地将他们一家五口渡到了这大都市的门前。七公公的老迈而又年轻的心，便像春天似的开放了：

"好哟！入他妈妈的，四五年来不曾到上海！"

五六条船拼命地摇着，像太阳那样大的希望，照耀在他们的面前。黄金啊，上海！遍地的黄金，穷人们的归宿啊！……

突然地，在吴淞镇口的左面：

"靠拢来！哪里去的草船！……"

"到上海去的！"大家都瞧见了：那边挂着一面水巡队检查处的旗帜。于是，便都轻轻地将船靠了拢来。

"妈的！又是江北猪猡！"

"带了什么好东西到上海去！……"

"逃难！没有什么东西哟，先生！"大家回答着。

每一个船上都给搜查了一阵，毫无所获的费了检查先生们好些时间。于是，先生们便都气愤了：

"打算怎么办呢？你们！……"五六只船都给扣下来了。

钱是没有的。东拼西凑，把每个船上的残余玉蜀黍统统搜刮下来，算是渡过了这第一层的关隘。

"唉！穷人哟！……"

只叹了一声气，便什么都没有讲了。每一个人都把希望摆在前头，拼命地向着那"遍地黄金"的地方摇去。

"你们到什么地方去呢？"七公公在白渡桥的岔口前向大家询问。

"浦东！"

"我们到曹家渡。"

"我到南市，高昌庙。你们呢，七公公？"

"我们么？日晖港啊！"

"日晖港，"这个地方是特别与杨七公公有缘的。以前，每一次到上海来，他都是在那儿讨生活。那里他还有好一些老留在上海过活着的同乡。徐家汇的乐善好施的老爷们，打浦桥的油条，大饼！……

穿过好些外国大洋船，一直转到日晖港的口上，又给水巡队的先生搜查了一回。玉蜀黍已经没有了，只好拿了十多捆稻草下来，哀告着先生们，算是暂时地当做过关的手续费。

天色差不多近夜了，也再没有什么关口了，杨七公公便开始计划着：

"就停在这桥边吧，让我上去。小五子，六根爷爷，只要找到他们一个，便可以有办法的，他们是老上海了哟！"

杨七公公上岸去了。福生夫妇都极端疲倦地躺了下来，等候着公公的回信。

深夜，七公公皱着眉头跑回船来：

"入妈妈的，一个也没有看见！"

"明天再说吧，爹爹。"福生对七公公安慰着。

第二天，七公公一老早就爬了起来。叫福生把船摇到打浦桥下，他头也不回地就跑上了岸去。福生吩咐老婆看住孩子们，自己也跟着上去了。

"早上，他们一定是在什么茶棚子里的。"七公公想。只有三四年没有到过上海，上海简直就变了个模样。房子，马路，……真是大地方哟！

每一个露天小茶棚子里都给他探望过，没有！"是的，他们都发了财了哟！"七公公的心儿跳了起来："发了财的人怎么会坐小茶棚子呢？"

又继续地看了好一些茶棚子，当然是没有的。忽然，在一个用破船当做屋子的里面：——

"六根爷爷！你好呀？"

"谁呀！啊，杨七公公，你好呀！……几时来这块的？"

"今天呀，……"

六根爷爷的面容憔悴得很厉害，看不出是发了大财的人。

穿的衣服破得像八卦，像秋天的云片。说话时，还现出非常骇异的样子：

"你们为什么也跑到上海来呢？"

"乡下没有饭吃了呀！"杨七公公感觉得非常不安，照光景看来，六根爷爷怕也还没有发什么大财的。杨七公公的希望，便像肥皂泡似的，看看就欲消灭了。

"我们还正准备回去呢！"六根爷爷说，"听说乡下今年的收成比什么年都好呀！"

"好！"杨七公公像有一个锯子在锯他的喉咙，"入他妈妈的！越好越没得吃！"

"上海就有得吃么？……"

七公公没有做声了。他可不知怎样着才是好的。同儿子闹着要到上海来的是他；劝同乡们都到上海来；说上海平地可以拾到金子的也是他。现在呢？连老资格的六根爷爷也要说回乡下去，那真不知道是一回什么事情啊！

"上海不好了吗？……我，儿子，一家人都已经跑来了呀？……怎么办呢？"

六根爷爷沉默了一会儿：

"那么，你们的船在哪块呢？"

"在桥下。"

"我同你去看看"

七公公把六根爷爷引到了桥下，老远地，便看见了儿子同一个像警察模样的人在那块吵架。

"我们又没有犯法！……"

"不行的！猪猡！"啪！——儿子吃了一个耳光。

六根爷爷急忙拖着七公公跑过去。他一看，就知道是那么一回事情，六根爷爷连忙赔笑地说："对不住，先生！他是初来的，不懂此地的规矩！……"

"不行的！这是上面的命令。六月以前就出过告示：这儿的河要镇，不能停泊任何船只。……"

"这块不是有很多船吗？"福生不服地瞪着眼睛。

"不许你说话！"六根爷爷压制着福生。接着便赔着笑脸地对那位警察先生说："他们初来，不懂规矩，先生！……不过，先生！一时候，怕，怕……罗！只要让他们把这些草卖了！嘻！先生，算我的，算我的！嘻！……"

警察先生把六根爷爷瞧了一眼，知道他是一个老人：

"依你！几时呢？"

"十天之内！先生。"

"好的！你自家有数目就拉倒。不过，十天，十天……就不能怪我的了！"

"不怪先生！嘻！……"

福生和七公公不知道是怎样一回事情，老向六根爷爷愣着。

六根爷爷：

"唉！总之，你们不该来！不该来！……"

接着，便讲了一些上海不比往年，不容易生活的大概情形给七公公听。并且替他们计划着：既然都来了，就没有办法的，应当拼命地想方法活！活！……

临了，他要福生和七公公不必过于着急。明天，他再来和他们作一个大的，怎样去生活的商量。……

杨七公公的希望仍旧没有完全死灭。他想着："上海这大的一个地方，是决不致于没有办法的。"

三

听信了六根爷爷的吩咐，把稻草统统从船上搬下来，堆到那离港边十来丈远的一块空坪上。小船是不能浸在水里过冬的，并且还有好些地方坏了，漏水了。一家人，既没钱租房子住，又不能够马上找到生活，小船是无论如何不能抛弃的啊！

好在沿港的很多同乡人都是这样：船破了，就将它拖上岸边，暂时地当做屋子住着，只要是潮水浸不上来，总还可以避一避风雪的。福生便在这许多沿港的船屋子中间，寻了一块刚刚能够插进自家的小船的空隙地，费了很大的力气，把小船拖上了岸来。

怎样地过生活呢？一家人！

六根爷爷也皱着眉头，表示非常为难的样子。的确的，六根爷爷是六七年的老上海了，他仅仅只是一个人，尚且难于维持生活，何况一家拖着大小五六口，而且又是初到上海的呢？因此七公公就格外地着急。他像小孩子向大人要糖果似的朝着六根爷爷差一点儿哭了起来：

"难道就一点儿办法也没有了吗？"

六根爷爷昂着头，像想什么似的没有理会他。福生用稻草在补缀船篷顶上的漏洞处。孩子们，四喜子和小玲儿，躺在中船里，滚着破被条耍狮子儿玩，媳妇埋着头，在那里计算今天的晚上的粮食呢！……

七公公像失了魂，走进了云里雾里似的，心里简直没有了一点把握了。他想不到他经年渴慕着的满地黄金的上海，竟会这样地难于生活。梦儿全破碎了。要是年轻，他还可以帮着儿子想方法赚钱。或者是出卖他自己的气力；现在是老了，一切都力不从心了，眼巴巴地只能依靠着儿子来养活他。况且，这一次到上海来，又是他自己出的主意。……

大家都沉默着。福生补好了顶上的漏洞处，也走进来了，他瞧了瞧六根爷爷，又把爹望了一望，焦急地，一声不响地坐了下来。

停了一会儿，六根爷爷才开口说：

"福生！光急也是没得用的啊，明早我替你找找小五子看看，要是他能够替你找到一担菜箩的话，我再带你去设法赊几斤小菜来卖卖，也是好的。……七公公你也不必着急，只要福生卖小菜能够赚到一点钱，你也好去学着贩贩香瓜子。……大嫂子没事过桥去寻着巡捕老爷，学生子，补补衣袜，一天几十个铜板也是好捞的！……"

"那么谢谢六根爷爷！"七公公说，"明天就请你老带福生去找找小五子看！"

福生仍旧没有作声。他把六根爷爷送走之后，便横身倒在中舱里，瞪着眼珠子，望着篷子顶上那个刚刚补好的漏洞处出神："爹爹太老了！孩子们太小了！吃的穿的，……自己又找不到地方出卖气力！……"

一会儿，七公公又夹着叹了一声气：

"要是明朝找不到小五子，借不到菜箩，乖乖！不得了啊！……"

福生的力气大，挑得多，而且又跑得快，他每天卖小菜，竟能卖到三四千钱，除去血本，足足有一千钱好落，七公公便乐起来了。

他自己又用稻草编好了一个小篮儿。他告诉着福生，只要能够替他积上三百四百文钱，他可以独自儿去贩卖香瓜子，赚些钱儿来帮帮家用。只要天气不下雪，他的身体总还可以支持的。

福生没有什么异议。四五天之后，七公公便做起香瓜子生意来了。福生嫂原来也是非常能干的，每天招呼过丈夫和公公出去之后，便独自儿把船头船尾用篷子罩起来，带着四喜子，小玲儿，跑过打浦桥的北面，找着了些安南巡捕老爷，穷学生子，便替他们补补鞋袜，或者是破旧的衣裳。……

这样的一家的五口生活，便非常轻便地维持下来了，七公公是如何地安了心啊！

每天早晨，当太阳还没有露面的时候，七公公就跟着儿子爬了起来，提着满篮了香瓜子，欢天喜地的，向着人烟比较稠密的马路跑去。

"谁说的上海没有生路呢？"他骄傲地想，"一个人，只要安本分，无论跑到什么地方都是有办法的啊。这就是天，天啊！"

七公公的勇气，便一天比一天大将起来。他再也不相信世界上会有饿死人的地方了。他每天从大的马路穿到小的弄堂，又由小的弄堂穿到大的马路。只要可以避着巡捕的眼睛的地方，便快乐地，高声地叫着"卖香瓜子！"装着鬼验儿逗引着孩子似的欢笑，永远地像一尊和蔼的神祇似的。一直到瓜子卖完，夕阳西下，寒风削痛了他的肤骨，才像一匹老牛似的拖着两条疲倦的腿子，带着几颗给孩子们吃的橘子糖，跑将回来。同儿媳孙子们吃着粗糙的晚饭以后，一睡，便什么都不去想它了。

天气毕竟是加上了几重寒气，听说是快要到洋鬼子过年的日子了。小菜和香瓜子的生意都渐渐地紧张起来。福生和七公公也更加地小心着，小心那些贪婪的像毒蛇一般的巡捕和警察们的凶恶的眼睛。

"早些回啊！福生。"

"早些回啊！爹！"

互相地关照着。这一天，像有一种说不出来的沉重的压力，紧紧地压迫着父子们的心。在桥边，儿子福生又特别在站着，多瞧了那老迈的爹爹的背影一眼，一直看到那个拐过了一个弯，不再看见了，他才放开着大步，朝高昌庙铁路边的菜园跑去。

也许是因为过于耽心了吧，七公公刚刚才转过一个弯，心儿便跳起来了。手中的草篮子轻轻地抖战着，香瓜子统统斜倾在一边。他用着仓卒的眼光，向马路的四围不住地打望着：可没有看见什么，大半的店门，都还紧紧地关闭着没有开开呢。

自家把心儿镇静了一下。于是，便开始向大小的弄堂里穿钻起来，口里喊着：

"香瓜子啊！"

最初的主顾，照例是上学去的孩子们。用着白嫩的小手夹着一个铜元轻轻地向草篮中一放，便在七公公的一个鬼脸儿之下，捧着百十粒香瓜子儿笑嘻嘻地走开了。接着便是讨厌的，争多争少，罗罗苏苏的娘姨和老太婆们！……

工厂的汽笛告诉着人们已经到了午餐的时候。七公公便悄悄地从弄堂里钻出来，急忙穿过了一条大的马路，准备着回家去吃午饭，可是，猛不提防在马路的三岔口边，突然地发出一声：

"跑来！卖香瓜子的老头子！"

七公公一看，一个荷着枪的安南巡捕，迎面地向他走了过来，他吓得掉转头来就跑。

"哪里去？猪猡！"

安南巡捕连忙赶了上来，用三只指头把七公公的衣领子轻轻地抓住着向后面一拖！……

"猪猡侬的香瓜子阿是弗卖？娘个操屄！娘个操屄！"

"卖，卖的！……"七公公的腿子不住地发抖。

于是，那个安南巡捕便毫不客气地抓去了一大把香瓜子。接着，又跑拢来了四五个：

"来呀！吃香瓜子呀！"

一会儿香瓜子去了一大半！七公公挨在地下跪着不肯爬起来，口里便尽量地哀求着：

"老爷！钱！……做做好事啊！……"

"钱？猪猡！"安南巡捕用力的一脚，恰好踢在七公公的草篮子上。

篮子飞起一丈多高！香瓜子，铜板，……接着又是一阵扫地的旋风！

"天哪！"七公公伤心地大哭着。他爬起来到处找寻着他的草篮子！草篮子只剩了一个边儿；香瓜子？香瓜子倒下来全给大风吹散了；铜板？铜板满马路滚的不知去向！

七公公像发疯了似的。他瞧着那几个凶恶的安南巡捕的背影，他恨不得也跑上去踢他几脚，出出气！要不是他们荷着有一支枪的话。

还有什么办法呢？只好痛苦地拾起马路上的零碎的铜板，提着半个草篮儿，走一步咬一下牙门地骂几句；像一匹带了重伤的野狗似的，踉跄地走回到自己的船屋子里来。七公公的心儿，差不多快要痛得裂开了。

儿子还没有回来，他一面吃饭一面流泪的向媳妇诉述着他这一次被劫的经过。媳妇垂头叹着气，说着一些宽慰的活儿，小玲儿和四喜子便围着他亲热地呼叫起来；可是，这一回，公公的怀中，再也没有橘子糖拿出来了。

午饭过后，太阳眼看得又偏了西了，福生还没有看见回来，七公公可真有点儿急了：

"为什么还不回来呢？入他妈妈的！"

媳妇又带着两个孙儿走过桥去寻活去了。七公公独自儿坐在船屋子里，焦急地等待着儿子回来诉述他心中的苦痛。用着气愤的羡慕的眼光，凝视着对面的高大的洋房和汽车的飞驶；仰望着天上惨白的浮云，低叹着自家六七十年来的悲伤的命运！……

"入他妈妈的，还不回来！……"

非常不耐烦地低声地骂了一句。忽然，老远地有一个警察向这里跑来了。七公公吃了一惊！

"你的儿子呢？"

七公公定神地一看，马上就认识了：这是上一次打儿子的耳光，要码头费的那个人。他连忙赔笑地说：

"先生！早上出去的，还没有回来。"

"你们为什么把船架在此地呢？上一回我不是对你们说过了吗？妈妈个入戾的！……"

"是！是！先生，……"

"马上撤开！"警察顺手用捧棍一击，拍的一声，船篷子上立刻穿了一个碗大的窟窿！"还有，那个坪上的一堆草，也得赶快弄去！……上面有过命令的，这是叫做'妨害卫生，有得（碍）观胆（瞻）'！……"

"是！是！……"七公公说不出一句话来。

"你去告诉你的儿子吧！要是明朝还没有撤去，哼！……妈妈个入戾的！……"

警察先生耀武扬威地走了上去，回头还丢下一个凶恶的狡狠的眼光来！

七公公的心儿乱得一塌糊涂了,像卡着有一件什么东西急待吐出来一样。他不知道为什么儿子还不回来,天色巴巴地快要黑下来了。

媳妇孙子们都回来了,马路上早已经燃上了路灯。胡乱地弄吃了一点东西之后,公媳们便都把心儿吊了起来,静静地等候着儿子、丈夫的消息。

"天哪!保佑保佑我的儿子吧!他再不能像我今天早晨一样呀!……"

一夜的光阴,在严厉的恐怖中度过。

一直到第二天的下午,儿子福生才赤手空拳,气愤得咬牙切齿地跑回来,一屁股坐在船头上,半晌还说不出来一句话。

"怎,怎么回来吗?"七公公战战兢兢地问。

"入,入他妈妈的!……"福生忍气地说,"没得照会,昨天晚上在公安局关了一夜!……"

"菜箩呢?钱呢?……"

"……"福生的眼睛瞪得酒杯那么大,摇摇头,没有作声。

"天哪!我们都活不成了哪!……"

一家人都焦急着。晚上,那个讨码头钱的警察又跑了来,福生气愤的只和他斗了几句嘴,便又吃了他几个耳光。结果,钱没有给逼出一文来,警察先生也知道没有了办法,才恼怒地跑到那块空坪上,轻轻地擦着一根火柴,把福生的草堆子燃烧了。

等福生知道了急忙赶上去扑救的时候,已经迟了,只剩得一堆火灰了。

七公公便更加伤心地哭叫起来:

"天哪!同强盗一样哪!我们活不成了哪!……"

四

儿子没有本钱再卖小菜了；自家的香瓜子卖不成了；仅仅只有媳妇过桥去补补破衣破袜，一家人的生活，便立刻感到艰难起来了。

福生整天地躲在船舱里面发脾气。他像着了疯似的。一天到晚，骂骂这个，又骂骂那个；从故乡的灭绝了天良的田主起，一直骂到打他耳光，关禁他，放火烧他的草堆子的丧天良的警察为止。骂得不耐烦了就把眼睛睁得酒杯那样大，仰卧在船头上，牢牢地盯住那惨白的天空，像在深深地想着一桩什么事件一样。有时候，还紧紧地捏住他那粗大的拳头，向空中乱击乱舞；或者是寻着犯了过错的孩子们捶打一顿！……这样，一天，两天，……他那一颗中年人的创痛的心儿，便更加迅速地变化得令人不可捉摸了。

七公公焦急得时时刻刻想哭。尤其是看不惯福生的那种失神失态的样子，真正是使他心烦，连一点儿忍耐性也没有。他几回都想开口责骂福生几句，可是，一想到这家伙平日拼死拼活地为生活挣扎的神气，心儿便不知不觉地软了下来。

"多可怜啊！他，他……天老爷为什么没有眼睛呢？"

习惯地一想到天老爷有眼睛，七公公的心儿便马上壮了许多。无论怎么样，他想，好人是绝对不会饿死的，一到了要紧关头就会有贵人来扶助。譬如说：就拿这次到上海来的事情来讲吧，一到岸，没有办法，就找到了六根爷爷！……

于是，七公公便比较地安心些了。他从从容容地跑到茶棚子里去找六根爷爷，六根爷爷表示没有办法，他不急；又跑去找小五子，小五子对他摇了摇头，他不急！不到要紧关头，是决没有贵人肯来扶助的，他想。

天气一天比一天寒冷起来,除了整天地吃不到饱饭以外,每个人身上的破衣破服,都已经着实地感到单薄起来了。这,特别是七公公和那个稚幼的孩子,孩子们冷起来便往破被里面钻,特别是小玲儿,他差不多连小小的脑袋儿都盖了起来。七公公终天地坐在船舱中发抖,骨子里像有一把冰冷的小刀子在那里一阵阵地刮削他的筋肉。媳妇的生意,虽然比平常好了许多了,但是,天冷,手僵,一天拼命也做不了多少钱,生活,仍旧是毫无办法的哟!

"贵人为什么还不来呢?现在是时候了呀!"于是,七公公又渐渐地开始着起急来。他又跑去找六根爷爷,又跑去找小五子,六根爷爷和小五子仍旧没有替他想到办法。

孩子们,最初是闹着,叫着,要吃;随后,便躺在舱板上抱着干瘪的肚皮哇啦哇啦地哭起来。福生仍旧是一样的倔强,发脾气,寻着过错儿打孩子。福生嫂拼命地赶着做着生活!……

"天啊!难道真的要饿死我们吗?"七公公实在挨不下去了,身上,肚皮,……终于,他下了一个很大的决心;明天,要是仍旧想不出什么办法来,他就决定带着两个孙子,跑到热闹的马路边去讨铜板去。

单为了冬防的紧急,穷人的行动,便一天甚似一天地被拘束起来;尤其是沿日晖港一直到徐家汇一带的贫民窟,一到夜晚十时左右,就差不多不准行人往来了。

老北风,一连刮了三个整日。就在这刮北风的第三天的下午,天上忽然布满了灰黑色的寒云,像一块硕大无比的锅铁。当那寒云一层层地不住地加厚的时候,差不多把整个贫民窟的人们的心儿,都吊起来了。

"天哪!大风大雪,这儿实在来不得哪!"

入夜,暴风雪吹着唿哨似的加紧地狂叫着!随即,便是倾盆大雨夹着豆大的雪花。

"天哪！……"人们都发出了苦痛不堪的哀叫。

突然：……一阵巨大的旋涡风，把一大半数贫民窟的草棚和船屋子的篷盖，统统都刮得无影无踪了！船屋子里面的人们，便都毫无抵抗地在暴雨和雪花中颠扑！

"不得了呀！福生快来呀！"七公公拼命地扭住着一片被暴风揭断了的船篷子，在大雨和泥泞中滚着，打着磨旋。福生连忙跑过来将他扶住了！……

三四片船篷子都飞起来了，雨雪统统扑进了舱中！孩子，福生嫂，一个个都像落汤鸡似的，简直没有地方可以站得住脚；渐渐地都倒将下来了，满身尽沾着泥泞，腿子不住地发抖，牙门磕得可可地叫！

福生又连忙跑过来将他们扶起，拼命地把四五片吹断了的篷子塞在船舱中，用一根棕绳扎好。然后，扶着父亲、老婆，背着小玲儿和四喜子，跑到了马路上来。

两个小东西的脸色都变成了死灰，七公公已经冻得不能开口了，福生急急地想把他们护过桥去，送到一个什么弄堂里去暂时地躲一躲。可是，刚刚才跑到桥口上，就看见了一群同样的被难的人们，挤在大风雨中，和警察巡捕在那里争论着：

"为什么不许我们到租界上去躲一躲雨呢？"

"猪猡！不许过去！上面有命令的！……"

"为什么呢？"

"戒严！不知道！妈妈个入屄的！……"

大家都熬不住了，便想趁着警察巡捕们猛不防备的时候，一齐冲过桥去。可是这边还没有跑上几步，那边老早已经把枪口儿对准了：

"你们哪一个敢来？妈妈个入屄的！怕不怕死？……"

互相支持了一个钟头左右，天色已经发白了，才算是解了严，准许了行人们通过。一时被暴风雨打得无处安身的人们，便像潮水似的向租界上涌来了!

福生寻了一个比较干净的弄堂,把一家人放着。

七公公和两个孙儿都生病了。特别是七公公病得厉害,头痛,发烧,不省人事!……

福生急得没有办法。这一回,他的那颗中年人的心儿,是更加地创痛了。几个月来,从故乡一直到此地,无论是一件很大的或是很小的事实,都使他看得十分明白了:穷人,是怎样才能够得到生存的啊!

在弄堂过了两天,他又重新地跑到港边把屋子收拾了一下,勉强地,将病着的七公公和两个孩子,从租界弄堂里搬回来。福生嫂,因为要在家看护七公公和孩子们,活计便不能再去做了。

福生仍旧还是整天地在外面奔跑着。家中已经没有一个能够帮他赚钱的人了,他知道,自己如果不再努力地去挣扎一下,马上便有很大的危险的。特别是父亲和孩子的病。

只要是有一线孔隙可钻,福生就是毫不畏难的去钻过了。好容易地,才由同乡六根爷爷、小五子,以及最近新认识的周阿根、王长发四五个人的帮助,才算是在附近斜土路的一个织绸厂里,找到了一名做装运工作的小工,一天到晚,大约有三四角钱好捞到。

七公公的病是渐渐地有了转机了。孩子们,一个重一个轻,重的小的一个,四喜子,是毫无留恋地走了,另外投胎去了!大的轻的一个,小玲儿,也就同七公公一样,慢慢地好了起来。

福生嫂伤心地,捶胸顿足地哭着,号着,样子像要死去的四喜子哭转来似的。福生可没有那样的伤心,他只是淡淡地落了几点眼泪,便什么也没有了。他还不时的劝着他的老婆:

"算了吧!哭有什么用呢?孩子走了,是他的福气!勉强留着他在这里,也是吃苦的!……"

渐渐地,福生嫂也就不再伤心了。

天气一连晴了好些日子，七公公的病，也差不多快要复原了。少了一个四喜子吃饭，生活毕竟是比较容易地维持了下来。

七公公的精神，虽然再没有从前那样好了，但是，他仍旧是一个非常安本分的人，就算每天还是不能吃饱饭，他可并没有丝毫的怨尤啊。

"穷人，有吃就得了！只要天老爷有眼睛，为什么一定要胡思妄想呢？"

然则，"上海毕竟是黄金之地，无论怎样都是有办法的！"七公公是更进一步把心儿安下来了。

天气又有了雪意，戒严也戒得更紧了。可是，七公公已经有了准备，他把身上的破棉袄用绳子纵横的捆得绷紧，没有事情，他也决不轻易地跑到马路上去。他只是安心地准备着；度过了这一个冷酷的冬天，度过了这一个年关，便好仍旧回到他的故乡江北去。

五

渐渐地，离阴历年关只差半个月了。

租界上的抢劫案件，一天比一天增加着，无论是在白天，或是夜晚。因此，整个沪南和闸北的贫民窟，都被更加严厉地监视起来。

"这一定又是江北猪猡干的，娘个操屄的……"

探捕们在捉不到正凶，无法邀赏的时候，便常常把愤怒和罪名一齐推卸到"江北猪猡"的身上。

七公公的船屋子前后，就不时有警察和包探们光顾。七公公，他是死死地守在自家的船屋子里老不出来。儿子福生下工回来了，也是一样地没有事情，七公公就绝对不让他跑到任何地方去。世道不好，人心险恶！要是糊里糊涂给错抓走了，连伸冤的人都会没有啊。好在福生不要七公公操心，每天除了吃饭的时间以外，简直忙得连睡一忽儿的功夫都没有。

在一个黑暗无光的午夜：

突然地，就在七公公的船屋子的附近，砰砰拍拍地响了好几十下枪声。接着就是一阵人声的鼎沸！唾骂声，夹着木棍声和巴掌声，把七公公的灵魂儿都吓得无影无踪了。福生几回都要跑上岸去打听消息，可给七公公一把拖住下来：

"去不得的！杂种！……"

人声一直闹到天亮，才清静下来。第二天一大早，七公公和福生都跑上去打听了一遍，才知道那枪声是响着捉强盗的。

"谁是强盗呢？……"

没有人能够回答这句话。

后来又跑到一个茶栅子里，过细打听，才知道这一夜一共捉去了十三四个人，连老上海的小五子、王长发，……都在里面，捉去的谁也不承认他自家是强盗！

七公公吓得两个腿子发战：

"小，小五子！他也是强盗吗？乖乖！……"

福生把拳头捏得铁紧，瞪着两只血红的眼睛，向着一些吃茶的同乡说：

"有什么办法呢？只要你是穷人，到处都可以把你捉去当强盗！妈妈个入尿的！……"

七公公瞧着福生的神气，吓得连忙啐了他一口：

"还不上工去？入你妈妈的！捉去了，关你什么事，老爷冤枉他们吗？……"

福生没有理会他，仍旧在那里挥拳舞掌地乱说乱骂：

"他们不分青红皂白就抓！妈妈个入尿的，他们自己才是真正的强盗呢！……"

七公公更加着急了，他恨不得跑上去打福生几个耳光。一直到工厂里快要放第二次汽笛了，福生才一步快一步慢地跑了过去。七公公，他跟在后面望着这东西的背影儿，非常不放心地骂了一句。

"这杂种！入他妈妈的！到底都不安本分啊！"

离过年只剩下十天功夫了。

"江山易改，本性难移！"福生，他的老脾气又发作了。

每天晚上下工回来的时候，这家伙，一到屋就哇啦哇啦地骂个不休："工钱太少哪！……工作太多哪！……厂主们太没心肝哪！……"七公公气得几乎哭起来了。他几回向福生争论着：

"骂谁啊，杂种！入你妈妈的，安些分吧！上海，上海，比不得我们江北啊！……要是，要是，……入你妈妈的！"

可是，福生半句也没有听他的。

他仍旧在依照他自己的性情做着，而且还一天比一天凶了。

"加工钱啊！妈妈个入屄的……"

"过年发双薪啊！……"

"阴历年底当和阳历年一样啊！……放十天假啊！……米贴啊！……"

闹得烟雾笼天的。虽然，全厂中，不只是福生一个，可是，杨七公公的心儿吊起来了。他非常地明白：自家的儿子，一向都是不大安本分的，无论是在乡间或是在上海！……因此，他就格外地着急。他今年七十多岁了，虽然，他对于自家这一条痛苦的，残余的，比猪狗还不如的生命，没有什么多大的留恋的了，可是，他还有一个媳妇，一个孙子。只要是留着他一天活着不死，他就要一天对儿子管束着，他无论如何，不能眼巴巴地瞧着儿子将媳妇和孙儿害死啊！

在福生呢？他认为，现在，他对一切的事物，是更加地明白了，是更加有把握了。他明白人家，他更了解自己。而且，他知道：父亲是无论怎样都是说不清的。在这样的吃人不吐骨子的年头，自己不倔强起来，又有什么办法呢？

因此，父子们的冲突，便一天一天地尖锐起来。乱子呢，也更加闹得大了。整个工厂四五百多工人都罢了工，一齐闹着，要求着：放假！发双薪！发米贴！……福生是纠察队长，他整日整夜地奔着，跑着，忙个不停。

七公公吓得不知道如何处置才好！他拼命地拖住着福生的衣袖，流着眼泪地向着福生说了许多好话：

"使不得的！你，你不要害我们！你，你做做好事！……"

福生只对七公公轻轻地安慰了几句："不要紧的，爸爸！你放心吧！又没有犯法，为了大家都要吃饭！……"就走了。

七公公更加弄得不能放心了。无可奈何地，他只好跪喊着天，求菩萨！

罢工接着延续了三四天功夫，没有得到结果。一直到第五天的早上，突然地，厂方请来了一大批的探警，将罢工委员会包围起来。按着名单：主席，委员，队长，……一个也不少地都捉到了一辆黑色的香港车（即租界捕房捉人用的车）里面，驶向热闹的市场中去了。

消息很迅速地传入了七公公的耳朵里。他，惊惶骇急地：

"我晓得哪！……"仅仅只说了这么一句，便猛的一声晕到下来了。

福生嫂吓得浑身发战，眼泪雨一般地滚下来。小玲儿，也莫名其妙地跟着哇的一声哭起来了：

"公公呀！……"

天上又下了一阵轻微的雨雪。夜晚福生嫂拼命地把篷子用草绳儿扎住了。虽然，不时还有雨点儿漏进来，可总比没有加篷子的时候好得多了。

她向黑暗中望了一望浑身热得人事不省的公公，又摸了一摸怀内的瘦弱的孩子；丈夫的消息，外在的雨点和雪花，永远不可治疗的内心的创痛！……她的眼泪儿流出来了。

她不埋怨丈夫，她知道丈夫并没有犯法；她也不埋怨公公，公公是太老了，太可怜了！这样的，她应当埋怨谁呢？命吗？她可想不清楚。她想放声地大哭一阵，可是，她又怕惊动了这一对，老的，小的。她只好忍痛地叹着气，把眼泪水尽管向肚皮里吞，吞！……

痛苦地度过了两天，七公公是更不中用了。丈夫，仍旧还没有消息。福生嫂哭哭啼啼地跑去把六根爷爷请了来，要求六根爷爷代替她看护一下公公，自己便带着饿瘪了肚皮的孩子，沿路一面讨着铜板，一面向工厂中跑去。

"还在公安局啊！嫂子。"工友们告诉她。

于是，福生嫂又拖着小玲儿，寻到了公安局。公安局的警察先生略略地问了一问来由，便恳切地告诉她了：

"这个人，没有啊！"

"到底到什么地方去了呢？"福生嫂哭哭啼啼地跑回来，向六根爷爷问。六根爷爷只轻声地说了这么半句：

"该没有……"

福生嫂便嚎啕大哭起来。

六

过年了。

只隔一条港。那边，孩子们，穿得花花绿绿，放着爆竹，高高地举着红绿灯笼儿；口里咬爵着花生、糖果；满脸笑嘻嘻地呼叫着，唱着各样的歌儿！……大人们：汽车，高大的洋房子，留声机传布出来的爵士音乐，丰盛的筵席，尽情的欢笑声！……

只隔一条港。这边，什么声音都没有了！……

福生嫂，坐在七公公的旁边，尽量地抽咽着，小玲儿饿得呆着眼珠子倒在她的怀里不能作声。她伸手到七公公的头上去探了一探，微微地还有一点儿热意。该不是回光返照吧，福生嫂可不能决定。

老远地，六根爷爷带了一个人跑过来了。福生嫂一看，认得是小五子，便连忙把眼泪揩了一揩，抱着孩子迎了上去：

"小五伯伯！恭喜你，几时回来的？"

"今天早上。你公公好了些吗？"

福生嫂叹了一声气，小五子便没有再问了。走进来，七公公还正在微微地抽着气哩。

"七公公！七公公！"小五子轻轻地叫着。

"唔！"回答的声音比蚊子的还要细。这，模糊的在七公公的脑子里，好像还有一点儿知道：这是什么人的声音。可是，张不开口，睁不开眼睛。接着，耳朵里便像响雷似的叫了起来，眼前像有千万条金蛇在闪动！……

"你，伯伯！见没有见到我们福生呢？"福生嫂问。

"唔……"小五子沉吟了一会，接着，"见到的……。"

"他呢？"福生嫂抢上一句。

"判了啊！十，十，十年徒刑哪！"

"我的天哪！"福生嫂便随身倒了下来。六根爷爷连忙抢上去扶着，小玲儿也跟着呜呜地叫起来了！

"福生嫂！福生嫂！……"

那一面，小五子回头一看：——几乎吓得跳将起来！七公公他已经瞪着眼睛，咬着牙门，把拳头捏得铁紧了！

"怎么一回事呀！"小五子轻轻伸手去一探，便连忙收了回来！"七公公升天了啊！……"

福生嫂也苏醒过来了，她哭着，叫着，捶胸顿足的。

六根爷爷和小五子也陪着落了一阵泪。特别是小五子，他愤慨得举起他的拳头在六根爷爷的面前扬了几扬！像有一句什么惊天动地的话儿要说出来一样！……

可是，等了老半天，他才：

"嗯，六根爷爷！我说，这个年头，穷人，要不自己，自己，嗯！嗯！……"只说了一半，小五子已经涨红了脸，再也嗯不出来了。

接着，老远地，欢呼声，爆竹声，孩子们的喧闹声，夹着对过洋房子里面的爵士音乐声，一阵阵地向这贫民窟这儿传过来了。

"恭喜啊！恭喜过年啊！"在另一个破烂不堪的船屋子里，有谁这么硬着那冷得发哑的嗓子，高声地叫着！笑着！……

一九三四年六月十三日，脱稿于上海

（选自《叶紫创作集》）

向　导

一

忍住痛，刘嬬妈拼性命地想从这破庙宇里爬出来，牙门咬得绷绷紧。腿上的鲜血直流，整块整块地沾在裤子边上，像紫黑色的膏糊，将创口牢牢地吸住了。

她爬上了一步，疼痛得像有一枝利箭射在她的心中。她的两只手心全撑在地上，将受伤的一只腿子高高抬起，一簸一颠的，匍匐着支持到了庙宇的门边，她再也忍痛不住了，就横身斜倒在那大门边的阶级上。

她的口里哼出着极微细极微细的声音。她用两只手心将胸前覆住；勉强睁开着昏花的眼睛，瞥瞥那深夜的天空。

星星，闪烁着，使她瞧不清楚；夜是深的，深的，……

"大约还只是三更时候吧！"她这么想。

真像做梦一般啊！迎面吹来一阵寒风，使刘嬬妈打了一个冷噤。脑筋似乎清白了一点，腿子上的创伤，倒反更加疼痛起来。

"救苦救难的观世音娘娘哟！……"

她忽然会叫了这么一句。本来，自从三个儿子被杀死以后，刘嬷妈就压根儿没有再相信过那个什么观世音娘娘。现在，她又莫名其妙地叫将起来了，像人们在危难中呼叫妈妈一样。她想：也许世界上除了菩萨娘娘之外，恐怕再没有第二个人能够知道她的苦痛的心情呢。她又那么习惯地祈求起来：

"观世音菩萨娘娘哟！我敬奉你老人家四十多年了，这回总该给我保佑些儿吧。我的儿子，我的性命呀！……我只要报了这血海样的冤仇！菩萨！我，我，……"

随即儿子们便一个一个地横躺在她的前面：

大的一个：七刀，脑袋儿不知道落到哪里去了。肚子上还被凿了一个大大的窟窿，肠子根根都拖在地上。小的呢？一个三刀；一个手脚四肢全被砍断了。满地都是赤红的鲜血。三枝写着"斩决匪军侦探×××一名"的纸标，横浸在那深红深红的血泊里。

天哪！

刘嬷妈尽量地将牙门切了一切，痛碎得同破屑一样的那颗心肝，差不多要从她的口中跳出来了。她又拼命地从那阶级上爬将起来，坐着叹了一口深沉的恶气。她拿手背揉揉她的老眼，泪珠又重新地淌下两三行。

她再回头向黑暗的周围张望了一会儿。

"该不会不来了吧！"

突然地，她意识到她今晚上的事件上来了。她便忍痛地将儿子们一个一个地从脑际里抛开，用心地来考虑着目前的大事。她想：也许是要到天明时才能到达这儿呢，那班人是决不会不来的。昨夜弟兄们都对她说过，那班人的确已经到了土地祠了，至迟天明时一定要进攻到这里。

因此，她才拒绝了弟兄们的好意，坚决地不和他们一同退去，虽然弟兄们都能侍奉她同自己的亲娘一般。她亲切地告诉着弟兄们，她可以独自一个人守在这儿，她自有对付那班东西的方法。她老了，她已经是五十多岁了的人呀，她还有什么好怕的呢？为着儿子，为着……怎样地干着她都是心甘意愿的。她早已经把一切的东西都置之度外了。她伤坏着自家的腿子，她忍住着痛，她就只怕那班人不肯再到这儿来。

是五更时候呢，刘嫂妈等着；天上的星星都沉了。

"该不会不来了吧？"

她重复地担着这么个心思。她就只怕那班人不肯再来了，致使她所计算着的，都将成为不可施行的泡幻，她的苦头那才是白吃了啊！她再次地将身躯躺将下来时，老远地已经有了一声：——

拍！

可是那声音非常微细，刘嫂妈好像还没有十分听得出来、随即又是：——

拍！拍！拍！……

接连地响了两三声，她才有些听到了。

"来了吗？"

她尽量地想将两只耳朵张开。声音似乎更加在斑密：

拍！拍拍拍！嚓嚓嚓嚓！……

"真的来了啊！"

她意识着。她的心中突然地紧张起来了！有点儿慌乱，又有一点儿惊喜。

"好，好，好哇！……"

她的肚皮里叫着。身子微微地发颤了。颤，她可并不是害怕那班人来，莫名其妙的，她只觉得自家这颗老迈创碎的心中，还正藏着许多说不出的酸楚。

又极当心地听过去，枪声已是更加斑密而又清楚些了。大约是那班人知道这里的弟兄们都退了而故意示威的吧！连接着，手提机关枪和迫击炮都一齐加急起来。

刘嫱妈心中更加紧急了。眼泪杂在那炮火声中一行一行地流落，险些儿她就要放声大哭起来！她虽然不怕，她可总觉得自家这样遭遇得太离奇了，究竟不知道是前生作了些什么孽啊！五六十岁了的人呀，还能遭受得这般的灾难吗？儿子，自家，……前生的罪孽啊！……

刘嫱妈不能不设法子抑止自家的酸痛。她的身躯要稍为颤动一下子，腿子就痛得发昏。枪声仍旧是那么斑密的，而且愈来愈近了。她鼓着勇气，只要想到自家被惨杀的那三个孩子，她便什么痛苦的事情都能忘记下来。

流弹从她的身边飞过去，她抱着伤痛的一个腿子滚到阶级的下面来了。

枪声突然地停了一停。天空中快要发光了。接着是：——帝大丹！帝大丹！……

——杀！

一阵冲锋的喊杀声直向这儿扑来。刘嫱妈更加现得慌急。

喊声一近，四面山谷中的回声就像天崩地裂一样。她慌急呢，她只好牢牢地将自家的眼睛闭上。

飞过那最后的几下零乱的枪声，于是四面的人们都围近来了。刘嫱妈更加不必睁开她的眼睛。她尽量地把心儿横了一横，半口气也不吐地将身子团团地缩成一块。

"你们来吧！反正我这条老命儿再也活不成功了！"

二

　　临时的法庭虽不甚堂皇，杀气却仍然足。八个佩着盒子炮的兵丁，分站在两边，当中摆着的是那一张地藏王菩萨座前的神案。三个团长，和那个亲身俘获刘嫂妈的连长，也都一齐被召集了拢来，准备做一次大规模的审讯。

　　旅长打从地藏王菩萨的后面钻出来了，两边一声："立正！"他又大步地踏到了神案面前，眯着眼睛向八个兵了扫视了一下，仁丹胡子翘了两三翘，然后才在那中间的一条凳子上坐下了。

　　"稍息！"

　　三个团长坐在旅长的右边。书记官靠近旅长的左手。

　　"来！"旅长的胡子颤了一颤，"把那个老太婆带上堂来！"

　　"有！"

　　刘嫂妈便被三个恶狠狠的兵士拖上了公堂，她的脑筋已经昏昏沉沉了。她拼命地睁大着眼睛。她看："四面全是那一些吃人不吐骨子的魔王呀。上面笔直坐着五个，都像张着血盆那样大的要吃人的口；两边站立的，活像是一群马面牛头。这，天哪！不都是在黄金洞时一回扫杀了三百多弟兄的吗？不都是杀害了自家儿子的仇人吗？是的，那班人都是他们一伙儿。他们这都是一些魔鬼，魔鬼啊！……"刘嫂妈的眼睛里差不多要冒出血来了。她真想扑将上去，将他们一个一个都抓下来咬他们几口，将他们的心肝全挖出来给孩子们报仇。可是，现在呢？她不能，她不能呀！她只能眼巴巴地望着他们投着愤怒的火焰，而且，她还要……

　　刘嫂妈下死劲地将牙门咬着，怒火一团团地吞向自家的肚子里去燃烧。她流着眼泪，在严厉的审问之下，她终于忍心地将舌头扭转了过来。

"大老爷呀！我，我姓黄，我的娘家姓廖！……"

"你怎么到这儿来的呢？"

"那年，平江到了土匪，我们一家人弄得无处容身，全数都逃到湘阴城中去了。大约是上个月呢，不知是哪一位大老爷的大兵到了这儿，到处张贴着告示，说匪徒已经杀清了，要百姓通通回到平江来。我，我便带着三，三个孩子回来了，在这破庙里的旁边搭了一个小棚子过活。哪晓得，天哪！那位大老爷的大兵不知道为了什么事情，在几天后的一个黑夜里偷偷地退了，我们全没有知道，等到匪徒包围拢来了时才惊醒，大老爷呀！我们，我们，……呜！呜！……"

刘嬷妈放声大哭了。那样伤心啊！

"后来你们就都做了土匪呀？"

"呜！呜！……"

"你说呀！"

"可怜，可怜，大老爷呀！后来，后来，我的三个儿子，全，全给他们捉了去，杀，杀，杀！呜！……"

"杀了吗？"旅长连忙吃了一惊，"那么，你呢？"

"呜！呜！——……"

"你，你说，你说出来！"

旅长的仁丹胡子越翘越高了。

"我，我，老爷呀！我当时昏死了过去。后来，后来，我醒了，我和他们拼命呀！……我还有两个孙儿在湘阴，我当时没有甘心死。我要告诉我的孙儿，将来替他的老子报仇，报仇，报仇呀！……我便给他们关在这庙里补衣裳！呜！呜！——……"

"后来呢？"一个胖子团长问。

"后来，老爷呀！我含着眼泪儿替他们做了半个月，几回都没有法子逃出来。一直,一直到昨晚,他们的中间忽然慌乱起来了,像要逃走似的。我有些猜到了,我想趁这机会儿逃脱。……不料,不料,老爷呀!他们好像都看出我来了似的,他们要我同他们一道退去,他们说我的衣裳补得还好。不由分说的,他们先用一把火将我的茅棚子烧光。他们要我和他们一同退到廖山嘴!……"

"廖山嘴!"旅长吃了一惊!他初次到这里,他还不知道哪儿是"廖山嘴"呢。

"你去了吗?"他又问

"我,我不肯和他们一道去,老爷呀!他们便恶狠狠地打了我几个耳光,用枪杆子在我的腿上猛击了一下。我完全昏倒下来了。等,……等我醒来时,已经没有看见他们的踪影了,我的腿子上全是血迹!……后来,……"

于是那个俘获刘嬷妈的连长,便也走上来了,他报告了他捕获刘嬷妈的时候的情形。同老太婆亲口说的一样,是躺在庙门外的那个石阶级下面。

旅长点了一点头,又回头对刘嬷妈说:

"黄妈妈,土匪们说的是要你同他们退到廖山嘴吗?"

"是的!……大老爷呀!但愿你老人家做做好事,将我送回,送回到湘阴去。我那儿还有两个孙子,我永生永世不忘你老人家的大恩大德!……你老人家禄位高升!……呜!呜!……"

砰砰!……她连忙爬在地上叩了两三个响头!

"好的。你这老太婆也太可怜了。老爷一定派人送你回到湘阴去。"旅长说着,抬头又吩咐了站班的一声:"去!将杨参谋请来,叫他把军用地图带来看看。"

"嗯!"

"大老爷呀!你老人家做做好事,送我回到湘阴去吧!……"

"唔！"

杨参谋捧着一卷地图走出来了。

"报告旅长，要查地图吗？"

"是的，请你来查一查廖山嘴在哪里？"

杨参谋将地图捧上了神案，四五个人分途查起来：

黄金洞，刘集镇，三槐桥，栗子岭，……

"没有呀，旅长！这个地方。"杨参谋报告。

"没有，平江四乡都没有！"

三个团长都回复着。连旅长自己也没有查出来。

"那么，黄妈妈你知道廖山嘴吗？"

"一个小谷子，在东边，五十多里路。……那里是我的娘家，大老爷呀！那里很久很久以前就没有人住了。……"

四五个人又在东面查了十余遍，仍旧没有查着。

"你能够引导我们去吗，黄妈妈？"

"我，我，大老呀！……我，我，我不……"

"不要紧的。"旅长轻声地安慰着，"你只管带我们去吗！追着了土匪你也有功呀！而且，又替你的儿子报了仇，将来送你回湘阴时，还可以给你些养老费！……"

"我，我不能走，走呀！……大老爷，做做好事吧！……"

"我这里有轿子。黄妈妈，你不要怕，追着了就可以给你的儿子报仇。"

"我，我实在，……"

"来！"旅长朝着下面的兵士，"将这黄妈妈扶下去，好好地看护她，给他吃一餐好的菜饭！……"

三

据侦探的报告，匪徒们确是从东方退去了。但不知道退去有多少距离了。旅长，团长，和旅司令部的参谋们，都郑重地商量了一阵，都以为是应该追击的。黄妈妈说的并不是假话，那样忠实的一个老年妇人，而且还被匪徒们击坏了腿子呢。

追，一定追！

下午，全旅人一共分为五队，以最锋利的手提机关枪连当作了尖兵。第一团分为第二第三两队作前卫。第二团为第四队。第三团及旅部特务营、炮兵营，为第五队。每队距离三里五里，或十余里，一步一步地向匪区逼近拢来。

刘嬸妈坐在一顶光身的轿子上。两个极其健壮的脚夫将她抬起来，带领着几个侦探尖兵，跑在最前面。她的心跳着，咚咚的，不知道是一股什么味儿。她可早已将性命置之度外了，她虔诚在祈求她这一次事件的成就。菩萨，神明，……

她回头向后面来望了一下：人们像一条长蛇似的，老远老远地跟着她。她告诉着轿夫们，顺着一条非常熟的小路儿前进。

野外没有半个人影儿了，连山禽走兽都逃避得无影无踪。树林中更加显得非常沉静。没有风，树叶连一动都不动，垂头丧气地悬在那里像揣疑着它们自家的命运一般。

当她——刘嬸妈——引导着尖兵们渡过了一个山谷子口的时候，她的心里总要不安定好几分钟。饱饱的，不是慌忙，也不是惊悸！不是欣喜，又不是悲哀！那么说不出来的一个怪味儿啊！眼泪会常常因此而更多地流着。一个一个地山口儿流过了，刘嬸妈的心中，就慢慢着充实起来。

天色异常的阴暗。尖兵搜索前进到四十里以外的时候，看看地已经是接近黄昏了。四面全是山丘，一层一层地阻住了眼前的视线。看过去，好像是前面已经没路途了；等到你又转过了一个山谷口时，才可以发现到那边也还有一片空旷的田原，那边也还有山丘阻住！……

静静地前进着，离刘集镇只差两三个谷子口了。刘嬷妈的那颗悬挂在半天空中的心儿，也就慢慢地放将了下来。她想：

"这回总该不会再出岔子了吧！好容易地将他们引到了这里。……"

于是，她自家一阵心酸，脑筋中便立刻浮上了孩子们的印象。

"孩子们呀！"好默视着，"但愿你们的阴灵不散，帮助你们的弟兄们给你们复仇，复仇，我，我！……你们等着吧！我，妈妈也快要跟着你们来了啊！……"

眼泪一把一把地流下来。

"只差一个山岗就可以看见廖山嘴的村街了。"刘嬷妈连忙将眼泪拭了一拭，她告诉了尖兵。

"谷子那边就是廖山嘴吗？"

"是的！"

尖兵们分途爬到山尖上，用了望远镜向四围张望了一回。突然地有一个尖兵叫将起来了："不错！那边有一线村街，一线村街，还有红的旗帜呢！"

"旗帜？"又一个赶将上来，"不错呀，一面，二面，三面，……王得胜，你赶快下去报告连长！……"

于是，第一队首先停止下来，散开着。接着，第二队前卫也赶来散开了，用左有包围的形势，配备着向那个竖着红旗的目标冲来。

"黄妈妈，你去吧！这儿用不着你了，你赶快退到后方去吧！"

尖兵连长连忙将刘嬷妈挥退了。自家便带领着手提机关枪的兵士，准备从正面冲锋。

翻过着最后一条谷子口，前面的村街和旗帜都只剩了一些模糊的轮廓。三路手提机关枪和步马枪都怪叫起来：

拍！拍！拍！拍！……噼噼噼噼！……格格格格！……

冲过了半里多路，后面第三队的援军也差不多赶到了。可是，奇怪！那对面的村街里竟没有一点儿回声。

"出了岔子吗？"

连长立刻命令着手提机关枪停止射击。很清晰地，他辨得出来只有左右两翼的枪响。

"糟糕呀！许是中了敌人的鬼计！"

他叫着。他想等后面指挥的命令来了之后再进攻。等着，左右两翼的枪声停止了。

四围没有一些儿声息。

"怎么的？"

大家都吃了一惊！

"也许是他们都藏在那村街的后面吧？"有人这么说。

"我们再冲他一阵，只要前后左右不失联络，是不要紧的。反正已经冲到这谷子里来了。"

后面指挥的也是这么说。于是大队又静声地向前推进起来。天色已经黑得看不清人影子了。

刘集镇！

没有一个敌人。几枝旗帜是插着虚张声势的，村街上连鬼都没有。从破碎的一些小店的招牌上，用手电筒照着还可以认得出来，清清楚楚的这儿是"刘集镇"。

"刘集镇？怎么？这儿不是叫廖山嘴吗？"

"鬼！"

大家都一齐轰动起来。第二队第三队都到齐了，足足有一团多人挤在这谷子里。其余的还离开有十来里路。

天色乌黑得同漆一样。

"糟糕！……"胖子团长的心里焦急着，"这回是上了敌人的当了。那个鬼老太婆一定没有个好来历。明明是刘集镇，她偏假意说成一个'廖山嘴'！……"

退呢？还是在这儿驻扎呢？突然地：——

拍！——

对面山上一声。胖子团长一吓：——"怎么？"

接着，四围都响将起来了：

拍！拍！拍！……

噼！噼！噼！……哒吼！……

轰！轰！轰！……

"散开！……散开！……"官长们叫着。班长们传诵着。

每一个枪口上都有一团火花冒出来！流弹像彗星拖着尾巴。

四

旅长气得浑身发战。一直挨到第二天的下午，第一团陆续归队的还不到一连人，他的胡子差不多要翘上天空了。

他命人将刘媪妈摔在他的面前，他举起皮鞭子来乱叫乱跳着。

他完全失掉他的人性了：

"呀呀！你说，你说！你这龟婆！你干吗哄骗咱们？你干吗将刘集镇说成一个廖山嘴？你说，你说，……我操你妈妈！……"

拍拍！……

皮鞭子没头没脑地打在刘媪妈的身上，刘媪妈已经没有一点儿知觉了。

"你说不说？我操你妈妈！……"

拍！拍！……

"拿冷水来！我操你妈妈！……"

刘嫂妈的浑身一战，一股冷气真透到他的脑中，她突然地清醒了一点。她的眼前闪烁着无数条金蛇，她的耳朵边像雷鸣地震一样。

"你说不说？我操你妈妈！你干吗哄骗咱们？你干吗做匪徒们的奸细，你是不是和匪徒们联络一起的？……"

刘嫂妈将血红的眼睛张了一下，她不做声。她的知觉渐渐地恢复过来了。她想滚将上去，用她的最后的一口力量来咬他们几下。可是，她的身子疼痛得连半步都不能移开。她只能嘶声地大骂着：

"你要我告诉你们吗？你们这些吃人不吐骨子的强盗呀！我只恨这回没有全将你们一个个都弄杀！我，我恨不得咬下你们这些狗强盗的肉来！我的儿子不都是你们杀死的吗？黄金洞的弟兄们不都是你们杀死的吗？房子不都是你们烧掉的吗？你们来一次杀一次人，你们到一处放一处火！我恨不得活剥你们的肉，我情愿击断自家的腿子！我，我，……"

她拼命地滚了一个翻身，想抱住一个人咬他几口！……

"呀！"旅长突然地怪叫着，"我操你的妈妈！我操你的妈妈！你原来是匪军的侦探！……我操你的妈妈！……"他顺手擎着白郎林手枪对准刘嫂妈的胸前狠命地一下：——

拍！

刘嫂妈滚着，身子像凌了空，浑身的知觉在一刹那间全消灭了。

她微笑着。

老远地，一个传令兵拿着两张报告跑来：——

"报告旅长！第一团王团长昨晚的确已被匪军俘去！现在第二第三两团都支持不下了，请旅长赶快下退却命令！"

"退!"旅长的腿子像浸在水里:"我操她的妈妈!这一次,这一次,……我操她的妈妈。……"

一九三三年九月二十九日,深夜在上海

(选自《叶紫创作集》)

鱼

一

　　一种绝望的焦虑的情绪包围着梅立春。他把头抬起来。失神地仰望着芦棚的顶子，烛光映出几个肿胀的长短不齐的背影来，贴在斑密的芦苇壁的周围，摇摇不定。

　　"喂，吃呵！老梅……"

　　老梁，那一个烂眼睛的黄头发的家伙，被米酒烧得满面通红，笑眯眯地对他装成一个碰杯的手势。

　　"唔！……"老梅沉吟着，举起杯来喝上一口。心事就像一块无形的沉重的石头似的，压着他，使他气窒。伸筷子夹着一块圆滑的团鱼，这一战，就落到地上的残破的芦苇中去了……

　　"我说……"老头子祥爹的小眼睛睁开了，直盯着老梅的脸膛，咳了一声，像教训他的神气："立春，你真是太不开通了！生意并不是次次都得赚钱的,有时候也须看看时运,唔!时运……譬如说:你这一次小湖里的鱼……"

老梅勉强地咬着油腻的嘴唇,笑了一下,他想教人家看不出他是为了盘小湖失败的那种焦灼的内心来,可是一转眼他就变得更加难耐了。空洞的满是污泥的小湖的底,家中的老婆和孩子们,瞎了眼睛的寡嫂和孤苦的侄儿,都像在那前面的芦苇壁中伸出了嘴来欲将他吞没……而后面呢?恰巧是债主兼老板的黄六少爷的拳头堵击着他,使他浑身都觉得疼痛而动摇起来了。

"不是吗?我也这么说过的!"王老五,那坐在左边的一个,摸着他那几根稀疏的胡须,不紧不慢地说:"并且,也许小湖还不致于……"

老梅明知道这都是替他宽心的话,于是他也自家哄自家似的,把"也许"那两个字拖进到心中了。万一明天车干了小湖,鱼又多出来一些呢……

"好,管他妈妈的,碰杯吧!"他一下子站了起来,满满地斟上一大杯米酒,向那五六个临时请来车湖的邻居,巡敬一个圆圈,灌到肚中去。

二

带着八分醉意,肩起那九尺多长的干草叉,老梅弯着腰从芦苇栅子中钻出来了,他想沿湖去逡巡一遍,明天就要干湖了,偷鱼的人今晚上一定要下手了的。

十月的湖风,就有那么锐利的刺人的肌骨,老梅的面孔刮得红红的,起了一阵由酒的热力而衬出来的干燥的皱纹。他微微地呵了一口气,蹒跚地走向那新筑的湖堤。

驼背的残缺的月亮，很吃力地穿过那阵阵的云围，星星频频地夹着细微的眼睛。在湖堤的外面，大湖里的被寒风掀起的浪涛，直向漫无涯际的芦苇丛中打去，发出一种冷冰冰的清脆的呼啸来。湖堤内面，小湖的水已经快要车干了，干静无波的浸在灰暗的月光中，没有丝毫可以令人高兴的痕迹。虽然偶然也有一两下仿佛像鱼儿出水的声音，但那却还远在靠近大湖边的芦苇丛的深处呢。

老梅想叹一口气，但给一种生成的倔强的性格把他哽住下来了。他原来是不相信什么命运的人，不过近年他的确是太给命运折磨了一点。使他的境况，一天比一天坏起来。三个孩子和老婆，本来已经够他累了的，何况去年哥哥死时还遗下一个瞎子嫂嫂和十岁的侄儿呢？种田，没饭吃，做船夫，没饭吃，现在费很大的利息借一笔钱来盘湖，又得到一个这样的结果！……要不是他还保持着那种生成的倔强的性格啊！

米酒的力量渐渐地涌了上来，他的视线开始有点朦胧了。踏着薄霜的堤岸，摇摇摆摆地，无意识地望了一望那两三里路外的溶浴在月光下面的家，和寡嫂底茅屋，便又一脚高一脚低地走向那有水声的芦苇跟前了。

"是谁呢，那水声？"他觉得这芦苇中的声响奇怪，就用力捏了一捏手中的干草叉，大声地叫起来了：

"哪一个在水中呀？"

寂静……一种初冬的，午夜的，特殊的寂静。

他走向前一步，静心等了一会，又听见了一个奇特的水声。"妈的！让我下水……"话还刚刚说出一半，就像有一群出巢的水鸭似的，六七个拖着鱼篮的人，从芦苇丛中钻出来了，不顾性命地爬上湖堤，向四方奔跑着。

老梅底眼睛里乱迸着火星！他举起干草叉来追到前面，使力地搠翻了一个长个儿，再追上去，又把一个矮子压到了，篮子满满的鱼儿，仍旧跳到了小湖中。

　　酒意像给泼了一盆冷水似的全消了。老梅大声地把伙伴们都叫了拢来，用两根草绳子缚着俘虏，推到芦苇棚中仔细一看，五六个人都不觉得失声哈哈大笑起来。

三

　　当天上的朝霞扫尽了疏散的晨星的时候，当枯草上的薄霜快要溶解成露珠的时候，当老梅正同伙伴们踏上了水车的时候，在那遥远的一条迂曲的小路上，有一个驼背的穿长袍戴眼镜的人，带着一个跟随的小伙子，直向这湖岸的芦苇前跑来。

　　老头子祥爹坐在车上，揩了一揩细小的眼睛，用手遮着额角，向那来人的方向打望了一回，就正声地，教训似的对老梅说：

　　"你不要响，立春！让我来……"他不自觉地装了一个鬼脸，又回头来对烂眼睛的老梁说："你要是笑，黄头发，我敲破你的头！……"

　　老梁同另外三个后生都用破布巾塞着嘴。王老五老是那么闲散地摸着他那几根稀疏的胡须，一心一意地盯着那彩霞的天际。

　　驼背的穿长袍戴眼镜的人走近来了。

　　"你早呀！黄六少爷！"

　　"唔，早呀！祥爹。"

　　互相地，不自然地笑了一笑。一种难堪的沉默的环境，沉重地胁迫着黄六少爷的跳动的心。他勉强地颤动着嘴唇问道：

　　"祥爹……看，看没有看见我家的长工和侄儿呢？"

　　"唔……，没，没有看见呀！这样早，你侄少爷恐怕还躺在被窝里吧。"接着又抛过来一个意义深长的讽刺的微笑，不紧不慢的："长工，那一定是放牛去了啰……"

"不，昨夜没有回家！"

"打牌去了……"

"不，还提了鱼篮子的！"黄六少爷渐渐地感到有些尴尬而为难了。

"啊……"祥爹满不在意地停了一停水车的踏板，"这样冷的天气，侄少爷还要摸鱼吗？……唉！到底是有钱人家，这样勤俭……难怪我们该穷……"

那个的面孔慢慢地红起来，红到耳根，红到颈子……头上冒着轻盈的热气。

"热吗？黄六少爷！十月小阳春呀！"话一句一句地，像坚硬的石子一般向黄六少爷打来，他的面孔由红而紫，由紫而白。忽然间，一种固有的自尊心，把他激怒起来了：

"老东西！还要放屁吗？不要再装聋作哑了，你若不把我的人交出来……"

"哎呀！六少爷，你老人家怎么啦！寻我们光蛋人开心吗？我们有什么事情得罪你老人家吗？问我们，什么人呀……"

"好！你们不交出来吗？……我看你们这些狗东西的！"黄六少爷气冲冲地准备抽身就走。老梅本已经按捺不住了的，这一下他就像一把断了弦的弓似的弹起来，跳到水车下面：

"来！"

像一道符命似的把黄六少爷招转了。

"六蜈蚣，我的孙子！我告诉你，你只管去叫人来，老子不怕！你家的两个贼都是老子抓起的！来吧，你妈妈的！你越发财就越做贼，……我操你底祖宗！……"

"哈哈！……"老梁抽出了口中的手巾来大笑着。

"哈哈！……"王老五摸着他那几根稀疏的胡须大笑着。

只有老头子祥爹低下了头，一声不响地皱着眉额，慢慢地，才一字一板地打断着大家的笑声：

"为什么要这样呢？你们，唉！……不好的！我，我原想奚落他一场，就把人交给他的，多一事不如少一事。得罪那蜈蚣精。唉！你们这些年轻的小伙子……"

"什么呢？祥爹，你还不知道吗？小湖的鱼已经有数了。骂他，也是要害我的，不骂他，也是要害我的。……"老梅怒气不消地说。

"那么，依你的打算呢？……"

"打算？我一个人去和他拼……"

"唔！不好的！……"老头子只管摇着头。回转来对水车上的人们说："停一会儿再车吧！来。我们到棚子里去商量一下……"

太阳，从辽远的芦苇丛中涌上来，离地面已经有一丈多高了。六七人，像一行小队似的，跟在老头子祥爹的背后，钻进了那座牢固的芦苇棚子中。

一九三五年四月

（选自《山村一夜》）

偷　莲

一

　　下午，太阳刚刚落土的时候，那个红鼻子的老长工和看牛的小伙子秋福，跑到小主人底房间里来了。

　　"怎么？汉少爷！……"那个老长工低声地微微地笑着，摸着胡子，"守湖的事情……"

　　汉少爷放下手中的牙牌书，说：

　　"我去！我对爹爹说过了的。……"

　　"真的吗？"秋福夹在中间问。

　　"真的！"

　　老长工将手从胡子上拖下来，又笑了一笑："那么，我们今晚不要到湖边去了！……"

　　"是的，你去喝你的酒吧！"

小伙子秋福喜的手舞脚跳，今晚他还约了上村的小贵到芦苇丛中去烧野火的，不要他去守湖就恰巧合了他的心意。老长工呢，记起喝酒就几乎把嘴都笑扁了。他向小主人装了一个讽刺的，滑稽的，含着一种猥亵意思的手势，说了一声"要当心啊"就走了。"来！"汉少爷突然抛来一句。

秋福和老长工打了转。

"你们去对碾坊的长工们说，叫他们今晚无事不要到湖边来。除非……"他指着胸前挂着的那个放亮的叫吹子："懂不懂啦？……"

"懂！"老长工答应着。

二

月亮滑出了黯淡的云围。

被派去做侦探工作的桂姐儿和小菊，都在喘着息，流着细细的汗珠，跑回了。她们向见识高超的云生嫂报告：

"今夜……是，可以的！那个红鼻子老倌和小鬼子都不在了，长工们也就喝酒打牌去了。……"

"那么。是谁守湖边呢？"

"是……"桂姐儿忸怩地说，"那个……从省里的洋学堂里回来的……"

云生嫂点点头，盯着桂姐儿，带着一种狡黠的意义深长的微笑。

桂姐儿底脸红了，她低着头，圆睁着那水汪汪淘气的眼睛，满心带怒地向云生嫂冲过来……"你笑什么呀？云嫂子！你，你……"

"不是笑你哟！我笑那个洋学堂回来的鬼啦！……你去吧！告诉太生婶，桃秀，李老七姑娘……人越多越好，月亮中的时候，我们在叉湖口碰船！……"

"唔！还要找她们……"桂姐儿拖着小菊的手，心中还是气愤不消地，匆匆地向上村跑了去。

三

莲蓬，已快将老迈了；低着头，干枯着脸，无可奈何地僵立在湖面，叹息它的悲哀的命运，荷叶大半都成了破扇形，勉强地支持着三五根枯骨子，迎风摇摆着。九月的冰凉的露水洒遍了湖滨。在远方，在那辽阔的无涯的芦苇丛里，不时有大块的，小块的，玩童们散放着的野火冒上来。

汉少爷轻轻地走近了湖岸，他坐在大划船上，仰望着高处，仰望着那不可及的星空而不作声。他的脑子里塞满着那淘气的，猫一般的水汪汪的眼睛，和那被太阳晒得微黑的，还透露着一种可爱的处女红的面庞。他想起六月里在湖中失掉的那一次机会，和今天白天在湖边游玩时所瞥到的那一个难忘的笑容。

"是的！她们一定要来的！"他自家对自家说，"不管她们的人多人少，我都不吹叫子，我只要捉住那一个水汪汪的……"

学校里的皇后的校花们哪有这儿的好呢？——他想，那都是油头粉面，带着怪香怪气的，动不动就要你去服从她，报效她……而这里的，汗香，泥土香，天然的处女的红晕和水汪汪的眼睛！……

他乐心了，他等着。露水慢慢地润湿了他的周身——他不管，湖风使他打了好几回寒战——他不管，他提了一提精神，使出了一股在学校跑万米般的耐劲，目不转睛地遥望着那叉湖口的尖端。

月亮已经渐渐地升到中空了。

四

"你上前去！桂姐儿！"

"为什么单要我去呢？你……"桂姐儿生着气，把那只不到一丈长的摇篮似的莲子船横在湖口，用小桨儿使力地把水中的月光敲成粉碎。靠近着她的人都可以看得出来——她的脸的的确确已经红到耳根了。

"不会害你的，痴子！……"云生嫂把自己底莲子船摇上一步，两个人像鸭子似的靠紧了："你去引他来，我们帮你……"

桂姐儿还是不依，虽然她明知大家不会让她吃亏，但她总不愿意。六月间在湖里乘凉的那一次她还记得很清楚，那个人，那个洋学堂里的家伙，简直像一头畜生似的……

云生嫂和李老七姑娘们再三地劝了一会，宽心了一会，她才一声不响地摇起她的那片小桨来。

她的头低得几乎着了船板了，心头一阵阵地，不安地，频繁地跳动。莲子船钻过那荷根荷叶时，在水底下，就发出了一种轻轻的，沙声的叫响来。她回头看一看：云生嫂们还老远地，缓缓地落在她的后面，不时给她抛过来一些决心和勇气。……

她把心儿横了一横，使力地划着她的小桨，船身就像箭一般地向岸南奔去……

五

汉少爷的眼睛几乎望穿了。当他看见了一个莲子船向他驶来的时候，当他认出来了是那个熟识的，细长的，苗条的身段的时候，当他醉心了那一个轻巧的，圆熟的，划船的姿势的时候，他就满心自得地驾着那个笨重的大划船，不顾性命地追了上来。

桂姐儿恨恨地咬着牙，有意要使他跟着她兜几个圈子，然后等快要接近了大伙儿的时候，她就故意地停了一停，闯在他的大划船边上！……

汉少爷伸过手来拖她的船，她翻身一跳，就渡上他的大划船了！汉少爷迎面来拥她，胸前的叫吹子给打落到水中了！

两个人互相地扭着，扯着……

十多只埋伏好的莲子船野鸭似的扑了拢来，十多个女人跳上大划船。……

桂姐儿救起了，汉少爷抓住了！

"用带子绑好他！"

汉少爷想叫——一团很大的棉花塞到他的口里。

桂姐儿哭着！她吃了亏。她没命地在汉少爷的脸上抓了两抓！汉少爷痛苦地瞪着眼，脸上流出几行血液来。

云生嫂指着他骂道：

"你这小黄蜂！你，怕一辈子也没有吃过苦的，你妈的！……你寻快活吗？……"

"哈哈！请他在这里睡一睡夜凉床……"

又有谁从人丛里抛过来这么冷冰冰的一声耍笑。

六

月儿渐渐地偏了西。

十多只莲子船在湖中穿来穿去，十多把剪子一齐响动起来。

桂姐儿的心里还是气愤不平，她一边剪莲蓬子，一边揩眼泪。她的莲蓬比什么人都剪得少。

云生嫂安慰她道：

"不要紧，妹妹！你吃了亏大家都晓得的，等等我们每个人分给你一点……"

湖风起了，浪涛不规则地掠过荷叶荷根，把莲子船晃掀得起伏不停地摇晃着。

"快点啦！恐怕长工们要追来呢！"

"不，他们喝米酒要喝得醉乱的……"

每一个小船都装得满满了，每一个人心中都喜气洋洋的。没有老头儿的高声的叫喊，没有凶恶的长工驾船来追捉！

在叉湖口再度碰船的时候，她们还低声地，断续地唱了起来：

偷莲……偷到月三更啦，……

家家户户……睡沉沉；……

有钱人……不知道无钱人的苦，……

无钱人……却晓得有钱人的心！……

紧摇桨……快撑篙，……

守湖的人追来……逃不掉！……

七

米酒把老长工的鼻子烧得更加红了。第二天，他从他那发了霉的狗窝似的稻草中，懒洋洋地爬起来的时候，太阳早已经下了墙了。

他用烂棉花揩了一揩眼睛，蹒跚地跑到了小主人底书房；

"汉少爷！汉少爷……"

书房里冲出一口秋晨特有的冷气来。接着他又满腹犹疑，自家对自家说：

"真是稀奇事！真是……一定要给那班小妖精迷住的！……"

他连忙跑到狗窝中去，把那个夜间被野火烧光了头发的小伙子叫起来：

"你这鬼崽子！你！你……妈妈的，快些……寻，寻汉少爷去！……"

在湖中，一老一小，费了很大的力量，才把汉少爷的船拖了拢来。

汉少爷的脸肿得像判官，几条血痕凝成了紫黑色。他狠命地给了长工一个耳刮子！沙声地叫道：

"你……你们……都死了吗？妈妈的！……"

老长工哭不得，笑不得。他在鼻子上使力地揩了一揩：

"少爷…你，你没有吹叫子啦！……"

"妈妈的！……"汉少爷的声音几乎沙得发哑了，"去，同我回去告诉爹爹去！为首的是云生婆子，她妈的！她还欠我们的租，欠我们的钱！不把她丈夫关三年不显老子的颜色！……"

小伙子秋福死死地抱着他那被野火烧光了头，圆着那满是脏污的眼睛，望着小主人发着抖。他怕那耳刮子又落到他的头上来。他想：

"这又是怎样的一回事呢？少爷……他妈的，绑一夜！……"

一九三五年二月二十日

（选自《山村一夜》）

校长先生

　　上课钟已经敲过半个钟头了,三个教室里还有两个先生没有到。有一个是早就请了病假,别的一个大概还挨在家里不曾出来。

　　校长先生左手提着一壶老白酒,右手挟着一包花生,从外面从从容容地走进来了。他的老鼠似的眼睛只略略地朝三个教室看了一看,也没有做声,便一走走到办公室里的那个固定的位置上坐着。

　　孩子们在教室里哇啦哇啦地吵着,叫着,用粉笔在黑板上画着乌龟。有的还跳了起来,爬到讲台上高声地吹哨子,唱戏。

　　校长先生并没有注意到这个,他似乎在想着一桩什么心思。他的口里喝着酒,眼睛朝着天,两只手慢慢地剥着花生壳。

　　孩子们终于打起架来了。

　　"先生,伊敲我的脑壳!"一个癞痢头孩子哭哭啼啼地走进来,向校长先生报告。

　　"啥人呀?"

　　"王金哥——那个跷脚!"

"去叫他来！"校长先生生气地抛掉手中的花生壳，一边命令着这孩子。

不一会儿，那个跷脚的王金哥被叫来了。办公室的外面，便立刻围上了三四十个看热闹的小观众。

"王金哥，侬为啥体要打张三弟呢？"

"先生，伊先骂我。伊骂我——跷脚跷，顶勿好；早晨头死脱，夜里厢变赤老①！"

"张三弟，侬为啥体要先骂伊呢？"

"先生，伊先打我。"

"伊先骂我，先生。"

"到底啥人先开始呢？"

"王金哥！"

"张三弟，先生！"

外面看热闹的孩子们，便像在选举什么似的，立刻分成了两派：一派举着手叫王金哥，一派举着手叫张三弟。

校长先生深深地发怒了，站起来用酒壶盖拍着桌子，大声地挥赶着外面看热闹的孩子们——

"去！围在这里——为啥体不去上课呢？"

"阿拉的张先生还勿曾来，伊困在家里——呒没饭吃呢。"

"混帐！去叫张先生来！"校长先生更是怒不可遏地吆喝着。一边吩咐着这两个吵架的孩子——"去，不许你们再吵架了，啥人再吵我就敲破啥人的头！王金哥，侬到张先生屋里去叫张先生来。张三弟，侬去敲下课钟去——下课了。真的，非把你们这班小瘪三的头通统敲破不可的！真的……"校长先生余怒不息地重新将酒壶盖盖好，用报纸慢慢地

---

① 上海话，即晚上变鬼。

扫桌子上的花生壳。

下课钟一响，孩子们便野鸭似的一齐跑到了弄堂外面。接着这，就有一个面容苍白，头发蓬松的中年的女教员，走进了办公室来。

校长先生满脸堆笑地接待着。

"翁先生辛苦啦！"

"孩子们真吵得要命！"翁先生摇头叹气地说，一边用小毛巾揩掉了鼻尖上的几粒细细的汗珠子。"张先生和刘先生又都不来，叫我一个人如何弄得开呢？"

"张先生去叫去了，马上就要来的。"校长先生更加赔笑地，说："喝酒吧，翁先生！这酒的味道真不差呀！嘿，嘿，这里还有一大半包花生……娄，嘿嘿……"

"加以，加以，……"

"唔，那些么，我都知道的，翁先生。只要到明天，明天，就有办法了。一定的，翁先生，嘿嘿……"

"为啥体还要到明天呢？"

"是的！因为，嘿嘿，因为……"

校长先生还欲对翁先生作一个更详细的，恳切的解答的时候，那个叫做张先生的，穿着一身从旧货摊上买来的西装的青年男子，跟着跷脚王金哥匆匆地走进来了。

"校长先生，"他一开言就皱着眉头，露出了痛苦不堪似的脸相。"叫我来是给我工钱的吧？"

"是的，刚才我已经同翁先生说过了。那个，明天，明天一定有办法的。明天……嘿嘿……"

"你不是昨天答应我今天一定有的吗？为啥体还要到明天，明天呢？……"

"因为，嘿嘿……张先生，刚才我已经对翁先生说过了，昨天白天，校董先生们一个都不在家，所以要到今天夜里厢去才能拿到。总之，明天一早晨就有了，就有了！总之，一定的……"

"我昨天夜间就没有晚饭米了。校长先生，请你救救我们吧！我实在再等不到明天了！"张先生的样子像欲哭。"我的老婆生着病，还有孩子们……校长先生……"

"是呀！我知道的。我何尝不同侬一样呢？这都是校董先生们不好呀！学校的经费又不充足。……唉，当年呀！唉唉……娄，侬的肚皮饿了，先喝点儿酒来充充饥吧——这里有酒。我再叫孩子们去叫两碗面来。娄，总之，嘿嘿……这老白酒的味儿真不差呀！……嘿嘿……"校长先生将酒壶一直送到了张先生的面前。

"那么，是不是明天一定有呢，校长先生？"张先生几乎欲哭出声来了，要不是有翁先生在他的旁边牢牢地盯着他时。"酒，我实在地喝不下呀！"他接着说，"我怎能喝这酒呢？我的家里……"

"是了，我知道的。你不要瞧不起这酒呀，张先生。当年孙中山先生在上海的时候，就最欢喜喝这酒。那时候——是的，那时候我还非常年轻的呀——我记得，那时候的八仙桥还只得一座桥呢。中山先生同陈英士住在大自鸣钟的一家小客栈里，天天夜间叫我去沽这老白酒，天天夜间哪……那时候，唉，那时候的革命多艰难呀！哪里像现在呢，好好生生的一个东北和华北都给他们送掉了，中山先生如果在地下有知，真不知道要如何地痛哭流涕呢！……张先生，侬不要时时说侬贫穷，贫穷，没饭吃；人啦——就只要有'气节'！'饿死事小，失节事大'。譬如我：就因为不愿意'失节'，看不惯那班贪赃卖国的东西，我才不出去做官的。我宁愿坐在这里来喝老白酒。总之，张先生，嘿嘿……翁先生，嘿嘿……人无'志'不立……张先生，侬不要发愁，我包管侬三十六岁交好运。娄，侬来喝喝这杯酒吧！翁先生，侬也来喝一杯……总之，明天无论如何，我给你一个办法……"

第二次的上课钟又响了——校长先生猛地看见壁上的挂钟已经足足地离上课时间过了三十多分了，他这才省悟到自己的说话得太多，太长，忘记了吩咐孩子们敲钟上课。要不是孩子们忍不住自动地去敲钟耍子，恐怕他还以为自家是坐在南阳桥的一家小酒店里呢。

张先生为了"气节"，只得哭丧脸地拿了两枝粉笔和一本教科书站了起来。翁先生却更像"沉冤莫诉"似的，也只得搔搔头发，扯扯衣襟，懒洋洋地跟着站起来了。大家相对痛苦地看了一眼，回头来再哀求似的，对着校长先生说：

"先生，明天哪！那你就不能再拆我们烂污了啊！"

"那当然娄！"校长先生装成了一个送客一般的姿势，也站起来轻轻地说，"不但侬两位先生的，就连生着病的刘先生的薪金，我也得给伊送去呢。"

于是，办公室里又只剩了校长先生一个人，立刻寂静起来了。他一面从从容容地将壶中不曾吃完的老白酒，通统倒在一个高高玻璃杯中，一面又慢吞吞地用手拨开着那些花生衣和花生壳。他想，或者还能从那些残衣残壳里面找寻出一两片可堪入口的花生肉的屑粒来。

第二天的清晨，因为听说有薪金发，三个先生——连那个生着肺病的老头儿刘先生也在内——一齐都跑了来，围在办公室里的那张"校长席"的桌子旁边，静静地伸长着颈子等候着。

"今天无论如何，他要再不给我们薪金，我们决不上课了！"三个人同声地决定着。

孩子们仍然同平常一样：相骂，打架，唱歌，敲钟上课耍子……但是校长先生却连影子都没有回来。

"无论如何不上课！无论如何……"张先生将拳头沉重地敲在办公桌子上，唾沫星子老远老远地飞溅到翁先生的苍白的脸上。

"对啦，咳咳！……三四个月来，我就没有看见过他一个铜钱吃药！咳咳……"老头儿刘先生附和着。他那连珠炮似的咳嗽声，几乎使他连话都说不出来了。

孩子们三番五次地催促着先生上课，但翁先生只将那雪白的瘦手一挥：

"去！不欲再到这里来噜嗦了。今天不上课了，你们大家去温习吧！"

因为感到过度的痛苦、焦灼和无聊，翁先生从抽屉里拿出了一团绒线和两枝竹削的长针来，开始动手给小孩结绒绳衣服。张先生只是暴躁地在办公室里跳来跳去，看他那样子不是要打死个把什么人，就是要跟校长先生去拼性命似的。只有老刘先生比较地柔和一点，因为他不但不能跳起来耀武扬威，就连说几句话都感觉到十分艰难，而且全身痉挛着。

整个上午的时间，就在这样的无聊，痛苦和焦灼的等待之中。一分一分地磨过去了。

"假如他下午仍然不来怎么办呢？"翁先生沮丧地说。

"我们到他的家中或者他的姘头那里去，同他理论好了！要不然，就同他打官司打到法院里去都可以的。"张先生在无可奈何中说出了这样一个最后的办法。

"张先生，咳咳……唉！同他到法院里去又有什么用处呢？唉，唉唉……唉！"刘先生勉强地站起来，叫了一个孩子扶着他，送他回家去；因为太吃力，身子几乎要跌倒下来了。"依我的，咳咳……还是派一个人四围去寻寻他回来吧！老等在这里，咳咳……我看他无论如何都不会回来的了……"

但是下午，张先生派了第一批孩子们到校长先生的家里去，回来时的报告是："不在。"第二批，由张先生亲自统率着，弯弯曲曲地寻到了寻一个麻面的苏州妇人的家里。那妇人一开头就气势汹汹地对着张先生和孩子吆喝着：

"寻啥人呀？小瘪三！阿[①]不早些打听打听老娘嗨头[②]是啥格人家！猪猡！统统给老娘滚出去……"

因为肚皮饿，而且又记挂着家里的老婆和孩子们，张先生只能忍气吞声地退了出去。好容易，一直寻到夜间十点多钟，才同翁先生一道，在南阳桥的一家小酒店里，总算是找着了那已经喝得酒醉醺醺了的校长先生。

两个人一声不做，只用了一种愤慨和憎恶的怒火，牢牢地盯住着校长先生的那红得发黳色了的脸子。

"阿哈！张先生，张先生，你们怎么能寻到此地来的呢？嘿嘿……娄，来来来！你们大概都还没有吃晚饭吧，娄，这里还有老白酒，还有花生。嘿嘿……娄，再叫堂倌给你们去叫两盘炒面来！嘿嘿……张先生，翁先生，侬来坐呀！坐呀……客气啥体呢！嘿嘿……客气啥体呢！来呀！来呀！……"

"那么，我们的工钱呢？"翁先生理直气壮地问了。

"有的，有的，翁先生，坐呀……喂，堂倌，请侬到对过馆子里去同阿拉叫两盘肉丝炒面来好吗？……娄，张先生，……娄娄，火速去，侬火速去呀，堂倌！"

"那么，校长先生，谢谢侬了！如果有钱，就请火速给我一点吧！我实在不能再在这陪侬喝酒了，我的女人和孩子们今天一整天都呒没吃东西呢！校长先生……"

"得啦，急啥体呢，张先生，侬先吃盘炒面再说吧！关于钱，今天我已经见过两位校董先生了，他们都说：无论如何，明天的早晨一定有！明天，今天十二，明天十三……嘿嘿，张先生！只要过了今天一

[①] 上海话，意即也。
[②] 上海话，意即这里。

夜，明天就好了。明天，我带侬一道到校董先生家里去催好吗？……嗳嗳，张先生，我看……嗳，侬为啥体还生气呢？假如侬嫂子……嘿嘿……娄，我这里还有三四只角子，……张先生，嘿嘿……侬看——翁先生伊还呒没生气呢！"

想起了老婆和孩子们，张先生的眼泪似乎欲滴到肉丝炒面的盘子上了。要不是挂记着可怜的孩子们的肚皮实在饿得紧时，他情愿牺牲这三四只角子，同校长先生大打一架。

翁先生慢慢地将一盘炒面吃了净净光光，然后才站起来说：

"校长先生，侬老老实实地告诉我们吧，钱——到底啥时光有？不要再者骗我们明天明天的。我们都苦来西①，都靠这些铜钱吃饭！娄，今天张先生的家里就有老婆孩子们在等着伊要饭吃……假如……加以，加以……"

"得啦！翁先生，明天，无论如何有了，决不骗侬的。娄，校董先生们通统对我说过了，我为啥体还骗侬呢？真的，只要过了今天夜里厢几个钟头就有了。翁先生，张先生，嘿嘿……来呀！娄，娄，再来喝两杯老白酒吧，这酒的味儿真不差呀！嘿嘿……娄，当年孙中山先生在上海的时候，就最欢喜喝这酒了！那时候我还交关年轻啦。还有，还有……娄，那时候……"

张先生估量校长先生又要说他那千遍一例的老故事了，便首先站了起来，偷偷地藏着两只双银角子，匆匆忙忙地说：

"我实在再不能陪侬喝酒了，校长先生，请侬帮帮忙救救我们吧！明天要再不给我们，我们通统要饿死了……"

"得啦！张先生，明天一定有的——一定的。"

翁先生也跟着站了起来：

---

① 上海话，意即苦得很。

"好吧，校长先生，我们就再等到侬明天吧！"

"得啦，翁先生，明天一定的了———一定的……你们都不再喝一杯酒去吗？……"

两个人急忙忙地走到小酒店的外面，时钟已经轻轻的敲过十一下了。迎面吹来了一阵深秋的刺骨的寒风，使他们一同打了一个大大的冷噤。

"张先生，明天再见吧！"翁先生在一条小弄堂口前轻轻地说。

"对啦，明天再见吧！翁先生。"

时间，虽然很有点像老牛的步伐似的，但也终于在一分一分地磨过去。

明天——明天又来了……

一九三六年五月十九日作于病中

（选自《叶紫创作集》）

湖　　上

晚饭后，那个姓王的混名叫做"老耗子"的同事，又用狡猾的方法，将我骗到了洞庭湖边。

他是一个非常乐天的，放荡的人物。虽然还不到四十岁，却已留着两撇细细的胡子了。他的眼睛老是眯眯地笑着的。他的眉毛上，长着一颗大的，亮晶晶的红痣。他那喜欢说谎的小嘴巴，被压在那宽大的诚实的鼻梁和细胡子之下，是显得非常的滑稽和不相称的。他一天到晚，总是向人家打趣着，谎骗着。尤其是逗弄着每一个比较诚实和规矩的同事，出去受窘和上当，那是差不多成为他每天唯一的取乐的工作了。

他对我，也完全采一种玩笑的态度。他从来没有叫过我的名子，而只叫"小虫子"，或者是"没有经过世故的娃娃"。

"喂！出去玩吧，小虫子，"一下办公厅，他常常这样的向我叫道。"你为什么还在这里用功呢？你真是一个——没有经过世故的娃娃呀！……来，走吧，'人生不满百，常怀千年忧'，你大概又在这里努力你的万里前程了罢，你要知道——世界上是没有一千岁的人的呀！何不及时行行乐呢！……小虫子！'今朝有酒今朝醉'啦！……"于是他接着唱着他那永远不成腔调的京戏："叹人生……世间……名利牵！抛父母……别妻子……远离……故……园！……"

今天，他又用了同样的论调，强迫着将我底书抛掉了。并且还拉着我到湖上，他说是同去参观一个渔夫们的奇怪的结婚礼。

我明明地知道他又在说谎了。但我毕竟还是跟了他去，因为我很想知道他到底要和我开一个怎样的玩笑。

黄昏的洞庭湖上的美丽，是很难用笔墨形容得出来的。尤其是在这秋尽冬初的时候，湖水差不多完全摆脱了夏季的浑浊，澄清得成为一片碧绿了。轻软的，光滑的波涛，连连地，合拍地抱吻着沙岸，而接着发出一种失望的叹息似的低语声。太阳已经完全沉没到遥遥的，无际涯的水平线之下了。留存着在天空中的，只是一些碎絮似的晚霞的裂片。红的，蓝的，紫玉色和金黑色的，这些彩色的光芒，反映到湖面上，就更使得那软滑的波涛美丽了。离开湖岸约半里路的蓼花洲，不时有一阵阵雪片似的芦花，随风向岸边飘忽着。远帆逐渐地归来了，它们一个个地掠过蓼花洲，而开始剪断着它们的帆索。

人在这里，是很可以忘却他自身的存在的。

我被老耗子拉着走着，我的心灵就仿佛生了翅膀似的，一下子活到那彩霞的天际里去了。我只顾贪婪地看着湖面，而完全忘记了那开玩笑的事情。

当我们走近了一个比较干净的码头的时候，突然地，老耗子停住了。他用一只手遮着前额，静静地，安闲地，用他那眯眯的小眼睛，开始找寻着停泊在码头下的某一个船只。而这时候，天色是渐渐地昏暗起来了，似乎很难以分辨出那些船上的人底面目。那通统是一些旧式的，灵活的小划船。约莫有二十来只吧。它们并排地停泊着，因为给我看出来了那上面底某一种特殊的标志，我便突然地警觉过来了。

老耗子放下他的手来，对我歪着头，装了一个会心的，讽刺的微笑。因为过份地厌恶底缘故，我便下死劲地对他啐了一口：

"鬼东西呀，你为什么将我带到这地方来呢？"

他只耸了一耸肩，便强着我走下第一级码头基石。并且附到我底耳边低低地说：

"傻孩子，还早啦！……人家的新娘子还没有进屋呢。"

"那末，到这里来又是找谁呢？……"

"不做声，……"他命令地说，并且又拖着走下三四级基石了。

我完全看出了他的诡计。我知道，在这时候，纵使要设法子逃脱，也是不可能的，丢丑的事情了。他将我的手膀挟得牢牢的，就像预先知道了我一定要溜开的那样。天色完全昏暗下来了。黑色的大的魔口，张开着吞蚀了一切。霞光也通统幻灭了，在那混沌的，模糊的天际，却又破绽出来了三四颗透亮的，绿眼睛似的星星。

我暗自地稳定了一下自己底心思，壮着胆子，跟着他走着。码头已经只剩六七级了，老耗子却仍然没有找着他底目的，于是，他便不得不叫了起来：

"秀兰！……喂！——哪里啊！……"

每一个小船上都有头伸出来了，并且立刻响来一阵杂乱的，锐利而且亲热的回叫：

"客人！……补衣吧？"

"格里啦——客人哩！"

"我们底补得真好呢，客人！……"

我底心跳起来了，一阵不能抑制的恶心和羞赧，便开始像火一般地燃烧着我那"没有经过世故的"双颊。老耗子似乎更加变得镇静了，因为还没有听到秀兰的回答，他便继续地叫着：

"秀兰！……喂！……秀兰啦……"

"这里！……王伯伯！……"一个清脆的，细小的声音，在远远的角角上回应着。

一会儿，我们便掠过那些热烈的呼叫，摸着踏上一个摇摆得厉害的小划船了。这船上有一股新鲜的，油漆底气味。很小，很像一个莲子船儿改造的。老耗子蹲在舱口上，向那里面的一个孩子问道：

"妈妈呢，莲伢儿？"

"妈妈上去了！……"

"上哪里去了呀？"

那孩子打了一个喷嚏，没有回答。老耗子便连忙钻了进去，很熟识地刮着火柴，寻着一盏有罩子的小桐油灯燃着了。在一颗黄豆般大的，一跳一跳的火光之下，照出来了一个长发的，美丽的女孩子底面目。这孩子很小，很瘦，皮肤被湖风吹得略略带点黄褐色。但是她的脸相是端正的。她底嘴唇红得特别鲜艳，只要微微地笑一下，就有一对动人的酒靥，从她的两腮上现了出来。她底鼻子，高高的，尖尖的。她的眉毛就像用水笔描画出来的那样清秀。但是我却没有注意到：她底那一对有着长睫毛的，大大的，带着暗蓝色的眼睛，是完全看不见一切的。她斜斜地躺在那铺着线毯和白被子的，干净的舱板上，静静地倾听着我们的举动。

我马上对这孩子怀着一种同情的，惋惜的心情了。

"还有谁同来呀，王伯伯？"她带笑地，羞怯地说。

"一个叔叔！……你的妈妈到底哪里去了呢？"老耗子又问了。

"她说是找秋菊姑姑的，……我不晓得……她去得蛮久了！……"

老耗子摸着胡子，想了一想，于是对我笑道：

"你不会跑掉吗，小虫子？"

"我为什么要跑呢？……"

"好的，跑的不是好脚色。你在这里等一等，我去寻她来！……但是，留意！你不要偷偷地溜掉呀！……要是给别的船上拖去吃了'童子鸡'，那么，嘿嘿！……"他马上又装出了一个滑稽的，唱戏似的姿势："山人就不管了——啊！……"

我非常肯定地回答了他，因为我看破了这条诡计也没有什么大的了不得。而且那盲目的女孩子，又是那样可爱地引动了我的好奇心，我倒巴不得他快快地走上去，好让我有机会详细盘问一下这女孩子——关于他和她们往来的关系。

晚风渐渐地吹大了。船身波动起来，就像小孩子睡摇篮那样地完全没有了把握。当老耗子上去之后，我便将那盏小桐油灯取下来放在舱板上，并且一面用背脊挡着风的来路，提防着将它拂灭了。

那女孩子打了一个翻身，将面庞仰向着我，她似乎想对我说一句什么话，但是她只将嘴巴微微地颤了一下，现了一现那两个动人的酒靥，便又羞怯地停住了。她底那蒙眬的大眼睛，睁开了好几次，长睫毛闪动着就像蝴蝶的翅膀似的，可是她终于只感到一种痛苦的失望，因为她无论如何也不能够看见我。

"你底妈妈常常上岸去吗？"我开始问她了。

"嗳——这鬼婆子！"莲伢儿应着。"她就像野猫一样哩，一点良心都没得的！……嗳嗳，叔叔——你贵姓呀？"

"我姓李……你十一岁吗？"

"不，十二岁啦！"她用小指头对我约着。但是她约错了，她伸出底指头，不是十二岁，而仍旧是十一岁。

"你一个人在船上不怕吗？"

"怕呀！……我们这里常常有恶鬼！……我真怕呢，叔叔！……下面那只渡船上底贾胡子，就是一只恶鬼。他真不要脸！他常常不做声地摸到我们这里来。有一回他将我底一床被窝摸去了，唉，真不要脸！我打他，他也不做声的！……还有，洋船棚子里底烂橘子，也是一只恶鬼。他常常做鬼叫来唬我！……不过他有一枝吹得蛮好听的小笛子，叔叔，你有小笛子吗？"

"有的"。我谎骗她说。"你欢喜小笛子吗？明天我给你带一枝来好了。……你底妈妈平常也不带你上去玩玩吗？"

"嗳嗳，……她总是带别人上去的——没得良心的家伙！……"她抱怨地，悲哀地叹了一口气。"我有眼睛，我就真不求她带了，像烂橘子一样的，跑呀，跑呀！……嗳嗳，叔叔，小笛子我不会吹呢？"

"我告诉你好啦！"

"告诉我？……"她快活地现出了她那一对动人的酒靥，叫道："你是一个好人是吗？叔叔！……我底妈妈真不好，她什么都不告诉我的。有一回，我叫她告诉我唱一个调子，她把我打了一顿。……还有，王伯伯也不好，他也不告诉我。他还叫妈妈打我，不把饭我吃！……"

"王伯伯常常来吗？"我插入她的话中问道。

"唔！……"她的小嘴巴翘起了，生气似的。"他常常来。他一来就拖妈妈上去吃酒。……有时候也在船上吃！……我底妈妈真丑死了，吃了酒就要哭的——哭得伤心伤意！王伯伯总是唱，他唱得我一句都不懂！……他有时候就用拳脚打妈妈！……只有那个李伯伯顶好啦！他又不打妈妈，他又欢喜我！……"

"李伯伯是谁呀？"

"一个老倌子①，摸摸有蛮多胡子的。他也姓李，他是一个好人。……还有，张伯伯也有胡子，也是一个好人。……黄叔叔和陈叔叔都没得胡子。陈叔叔也喜欢我，他说话像小姑娘一样细，……黄叔叔也顶喜欢打妈妈——打耳刮子！……另外还有一些人，妈说他们是兵，会杀人的！我真怕哩！……只有一个挑水的老倌子，妈可以打他，骂

---

① 老倌子：即湘语老头子。——原注。

他！……妈妈说他没得钱——顶讨厌！嗳嗳，他买糖我吃，他会笑。他喜欢我！妈妈这样顶不好——只要钱，只吃酒。她底朋友顶少有一百个，这一个去，那一个又来……"

这孩子似乎说得非常兴奋了，很多的话，都从她底小嘴里不断地滚了出来，而且每一句都说得十分的清楚，流利，尤其是对于她底母亲过去的那些人底记忆，就比有眼睛的孩子还说得真确些。这不能不使我感到惊异。并且她底小脸上的表情，也有一种使人不能抗拒的，引诱的魔力。只要她飞一飞睫毛，现一现酒靥，就使人觉得格外地同情和可爱了。

我问她底眼睛是什么时候瞎的，她久久没有回答。一提到眼睛，这孩子底小脸上就苦痛起来了，并且立刻沉入到一种深思的境地，像在回想着她那完全记不清了的，怎样瞎眼睛经过似的。半天了，她才愤愤地叹了口气说：

"都是妈妈不好！……生出来三个月，就把我弄瞎啦！清光瞎呢。……我叫她拿把小刀割我一只耳朵去，换只看得见的眼睛给我，她就不肯。她顶怕痛，这鬼婆子！……我跟她说——嗳嗳，借一只眼睛我看一天世界吧！……她就打我——世界没有什么好看的，通统是恶鬼！……"

一说到恶鬼，她底脸色，就又更加气愤起来。

"她骗我，叔叔。……像贾胡子和烂橘子那样的恶鬼，我真不怕哩！"

湖上底风势越吹越大了。浪涛气势汹汹地，大声地号吼着，将小船抛击得就像打斤斗似的，几乎欲覆灭了。我的背脊原向着外面的，这时候便渐渐地感到了衣裳的单薄，而大大地打起寒战来。我只能把小灯一移，把身子也缩进到中舱里面去。我和这孩子相距只有一尺多远了。正当我要用一种别样的言词去对她安慰和比喻世界是怎样一个东西的时候，突然地，从对面，从那码头底角角上，响来了老耗子底那被逆风吹得发抖了的怪叫声：

"你跑了吗，小虫子？……"

"我底妈妈回来了。"莲伢儿急忙地向我告诉道。

船身又经过一下剧烈的，不依浪涛的规则的颠簸之后，老耗子便拉着一个女的钻进来了。这是一个三十岁左右的，长面孔的妇人。她底相貌大致和莲伢儿差不多，却没有秀气。也是小嘴巴，但是黑黑的，水汪汪的，妖冶的眼睛。皮肤比莲伢儿底还要黑一点，眉毛也现得粗一点，并且一只左耳朵是缺了的。老耗子首先打了一个大大的哈哈，然后便颇为得意地摸着胡子，向我介绍道：这就是他的情妇——莲伢儿的母亲——秀兰，……并且说：他们老早就预备了，欲将一个生得很好看的，名字叫做秋菊的小姑娘介绍给我。但是他们今天去找了一天，都没有找到——那孩子大概是到哪一个荒洲上去割芦苇去了。……老耗子尽量地把这事情说得非常正经，神秘，而且富有引诱力。甚至于说的时候，他自己笑都不笑一下。……到末了，还由他底情妇用手势补充道：

"娄娄娄，叔叔！这伢儿这样高，这样长的辫子，这样大的眼睛……"

她将自己底眼睛妖媚地笑着，并且接着唱起一个最下流的，秽亵的小调来。

我的面孔，一直红到耳根了。我虽然事先也曾料到并且防到了他们这一着，但是毕竟还是："没有经过世故"底缘故，使他们终于开成一个大大的玩笑了。（幸喜那个叫做秋菊的女孩子还没有给他们找到。）这时候，老耗子突然地撕破了他那正经的面具，笑得打起滚来。那女人也笑了，并且一面笑，一面伏到老耗子底身上。尽量地做出了淫猥的举动。

我完全受不住了，假如是在岸上，我相信我一定要和老耗子打起来的。但是目前我不得不忍耐。我只用鼻子哼了一口气，拼命地越过他们底身子，钻到船头上了。

他们仍旧在笑着，当我再顺着风势跳到黑暗的码头上的时候，那声音还可以清晰地听得出来。只有那盲目的女孩子没有忘记她应该和我告别，就从舱口上抛出了一句遥遥的，亲热的呼叫：

"叔叔！李……叔……叔，……明天……来啊！……小……笛……子呀！……"

我下意识地在大风中站了一下，本想回应那孩子一句的，但是一想到那一对家伙的可恶和又必须得避免那左右排列着的，同样的小船的麻烦的时候，我便拔步向黑暗中飞逃了。

一连四天，我没有和老耗子说一句话，虽然他总是那样狡猾地，抱歉似的向我微笑着，我却老板着面孔不理他。同事们也大都听到了这么一桩事，便一齐向我取笑着，打趣着。这，尤其是那些平日也上过老耗子底大当的人，他们好像又找到了一个新的，变相的报复的机会，而笑得特别起劲了。

"好啦！我以为只有我们上当呢！……"

可是，我却毫不在意他们这样的嘲弄，我底心里，只是老放不下那个可怜的盲目的女孩子。

直到第五天——星期日——底上午，老耗子手里拿着一封信，又老着面皮来找我了。他说他底母亲病得很厉害，快要死了，要他赶快寄点钱去，准备后事，但是他自己底薪金早就支光了，不能够再多支，想向我借一点钱，凑凑数。

一年多的同事，我才第一次看到老耗子底忧郁的面相。他的小胡子低垂了，眉头皱起了，那颗大的红痣也不放亮了，宽阔的鼻子马上涨得通红了起来！……

我一个钱也没有借给他。原因倒不是想对他报复，而是真的没有钱，也不满意他平时的那种太放荡的举动。他走了，气愤愤地又去找另外一个有钱的同事。我料到他今天是一定没有闲心再去玩耍了的，于是我便突然地记起了那个盲目的女孩子，想趁这机会溜到湖上去看看。

吃过午饭了，我买了一枝口上有木塞的，容易吹得叫的小笛子，一个小铜鼓，一包花生，糖果，和几个淮橘。并且急急地，贼一般地——因为怕老耗子和其他的同事看见——溜到了湖上。

事实证明我的预料没错——老耗子今天一天没有来。莲伢儿底妈妈吃过早饭就上岸去寻他去了。

我将小笛子和糖果通统摆在舱板上，一样一样地拿着送到这孩子底小手中。她是怎样地狂喜啊！当她抓住小笛子底时候，我可以分明地看见，她的小脸几乎喜到了吃惊和发痴的状态。她底嘴唇抿笑着，并且立刻现出了那一对大大的，动人的酒靥来。她不知所措地将面庞仰向着我，暗蓝色的无光的眼睛痛苦地睁动着。……

"叔叔呀！这小笛子是你刚刚买来的吗？……嗳嗳，我不晓得怎样吹哪！……哎呀——"当她底另一只手摸着了我递给她的橘子和糖果底时候，她不觉失声地叫道：

"这是么子呢？叔叔——嗳嗳，橘子呀……啊呀，还有——这不是花生吗？有壳壳的，这鬼家伙！……还有——就是管子糖呀！……嗳嗳，又是菱角糖！……叔叔，你家里开糖铺子吗？你有钱吗？……我妈妈说，糖铺子里底糖顶多啦，嗳嗳，糖铺子里也有小笛子买吗？……"

她畏缩地，羞怯地将小笛子送到了嘴边，但是不成，她拿倒了。当我好好地，细心地给她纠正的时候，她突然地飞红了脸，并且小心地，害怕似的只用小气吹了一口：

"述——述——述！……"

我蹲着剥橘子给她吃，并且教给她用手指按动着每一个笛上的小孔，这孩子是很聪明的，很快就学会了两三个字音，并且高兴到连橘子都不愿吃了。

我回头望望湖面，太阳已经无力地，懒洋洋地偏向西方去了。因为没有风，远帆就像无数块参差的墓碑似的，一动不动地在湖上竖立着。蓼花洲湖芦苇，一小半已经被割得像老年的癞痢头一样了。我望着，活泼的心灵，仿佛又欲生翅膀了似的几乎把握不住了。

莲伢儿将笛子吹得像鸡雏似叫着，呜溜呜溜地，发出一种单调的，细小的声音。她尽量地将小嘴颤动着，用手指按着我教给她的那一些洞孔，但是终于因了不成调子的缘故，而不得不对我失望地太息了起来：

"叔叔，我吹得真不好呢！……嗳嗳。只有烂橘子吹得顶好啦！他吹起来就像画眉一样叫得好听，……叔叔，你听见过画眉叫么？秋菊姑姑拿来过一个画眉，真好听呀！她摸都不肯给我摸一摸，……叔叔，画眉是像猫一样的吗？……"

我对她解释道，画眉是一种鸟，并不像猫，而是像小鸡一样的一种飞禽，不过它比小鸡好看一点，毛羽光光的黄黄的，有的还带一点其他的彩色，……

一说到彩色，这孩子马上就感到茫然起来。

"叔叔，彩色是么子东西呢？"

"是一种混合的颜色——譬如红的，黄的，蓝的，绿的——是蛮好看的家伙！……"

想想，她叹了一口气说：

"我一样都看不见呀，叔叔！……我的妈只晓得骗我！她说世界上什么好家伙都没得，只有恶鬼，只有黑漆！……"

我又闭着眼睛对她解释着：世界上并不只是恶鬼，只是黑漆，也有好人和光明的。这不过是她的妈妈的看法不同罢了，因为人是可以把世界看成各种各样的。……

"叔叔，你说么子呀？……"她忽然地，茫然地叫道。"你是说你要睡了吧？听呀，我底妈妈回来了！……她在哭哩！一定又是喝醉了酒，给王伯伯打了的，这鬼婆子！……你听呀，叔叔。……"

"那末，我走吧！"我慌忙地说。

"为么子呢？"

"我不喜欢你的妈妈。……我怕她又和那天一样地笑我。"

"不会的，叔叔！等一等。……"她用小手拖住我的衣服。"她喝醉了酒，什么人都不认得的，她不会到中舱里来。……"

我依着这孩子底话，在艄后蹲着，一会儿，那一个头发蓬松，面孔醉得通红的，带着伤痕和眼泪的莲伢儿底妈妈，便走上船来了。船身只略略地侧了一下，她便横身倒在船头上，并且开始放声地号哭了起来。

莲伢儿向我摇了一摇手，仿佛是叫我不要做声，只要听。

"……我的男人呀！你丢得我好苦啊！……你当兵一去十多年——你连信都没得一个哪！……我衣——衣没得穿哪！我饭——饭没得吃哪！……我今朝接张家——明朝接李家哪！……我没有遇到一个好人哪！……天杀的老耗子没得良心哪！——不把钱给我还打我哪……"

莲伢儿爬到后面来了，她轻声地向我说：

"叔叔，瓜瓢！"

我寻出了一个破瓜瓢来，交给她递过去了。我望着她妈妈停了哭声，狂似的舀了两瓢湖水喝着，并且立刻像倾倒食物似的呕吐起来。我闻着了那被微风拂过来的酒腥气味，我觉得很难受得住，而且也不应该再留在这儿了。我一站起身来，便刚好和那女人打了一个正正的照面。

她底眼睛突然地，吃惊地瞪大着，泛着燃烧得血红的火焰，牢牢地对着我。就仿佛一下子记起来了我过去跟她有着很深的仇恨似的，而开始大声地咒骂着：

"你这恶鬼！你不是黄和祥吗？……你来呀——老娘不怕你！你打

好了！……老娘是洞庭里底麻雀，——见过几个风浪的……老娘不怕你这鬼崽子！……哈哈！你来呀！……"

她趁势向中舱里一钻，就像要和我来拼命似的。我可完全给唬住了！但是，莲伢儿却摸着抱住了她的腿子，并且向她怒骂着：

"你错了呀！鬼婆子！这是李叔叔呀！——那天同王伯伯来的李叔叔呀！……人都不认得哩，鬼婆子！……"

"啊！李叔叔！"她迟疑了一回，就像梦一般地说道："我晓得了！……我晓得了！……他不是黄和祥，他是一个好人！……是了，他喜欢我，他是来和我交朋友的！……小鬼崽，你不要拖住我呀！……来，让我拿篙子，我们把船撑到蓼花洲去！……"

我底身子像打摆子似的颤着！我趁着莲伢儿抱住了她底腿子，便用全力冲过中舱，跳到了码头上。

当我拼命地抛落了那个醉女人底错乱的，疯狂似的哈哈，一口气跑到局子里的时候，那老耗子也正在那里醉得发疯了。他一面唱着《四郎探母》，一面用手脚舞蹈着，带着一种嘶哑的，像老牛叫似的声音：

"眼睁睁！……高堂母，……难得……见……啊啊啊啊！儿的老娘哪！……"

我尽力地屏住了呼吸，从老耗子的侧边溜过去了。为了这一天底过分的无聊、悔懊和厌恶，我便连晚饭都不愿吃地，横身倒在床上，暗暗地对自己咒骂了起来。

一九三六年十月二日

（原载1936年10月《作家》第二卷第一号）

懒 捐

一

二月初二,好日子,土地老爷生日。

太阳刚刚露出半边面孔来,邓石桥,什么人都爬起来了。最初的是孩子,三个五个一群,攀折嫩绿的柳枝,赶牛,追着野狗,有的还提着一篮猪粪。像流星似的,散布在全村的田边旷野,绿荫的深处。

丁娘,那个中年的寡妇她很早就爬了起来。煮熟了隔夜的猪蹄,酒,饭,用一个小小的盘儿盛起来,叫儿子宝宗替他端着。由小茅棚子里,沿着曲折的田塍,徐徐向土地庙那儿走去。

宝宗很庄重在走在母亲的前面,那姿态,确是像一条力大的蛮牛,粗黑的四肢,硕长的躯干,处处都能使母亲感到欢欣和安慰。那一颗慈母的心儿,不住地跳着——好啊!一十六年的苦头,我总还不曾白吃。

孩子们,老远地,从四面八方跑将拢来,都向丁娘亲热着。因为平时，丁娘是他们最有力的爱护者。他们高高地将手中的柳条儿扬起来，像欢迎着灯笼赛会一样：

"妈妈，那儿去哪？"

"敬土地公公去。"

"我们同去好吗？"

"好哇！只不许你们吵闹！"

"是的。"

像一群小鸟，一步一跳地跑在前面，柳枝在他们的手中乱飞乱舞，怪有趣。有些，还赶上去，要代替宝宗端盘儿。

"不要你们！不要你们！这里头汤水多哩。"

在土地庙门口孩子们围了一个圈儿，望着丁娘那个虔诚的样子，小小的心儿都沉默着。丁娘拜着，叩了无数个头，又伏着默祝了许久，才站起来，叫宝宗去拜。

宝宗刚刚跪下去，孩子们便都笑将起来了：

"哈哈！宝哥不要脸，平常还打土地菩萨呢！"

宝宗的脸涨得飞红，狠狠地瞅了孩子们一眼。

在回家的路上，丁娘便殷勤地嘱咐着宝宗：

"你应当晓得妈的苦心，打菩萨，触犯神明，多罪过啊！去年，你头一次下田，不是土地公公保佑，会有那样好的收成吗？今年，你更要恭敬啦。捐税又多，日子都是那样难过的，要是你不尽力，不诚心，妈依靠谁呢？妈的苦能向谁说呢？你的年纪已不小了啦！今年，今年，你应当给妈争气啊！……"

"是的！妈，我晓得……"

宝宗的嗓子是酸的。一直到家，他没有说过一句话。他怕妈听了难过，他只在自己的心中，暗暗地打着无数个疑问的符号，因为他有很多地方不明白，为什么他去年辛辛苦苦种下来的谷子，一定要平白地送给人家。

去年，他才只十五岁呢，妈便将田从佃户的手里收回来，叫他自己耕种。妈是十四年前就守寡了的，那个时候妈还只二十三岁。他呢？他还不过是一个未满四个月的孩子。爹一死，一家就只剩下她们这母子两个人。年轻的妈处处都受着人家的欺凌和侮辱。她忍着痛，在眼泪和心血的交流中，终于将这孩子养大成人了，而且，还有着一付那样强壮的身躯，她是如何的应当骄傲啊！微笑，便经常在她脸上挂起来，她将永远地不再伤心了。她望着这可爱的孩子，她的眼前便开展着一幅欢愉的图画。她什么都有办法了啦。就是平日专门想方法来欺侮她的人，在这个时候，也都转变为称颂她的人了：

"丁家嫂，毕竟不错啊！"

她怎么不应当骄傲呢？老年人更没有一个不称赞她的，都说她已经走上了康庄的大道了，这十多年的苦头不是白吃的。幸福，马上就要降到她的头上来了，幸福的人哟！

因此，在去年的春天，宝宗刚刚十五岁的时候，她便拼命地将自家的几亩田从佃家的手中要回来。雇了一个长工，和宝宗一同耕种。

牛一样的气力，宝宗是毫不费力地同长工将十五六亩田种下来了。秋初第一次的尝试，每亩田居然会收到十来石谷子，宝宗便欢喜得叫将起来：

"妈妈！种田真容易啊！"

妈的心中，满怀着说不出来的欣慰。苦，她真是不曾白吃啦；后来虽然谷价跌落了，捐税又像剃头刀似的，将她所收下的谷子统统刮个精光。可是妈的心中，都总还是那么安然的毫无畏惧似的。因为她已经有了一个争气的儿子了，她还有什么要值得担心的呢？卖田，抗租，抗税那简直疯狂了的，再没有出息不过的人干的丑事啊！

所以今年她得特别多敬些菩萨，她得更加尽量地督促着儿子，辞退长工，用母子两人的力量，来创造一个新的世界，谁说孤儿寡妇不能干出伟大的事业呢？在丁娘的心中，那是一个如何鄙陋的见解啊！

母子们日夜地勤劳着，等候着。等候着那一个应有的幸福，降临到他们这一对可怜人的头上来。

二

离清明只差三天了，去年曾是一个大丰年的邓石桥，今年可家家都没有种谷，家家都吃杂粮，"清明泡种"，谷只卖两元钱一石，可是，谁都没有方法能够捞到几块钱的种谷钱。

乡长，绅士，联名向县政府去请愿，要求借一两千谷种下来，在往年，这是常事。可是今年，县政府一粒也不曾答应，谷是有的，统统关在县库里，半颗也不能发下来。为什么呢？没有一个人能解答出这一个问题。

乡长们垂头丧气地跑回来，向全村的农民报告这回事的时候，曾引起过大家的公愤："她妈的！'官出于民，民出于土！'他不借谷种给我们，他们要不要我们完捐纳税呢？操他的祖宗，我们大家都打到县库里去，抢谷种去！……"结果，乡长怕闹出乱子来，用了极缓和的说法，将大家愤怒压下了：

"我想，这是不必的！往年借谷种，县库里从来没有不答应过。今年一定有什么另外的原因，不然，他们决不会这样傻，难道他们就不要我们完捐纳税了吗？今天还只十七，离清明还有三四天功夫，我们不妨再等两三天看看！要是他们真的不借给我们的话，我们再去和他们理论也还不算迟的……"

一天，两天，……清明节。县政府始终没看见派人下乡来。怎么办呢？邓石桥全村的人们都感到惶恐不安，"难道我们真的不下种了吗？

她妈的。……"有的愤骂着，有的到处去想法子借钱，有的便什么都置之不理，让田土自己去荒芜起来……

"妈！我们下不下种呢？"

"不下种？吃什么东西？吃泥土吗？"

"我是说的谷种钱啦！"宝宗显出非常困难的样子。

"我总得想办法的！"

丁娘，从床底下，打开着一口破旧的衣箱，很郑重地取出一个纸包子来，打开给宝宗看：

"这是我的一只银手镯，那是你小时候带的颈圈，两样，到城里去总该可以换三四元钱吧！……当心些！妈收的真苦啊！要不是自己种田买种谷……"

"唔！"

宝宗的喉咙像哽了一块石子。将纸包插在怀中，飞步地向城中赶了去。

下午，在宝宗还没有回来的当儿，团防局的团丁拖了一大串人犯光临到丁娘的茅棚子里来了：

"这里是姓丁吗？"

"是的！……"丁娘定神一看，险些儿没有吓倒。"什，什么？老，老总爷爷！"

"丁桂生名下，预征四十七年田赋一两，正税附加共六十一元九角，除正税六元须即日缴纳外，附加概限在四月底缴齐！"

"怎，怎么的？"

"粮饷？！"一个晦气色的团丁，将眼瞪得酒杯那么大。

"饭，饭都没有吃的啦！"

"没有吗？赶快叫出你的儿子来！……"

"他，他不在家了！……"

"混账？！"

团丁们，刚刚要亲自动手，搜查这小茅棚子的时候，宝宗恰巧从外面赶回来了。

"妈，什么事情啦！……"

话没有说完，团丁们便一把将他拖着。结果：人没有被带到县城去，而辛辛苦苦用银器换来的五元钱，却被当做四十七年的饷银征去了。临走，还被捉去了一只大雄鸡，算是补充正税的不足。

"天啦！我的命为什么这样苦呀！……"

"有什么办法呢？妈！只要有人在……"

噙着眼泪，惨痛地凝视着心爱的儿子，丁娘，只得勉强地装起笑脸来，重新地来计划着如何才能够在一两天内捞到两三石种谷。不下种，母子们的生活是毫无把握的啊！

"那么，你就把田契拿到黄爹爹家里去看看吧！只要能够捞到两三担种谷钱！……"

"好的！"

当宝宗怀着田契走出去的时候，丁娘又过细地打算了一番：无论怎么样，种子是不能不泡的。假如黄爹爹不肯的话，她还得想其他的办法呢！

入夜，宝宗回来了，哭丧脸地摇了一摇头。

"怎么？黄爹爹不肯吗？"

"答是答应的，他要到五天以后。"

"还来得及吗？"

"迟谷！'红毛须'，还可以。他，他答应了替我们送来。"

"那我们就种'红毛须'吧。"

虽然谷子还没到手，丁娘的心总算是已经安定了许多，至少，已经有了着落。

一天、两天……第四天是谷雨。因为种谷仍旧还在人家手里，丁娘的心中总不免感觉到有些焦灼。一焦灼，便什么事情都糟了糕，团防局里又派了一大排团丁下乡来了，这回的名目可不再是什么征田赋，而是干脆地要捐给他们自己。

在无可奈何之中，宝宗也只得和其他的人一样，被团丁用绳子牵了去，等丁娘将黄爹爹处借来的种谷卖掉时，宝宗已经足足地关了七天了。

"妈！什么都没有办法了啊。谷雨已经过了这么久了，全村的人，除黄家以外，没有一家曾下过种谷的，我们种什么呢？"

"命苦！什么都是不能种的，听天由命吧！……"

丁娘望着门外那一遍荒芜的田野，心中一酸，眼泪像雨一般地滚着。目前美满的梦幻，已经给事实打得稀烂了。未来的生活全是那样渺茫的，甚至于毫无着落，她的心房，像给什么人挖去了一块。要不是怕儿子过份的悲哀哟！她简直就想这么放声地大哭一阵。

"天，天哪！你为什么专寻我们寡妇孤儿来作对呢？"

三

不知道是什么地方传来的消息，说是沧水铺，大渡口，许多地方，没有谷下种的田，通通改种了鸦片烟了。邓石桥，有很多在发起种，恐马上就会要实行起来。

"鸦片烟？那是害人的东西呀！不犯法吗？"

"犯法？还是团防局里吩咐种的啊！"

"为什么呢！"

"种鸦片烟赚钱啦。"

丁娘，她是一个恨鸦片烟的人，她虽然没有见过那个捞什子东西，但她听见人家讲过。那是一种有毒的东西，吃着会有瘾，会令人瘦得同骷髅一样的，而且，吃了这东西，便什么事情都不能做。她不懂，为什么人家都欢喜吃它，为什么团防局里还要叫大家都种。

"你也打算种吗？三胡髭。"

"怎么不种啊！至少一块钱一两，赚钱呀！你呢？"

"罪过哟！我是不种的。"

"不种？没那样傻的人哟！"

三胡髭便眯着那双老鼠眼睛，朝丁娘手舞足蹈地乱说起来。

"至少，一亩田，得收六十两，一块钱一两，就有六十块呀！……"

"六十块！"

"对啦！六十块，一亩六十，十亩六百，你家里十六亩，六六三百六，就有一千来块啦！"

"啊唷！"

丁娘险些儿吓了一跳。一千块她可从来没有听过这么大的数目儿。她不相信鸦片烟能有这样好。

三胡髭的话有些儿像是真的；但，又有些儿像是说谎，她可没有方法能决定。

"好吧！等大家都种了再说吧。"三胡髭常常来游说的时候，她总是拿这么一句话儿来回答他。

宝宗，那孩子，的确有些使丁娘着急。不知道是怎么的，自从在县城里关了那回以后，就像有些变了模样儿似的。丁娘，她是时时刻刻地在关心着。她什么都得靠儿子，什么事情都得和儿子商量，她看儿子有什么不安时，她总得问个明明白白：

"你在想些什么呢？"

"妈！我想去年陈老三他们那些人啊！"

"想他们？做什么呢？"

"妈，去年，他们不缴租，他们是有些儿道理啊。要是我们今年同他们一样，不缴捐款，我们不是都已经泡了种吗？"

"狗屁！陈老三，枪毙了呀！不许你乱想！"

"还有柳麻子他们，还正在罗罗山呢。"

"狗屁！……"

丁娘的心中暗暗地吃了一惊，她想不到这孩子竟会变到这样糊里糊涂起来了。她怕他真的要弄出来什么乱子，她总是寸步不离在他的左右跟随着。一直到全村子里的人，都开始播种烟苗以后。

烟苗，是团防局里散发下来的，将来收下来时，每亩田，应当归还团防局十两，算是苗费。丁娘，她本是不打算种的，后来是看见大家都种了，又禁不住三胡髭那么说得天花乱坠地左劝右劝，她才下着那最后的决心。

种下来，就像蔬菜萌芽一样，很快地便蓬勃了，随着南风而逐渐地高长起来。不到几天，满村全是一片翠绿，正像禾苗张着苞的全盛时代，怪好看的。

人们的心中，又都随着烟苗的高长，而掀起着各种不同的变化。像三胡髭那样的人他的计划是非常周到的。他差不多逢人就说：他这回一定要发财了。他有七亩田，他的烟比别人家的都种得好，一亩田，至少有七十多两东西好收。七七四百九，五百块钱稳拿。他发财了啦，他可以做几身好的衣服。他今年四十岁，他得那个，那个，他从来没有讨过老婆，他要吃得好一点……

"是吗？我说，丁家嫂！我总得快活一下子啦。四十岁了，四十岁了，难得今年天照应……"

"好啊！"

一次又一次的熏陶，将毫不把烟苗放在心上的丁娘，也说得有些儿摇摇欲动了。

"真有那样的事情吗？"她想，"三胡髭说得那么认真的，要是真能够收七十两东西，我，我也得发财啦！……"

她真有点儿不相信。事实却又明明白白地摆在她的面前。那田野，那绿绿的东西！只要开花，结桃子……不就是三胡子所说的那样的世界到了吗？这，实在不能说三胡子的是鬼话。真的呀……

于是，丁娘，也便暗暗地在她自己的心中盘算起来了：还债，修房子，讨个媳妇儿，一家人过着安闲的日脚！……因此，她每天都在向人家学习！什么时候能划桃子，什么时候收浆，收了浆，怎样地去晒土！……

一切都学好了，都准备好了，丁娘的希望也一天天的坚实起来了。只有宝宗，他一个人不同，他总觉得这事情不大那个，不大像有希望似的。他常常劝他的妈不要妄想，世界上没有那么便宜的事情，恐怕还有什么花样跟在后面呢。……可是，丁娘不相信，她总觉得宝宗是吃了什么人的迷魂汤，说疯话，她得看守他，不许他跟任何人跑出去。

日子过得真快，全村的罂粟花，都露出了水红色的面孔。一朵一朵的，像人们怒放着的心花一样。衬在绿叶儿的上面，是多么鲜艳啊！这令人可爱的家伙。

人们又都加倍地忙碌着。虽然，他们都是吃着蕃薯，杂粮，玉蜀黍来工作的，可是，他们却没有一点儿疲劳的样子，因为他们的眼睛前，已经开展了新的巨大的希望。

一切都是快乐的，欢喜的，快乐得像走上天堂一样。浆刮子，小刀儿，盆，钵，都准备好了，只等罂花一谢，马上就得开始划桃子的。可是，不知道是什么别扭，突然地——在乡公会大门前，闹出了一个像青天霹雳似的消息。

"什么，又来了委员？"

"委员！还有告示呢。一大张一大张地贴在乡公会的门首。"

"我操他的妈！他把我们，把我们一个什么名目？"

"名目：杂粮捐！"

"为什么呢？"

"他说我们有稻不种，种烟苗。我们都犯了'穷法'，所以都要捐，每亩田，正附是四十三块，还有团防的烟苗费。……"

"'有稻不种'！我操他归了包锥的祖宗！他不是不肯借谷我们吗？'烟苗'，不也是他们自己发下来的吗……"

"是的！三胡髭。什么全是圈套啦，他们不发种谷，借烟苗，我告诉你，全是圈套。他要我们给他种了，他得现成。我们，我们得操他的八百代祖宗啊！……"

三胡髭闷足了一口气，脸上已经涨得通红的了。他尽量地想说出一句什么话来，可是，他说不出。他只是气，气，……

因为他的巨大的希望，眼见得又将成为泡影了。终于，他拼性命似的迸了十来个字出来。

"去！我们都和这些狗入的委员算账去！"

下午，千百个人团集在乡公会的门前，由团丁和卫队们开了三四十响朝天枪，算是代替了委员老爷们的回话。

"怎么办呢？我操他的八百代祖宗。"

"怎么办？"宝宗从人丛中跳了出来，"说来说去，反正都是种的这鬼鸦片烟。现在，我们已经捞不到这鬼东西的好处了，我们不如大家齐心，把它拔了起来，一股脑儿全给它毁掉，大家都弄不成，看他还能派我们的什么鬼捐鬼税。"

"好，拔下来！反正大家都捞不到手了。"

"不给那班忘八入的得现成！"

只有三胡髭没有作声，"拔起来"，真是可惜！但是大家都跑到田中去拔的时候，他却又没法能够阻止他们。

"真可惜啊！"

夜晚，全邓石桥的烟苗便统统倒在田土上。

四

拔去了祸根之后，全邓石桥的农民，都像是非常安心了似的。都各别的去寻找着他们自家的出路。乡公会里的委员老爷们也偷偷地溜去了，光景总该再没有什么花样出了吧。

丁娘的心绪，又同那借不到种谷时的情形一样了。焦灼而烦乱地，想不出来丝毫办法。生活差不多又已经走到了绝境了，而未来的出路仍旧是那么迷茫的。仅仅是有田，有蛮牛似的孩子，又能得到什么裨益呢？

在各种不同的刺激交集中，丁娘终于病倒下来了。然而，她还是不馁气。她还是一样地督促着儿子，指挥着儿子，做各种日常的工作。

在一个母子们闲谈的午夜。突然地，外面跑进来了一个行色仓皇的中年的男子。宝宗定神地一看——是三胡髭。

"为什么这样慌张呢？三胡髭！"

"不，不，不得了！县里又派人来征什么懒……懒捐的来了。上屋的王子和，同李老大，江六师公，都给捉了去。现在还到处捉人。很多人都跑到罗罗山去了，你，你……"

"什么？懒捐！？"

"是的！懒捐！拔掉了烟苗的都是懒鬼，都得抽懒捐。"

"抽多少？为什么这样快呢？"

"没有数！见人就抓！你得赶快跑！你是发起拨苗的人，你得赶快跑……要不然！……"

三胡髭像怕人追着了他似的，话还没有说完，就拔着腿子逃了。

"怎么办呢？妈！"

"你！你，你赶快逃啦！"

"逃？你老人家？……"

"你去！你不要管我！去吧！平静了，再回来。"

"我，我不能放心你，妈！……"

"赶快去……"

丁娘，尽量地挥着手，样子像急得要爬起来，宝宗连忙跑上去将她扶着。

"好！妈！你睡吧！我去，我就去！你放心吧！放心吧！我，我！……"

天色已经乌黑了，远远地，有一阵嘈杂的人声，渐渐地向这儿扑来了。宝宗，背着一个小小的包袱，他很急速地蹓出了自己的茅棚子，准备向着罗罗山那方奔逃着。因为那儿，还有早就被赶去了的一大伙呢。

回头望望家，望望妈妈的病床，宝宗的心房像炸裂了一样。腿子抖战地，像浸在水里。他再用力地提将起来，向黑暗中飞跑着。

"妈呀！……"

第二天，全邓石桥像沉了似的。旷野里，看不到行人，看不到任何生物。除了那遍野憔悴的罂花，和一杆团防分队的大旗以外。

一九三四年四月六日下午十时在上海

（原载1934年5月《中华月报》第二卷第五期）

毕业论文

一

"多少钱？"

"五块钱。"

我摇了一摇头：

"五块钱做一篇毕业论文，我可不干。"

"马马虎虎吧，老李！反正随便你去胡乱凑一些就得了，只要是一篇文章。"

老胡皱了一皱眉头，表示非常为难似的说。我心中便稍为活动了一点：

"那么，要做多少字呢？"

"总得五六千字啦！"

"五六千字？"

我向老胡盯了一眼。心中很生气地叫了起来：

"怎么？五块钱要做六千字！难道我的文章一块钱一千字都不值吗？岂有此理！我不做！……"

"帮帮忙吧，老李！你横直闲着。我，我，实在不会做！"

老胡的样了像要哭。

"蠢东西！谁叫你来找我的呢！你又不是毕业生！"

"没有办法啦。这，是，是……"

"谁的呀？"

"是，是——"

老胡不好意思地停了一下。接着：

"是密司王的呀！"

"哈哈！你这混帐东西！原来是你看上了密司王啊！也罢，我给你帮帮忙吧！明天吃午饭时你来拿好了。不过，你得先拿钱给我——我的货原是求现不赊的。"

老胡欣然走后，我便连夜借了三四本论艺术的书来，东抄一段，西凑几句，一直弄到天亮，才算把这篇伟大的毕业论文做完了。

正午，老胡跑来，看也不看地就把文章拿了去。我于是买了些酒菜，在亭子间里大吃大喝起来。

二

我正在做着梦，有人跑进我的亭子间中来了。

"你为什么这样早就睡了呢？"

"啊啊！密司王……"

我仓皇失措地爬了起来，心中像作了贼给人家发现了一样："说不定是我那篇论文要不得，她跑来寻我退钱的吧。"我连忙满脸笑容地迎了上去：

"请坐！长日不见啦！……"

我装做非常镇静似的。

"是呀！我真忙哩。我，咳！咳！……啰！……"

她从怀中摸出一束纸头来，向桌上一放。接着：

"就是为了这篇毕业论文啦！我真忙死了，找了一个多星期的参考书，才把它做完。现在请你给我……"

"啊啊！……"

我险些没有笑掉牙齿。接着便恭恭敬敬地说：

"不敢！不敢！那一定很好啦。"

"斧正，斧正！……"

我于是把那个纸包儿打开来：

我胡诌的那篇东西经她抄写了一遍。起首：不错。看下去：不错。掉了两个字：不要紧。改了一句：唔！改糟了……马马虎虎。又改了一句：唔！……还是硬着心肠地看下去吧。终于……天啦！我怎么也忍耐不住了：

"密司王！好！好！不过，我觉得……"我吃吃地说：

"我觉得，这，这个地方……我看似乎……"

"嗳！是呀！这个地方……"

"似乎有些不大接气吧？……"

"嗳！那么！嗳！……就请你……"

我连忙提着笔，照我的原文替她乱涂了一阵。她站在旁边很不好意思似的：

"谢谢你！我简直是被参考书迷昏了啊！"

（原载1934年2月《申报》副刊《自由谈》）

广　告

我的长篇小说快要出版了，我非常高兴。我本想跑出去告诉我的许多朋友，要他们和我道喜的；但天突然落起大雨来，没有雨具，我就只得像关在鸡埘中的鸡一般的关在亭子间里了。

我的脑子使我一刻儿都不能安静，我老想着我的书出版以后将得到怎样的毁誉与批评。我吸着一根香烟靠在窗口上，眼睛望着那数不清的雨丝，心里不安地，频繁地冲击着。

对于批评家，我一向是讨厌他们，看不起，而又有些害怕他们的。他们差不多都不曾知道作家创作的艰难，和作品主题的高深的意义。甚至于可以说：他们什么都不懂。他们读你的作品，就像苍蝇叮食物似的，不管是香的，臭的，它们还没有叮到食物的味道，就老远老远地，嗡嗡唧唧地哼了起来，并且还得意地告诉人家说："这就是我的对于这部作品的最确切的批评呀！……"

我的长篇小说，我很知道：是不会讨得批评家的欢心的。他们一定看不出来我的隐藏在作品中间的高深的意义，他们一定不耐烦的。刚刚开场他们就会看不下去，他们决不会知道我的作品的精彩部分在什么地方。再加以,我的名字又是他们所生疏的。当然……一定。不过,我还并不十分着急,至要的,还是读者。

我对于读者,是很有些把握的。但偶一转念:读者有时候也会盲目地跟着批评家跑,听信着批评家的造谣和污蔑,心里就又有些惶惶地不安起来,……

"中国一般的文化水准的确还是太低了些!"我这样深深地感慨着。

外面的风雨更加大了,我丢掉手中的半截香烟头,开始离开窗口,在房间中来回地走着。我竭力地要丢开着坏的这一方面的心思,朝好的一方面想:有了这样好的,伟大的一部作品也许马上就会另外产生出一个新的,伟大的批评家来的。当然,我的作品并不难读,只要他稍为有一点儿文艺理论的基础,还稍为有点读伟大作品的耐性,就够资格来读我的作品的。那时候,他的批评一定会因我的作品而成名;我呢,也就能得到我在文坛上应得的地位了。

这样地想着,我的心里就又慢慢地安静起来。我渴望着马上有一两个朋友从雨中跑来探望我,谈谈心,商量商量书出版后用怎样的方法来宣传和介绍。

突然地,我的房门响了。我还没有来得及转过身去,就看见书店里的伙计,浑身淋得像落水鬼似的闯进了我的房间,并且恭敬地,抱歉似的笑着。

"先生,好啦!"

"进版税来的吗?"我连忙问。

"不是,先生。版税要等出版以后到经理先生那里去支,我是来找先生讨张广告的。"

"广告?"

"是的,先生。"

"谁的广告呀?"

"就是先生的那部长篇小说呢。他说着，抖了一抖雨衣上的水珠，并且坐了下来，告诉我：因为他们的广告主任看不懂，也看不完我的长篇小说，所以他叫他来找我替自己的小说写一张广告的。"

我不由地生起气来了：

"他看不懂我的小说吗？"

"不是，先生。他是什么人的书都看不懂，什么人的书都看不完的，并且他也没工夫统统看。"

"那么其他人的书呢？"

"也大半都是请其他的先生自家作的。"

我昂头想了一想，心里觉得怪不舒服："原来……"但是突然地，有一种另外的，不可告人的秘密，涌上我的心头了。

"人家知道了不会笑话吗？"

"不，没有关系；先生，这是人家不知道的。"

我叫他坐在我的床边等着，我提起笔来，先在纸上画了张广告的式样。于是，我的对于自己作品所要说而怕人家说不出，说不好的许多评语，便像潮水似的冲激了起来。什么批评家，读者，朋友……一概都从我的心潮中冲跑得无影无踪了。好像只要有人能看得到我的广告，就什么都无须顾虑了似的，写道：

"这是一位青年作家饿着肚皮，费了三年半艰苦的时光，写出来的一部伟大的长篇小说。这里有《战争与和平》那样不可一世的才气，有《铁流》那样惊心动魄的取材，有《毁灭》那样洗炼的手法，有《土敏土》那样沸腾的热情，有《希罗斯基》的闹忙和《十二把椅子》的讽刺……作者因此一跃而登世界文坛的最高峰，是不无原因的。……印刷精美，定价低廉……假如你还不赶快趁机会买一本，将来一定会要后悔得自杀的……"

（原载1935年7月《申报》副刊《自由谈》）

电车上

我带着一种非常不高兴的，懊恼的情绪，踏上了十七路无轨电车。这是因为我正和家里的人，怄了一点闲气，而且必须在一个约定的时间以前，赶到遥远的地方去会一个病重的朋友。

三等车上的人，早已经挤得满满的了，拼命地挤进去，就有一股刺鼻的汗臭、人肉臭和下等的香水气味，使你窒息得透不过气来。我只能买了票靠在车门的铁栏杆旁边站着，太阳像一盆火似的，斜斜地透过车门来，烤到我的背心上。在我的右面，坐着一个中年的，胖大的，穿着香云纱裤的妇人。她的手里捻着一大串数珠，流着汗，皱着眉头，不住地朝窗外面狗一般地喘着气。我的前面是看不清的人壁，左边是一个落班的，高大的巡捕。这使我挤在中间大有进不得，退不得的感觉，而且车身摇动起来，就格外地震得我的身子像时钟的摆一般地，向这胖妇人和高大的巡捕的身上碰击着，而引出两种极难看的恶脸来！

车行到南京路的时候，总算是下去了好几个人。空出了两三个位置。这时我便用全身的力量冲去占了一个座位，而跟着我的后面，却又挤一来了两三个汗湿淋漓的汉子，牢牢地挟着我的双肩，并且给带来一阵新的肉和热汗的气息。

卖票的又从头等车中钻过来了，他首先向这两三个新到的客人装出了要卖票的手势。在左边的两个工人和学生模样的人，都拿出铜元来买票了，而右边的一个，却仅仅口头叫了一句：

"派司！①"

因为这声音叫得特别高而且响亮的原故，便引动很多人注意起来了。第一个对面的胖妇人，她用那煤炭一般黑的凸出的大眼睛，轻蔑地，傲慢地朝这边瞥了一下。接着，便是学生、巡捕和我。我也是因为这声音太怪异，而引动了一种好奇心的兴趣；我很想借一件什么物事，暂时将我那不耐烦的心情忘却。但当大家都在注意着这人的时候，他倒反而觉得自得起来了，并且立刻用了同样的注意的视线，环顾了大家。这是一个基督徒，因为我看见他的白拿破仑帽子上和胸前，各嵌着和挂着一个放光的十字架。看年纪还不过四十岁吧，样子倒像一个非常老实的人，但我却不知道他是电车上的传教者。

卖票的人沙声地，吃力地高唱着每一个站头的名字。当车身倾斜地越过四川路桥时，那位基督徒几乎全身子靠到我的肩上了。且并突然用了一种沉重的，苍老的声音——那老得就像吃鸦片烟的人一样——开始了他的宣教的义务。

"人——是由上帝造的！所以人要相信上帝！……"

这是他的第一句。对面的胖妇人，不快意地朝他盯了一眼，并且急忙地将头转了过去，其余的搭客们便也像得了什么传染症似的，大半都跟着转向一边去了。有的还稍稍露出了一点不高兴的，厌恶的表情。在电车上，这差不多成了一种普遍的现像，尤其是在这大热的天气，搭客

---

① 英语pass之译音，此处指电车月票。

们大抵是不欢迎任何种叫卖和宣传的，好像是这些声音能阻碍车行的速度，而使车子里变得更加炽热起来的一般。但这位基督教徒先生却并不顾及这一切，他仍然继续他的演说道：

"……因为，中国人都勿相信上帝，只相信菩萨魔鬼，所以中国才弄得格样子糟的！……格都是上帝的惩罚，……"他用手着力地向空中一劈，就像要将这些不信上帝的人，通统从他的手下劈开去似的，以致引起了对面胖妇人的第二次嫉妒的视线！"假如……尤其是……"他接着说，"我们要勿赶快相信上帝，我们中国人是马上要变亡国奴的！……譬如东洋人打过来了，啥人抵当呢？……要相信了上帝，我们就用勿着怕伊了，因为东洋人自家会吃败仗！——上帝自然会替我们去惩罚伊的！……"

他只略略地停了一下。他的眼睛望着空处，并没有注意到每一站上下的客人，是怎样在对他作着各种各色的难看的脸相，也没有注意对面的胖妇人和其他的搭客，是怎样在厌恶和反对起他来了。他却像早经得到了很多人的拥护似的，依然，而且更加有劲地讲述着：

"菩萨，是什么东西呢？……照《圣经》上说——是迷信，是偶像，是魔鬼！是害人的东西！……伊害了我们中国几千年了！……"

对面的胖妇人突然站起来了！她气愤地将数珠套到颈上，瞪着煤炭一般的凸眼睛，恶毒地骂了一声——

"猪猡！"

她并不是急于要下车去，而用手吊着车顶上的藤圈子，装出了一个挑战的和准备相骂的姿势。

"……上帝情愿将伊的独生子送到世上来替人赎罪，所以人应该相信上帝。不应该相信菩萨，偶像和魔鬼！……"

"猪猡！菩萨关侬啥事体？……"那妇人再也忍不住地愤骂起来了。"阿弥陀佛！……菩萨是魔鬼，侬是啥末事呢？猪猡！……"

"我是基督徒，侬是啥末事？……我传我的教，关侬啥事体呀？……"男人抗议地回骂道。

"勿许侬骂菩萨！晓得吧？……猪猡！……"

"菩萨是魔鬼！哪能勿好骂呢？"

"嗳……勿好骂格！……"妇人更进一步地威胁着！搭客们大都集中着视线，看起热闹来了。有的打趣着，有的冷笑着，有的起劲地哼着鼻子。卖票的人似乎也觉得很有趣，便装出非常滑稽的可笑的脸相，怪声怪气地接送着上下的客人。那一个学生模样的人，本来已经跳下车去了，但他却还站在马路的边沿，遥遥地抛过来一句：

"汉奸！"

这使车上的好一些人都感到一个新的惊异。但那也不过是"感到"一下子而已，因为谁也没有继续去理会他的。

"真是！……我又阢没侬格啥末事，关侬啥事体呢？"这基督徒仍然不屈服；他似乎也准备起身了，便遮羞似的这样叫道。

"勿许骂菩萨！……猪猡！……"那妇人毫不放过他。

"偏偏要骂，哪能……？"

"侬再骂，我要敲侬耳光！……"

"侬敲敲看？……烂污×！魔鬼……"基督徒真正地火冒了。

"猪猡！侬骂啥人？"

"骂侬！"他站起来迎了上去！

"畜生！侬来呀！……娘格操×！……老娘敲杀侬！……外国人把了侬四只角子一天，侬连良心都卖脱哉！……猪猡！来呀！……"

那胖妇人正气势汹汹地准备将拳头击过去，可给那侧面的巡捕和卖票的拦住了。电车上便立刻给闹得混乱了起来。那巡捕用了捉强盗一般的方法，捉着基督徒的手臂，并且命令一般地叫道：

"好啦，老乡！侬勿要在电车上打架了！下去吧！……等等上帝要惩罚侬的！……"

"先生！侬看啥人有道理？……我又朊没骂过伊来！……"基督徒发急道。

"好啦！好啦！……侬格顶好道理，侬下去吧！……"

车子已经停在新记浜路口上了。那胖妇人仍然一句比一句厉害地接骂着：

"……畜生！……猪猡……杀头胚！……外国人格灰孙子！……亡国奴！……"

巡捕将基督徒强迫下车了。他只能在马路上起劲地回骂着，并且骂的也还是那两句话：

"烂污×！魔鬼！……"

胖妇人是显然地胜利了！当车上照旧地平静了时，她便利用这战胜的余威，承继了那基督徒的宣教的方法，而大大地颂赞起菩萨的灵验来。她演说得那样有声有色，——简直比基督徒高明得多——那就像是每一个现世的菩萨，她都亲眼见过的一般。

可是，我不能够再听她的说教了。我底站头到了。我底心里只有一阵阵的麻木的感觉，对这件事似乎也再不觉得怎样有趣了。当我跳下车来，再回头望望那胖妇人底姿态的时候，车子已经开动了，已经望不清晰了。我只听到她那最后的和最有力量的一句：

"只有菩萨……才是真正能够救我们中国的！……"

我拼命地咬着牙门急急地转过了一个弯，前面便是我的病着的朋友的住处。

（选自《山村一夜》）

大师经典

书信
叶紫精品选

致张天翼书

老天：

　　将近一年不通信了。你的近况我知道得很详细，我的情况，怕你未必知道吧。

　　病，——这个讨厌的侵略者，总是不断地向我进攻，我呢，也紧抱着"抗战建国"的方案，"自力更生""长期抗战""誓不屈服"。经过几十个月的苦斗，现在已经到了敌人无力攻击的相持局面了。至于完全战败侵略者，还非一朝一夕之功呢。

　　这样，对于我，最好了，阿Q哥说：人生于世，大抵都要生肺病的。我正可以藉此不急不缓，慢慢来开始整理长篇小说。我现在算是深入在农村中了，和农民一同起居，一同呼吸。材料像自来水似的永远用不完，而且是那样的丰富，又没有人催稿，又清静，条件真是好极了。

　　所剩下的，就是生活不能解决了。一个月中，我曾断粮三次，几乎饿坏。从令侄女口中，我知道你非常穷，穷斯滥矣！但我还是要向你要三块钱，或者两块钱，要不然就是一块钱吧。赶快寄来。你知道，即算是一块钱，在乡下多大的用处啊！

　　还有什么有钱的朋友，或者文化同人，代替我敲敲竹杠，不论多少，一同寄来吧！

　　赶快回信，"急急如律令"！

　　行一个抗日敬礼！

二月八日
叶紫

　　做诗一首，"大有才子气"，不胜"见月伤心，闻鸡生气"之至！诗云：

　　　　早晨摸米看空桶，
　　　　中午寻柴想劫灰；
　　　　讨厌偏逢天大雨，
　　　　不能山后探新梅。

　　　　（原载1939年2月《观察日报》副刊《观察台》）

致张天翼书

老天：

　　告诉你，我已经搬了家，搬到一所很可爱的小屋子里，这地位在两条小河的三叉口上，靠近古渡头堤边。不但风景佳绝，空气新鲜，宜于养病，并且交通便利，消息灵通，简直是一块仙境啊！你没有看见呢，我一般进来，病就好了一大半。春天了，眼前的一片青翠，黄黄的菜花，红白的桃李，对岸的小市镇，就象镜子里画的画似的，横挂在我的面前，左边还有一座古色古香的大石桥。老天，你见了真会爱死！假如你也是一个病人的话。你相信吗？这三叉河口上的天空，都象特别和我有交情，无论晴或雨，那些云彩，那日月和星辰，都象时刻在变把戏给我看，给我开心似的。我不相信果戈理在《狄亢迦近郊的夜晚里》所描写的那样美丽的乌克兰的天空，有我这里的这样美好，因为那只是描写出来的小说，而我这里的是真实的活东西！

　　此外，那一天到晚从堤坡和渡口上过往的农人们，也能够使我像看走马灯似的愉快，我搬过来的那天，便像隐士（！）似的，在门首贴了一首对联云：

住虽只三尺地，且喜安心，小堂屋中，任我横行直闯。

睡足了五更天，若嫌无事，大堤坡上，看他高去低来。

  说起旧诗词对子来，我近来是大开倒车了。敌人的最前线，离我们这里只有一百多里路，朝发夕至。时刻有沦陷的危险。论理，我们这里的抗敌工作和民众运动，应该做得轰轰烈烈了（不轰轰烈烈的原因当然多得很），不过，为一般民众的领导的智识分子，应该关心一下自身和家国的灭亡吧！但伤心得很，这里的几十位小学教师和冬烘先生们，大半都象进了墓坟的"活骸"似的，不但不愿意参加抗敌工作，不关心时局，甚至连起码的求知欲望都没有，他们可是终年不看书，不看报纸，只侧着耳朵听听人家说敌人来没有来？如果敌人离他们还有一里路，他们还有一餐晚饭吃，便低着头去弄他们的挽联对子，吟他们的平平仄仄去了。无论你如何警醒他，刺激他，他是没有听。因为他们大都跟新文化无缘，他们是"先王之道，不可废也"。他们看不起做白话文的人，有的甚至看不懂语体文章。这样，你想要提着他们的头发，把他们从坟墓中拨出来做一点点与政府和抗敌有利的工作，就非先取得他们中间的地位和信仰不可。这样，我就不得不大开倒车，从这些古董的平平仄仄去着手。几个月来，居然也有些成绩，做得不少了。将来如果收成集子，就叫做《倒车集》，与老兄的《牛奶之路》，定可并驾齐驱，永垂千古而不朽了。如以为我是吹牛的，不妨抄两首你看。

    （一）赠古渡头老渡夫

经年风雪鬓毛灰，
放荡江湖一酒杯，
苦煞夜寒更漏永，
隔河人把渡船催。

（二）戏题某待嫁闺女插镜绣猫

不花不树堆红绿，
亦虎亦猫背黑灰，
人世姻缘天上景，
滑稽都到镜中来。

（三）咏兰的父母前年都死了，去年突然又跑出一个母亲来，据说这是生母。生母今年也死了，照理说咏兰和我应叫母亲、岳母，但碍着养母家的关系，只能叫伯母和岳母，这真是有点虚伪而滑稽的事。因这老太太待我们极好，殷勤地安慰我的病，不断地接济我们的生活，死后大家便劝我们写点东西悼悼她。因作一挽联云：

三千里避难归来，苦疾病缠绵，待我犹如亲子婿。
廿六年离怀迢去，叹运途乖舛，哭娘常念旧娇儿。

联末是落的我和咏兰两个人的名字。老天，当你看了"叹运途乖舛"这一类令人作呕的"宿命论"的滥调，一定会摇头哼鼻，大骂"老叶混帐"不止吧，但在这里却被我们的教师和冬烘先生们捧得了不得哩！其实"狗嘴里长不出象牙来"，在这样的破酒瓶和恶环境里，怎能够装新酒进去呢？

好了，倒车只开到这里停止了。还要说我们的正经事哩！

请你告诉敏纳滨荪两兄，他们寄来的十元钱，昨天收到了。据说这是定钱，救我的穷的，要我不客气，每月至少给他们两篇文章，这可叫我有点为难了。老天，你知道的，如果这十元钱是无条件接济我的，我倒可以放心用。一说是定钱，我便冷了半截。因为我的身体还没有收

"定钱"的资格，怕不能如期交货也。我虽然每天都写作，但是有限制的。我以前曾说过，（照梁实秋大参政员所看不起的"抗战八股"的"公式"套来），我的病是"持久战"，是"最后胜利"论者，只宜于不急不缓的长篇大作，决不宜于"定期交货"的短篇。因为我不能"速战速决"，不能"孤注一掷"，也就是说，不写短篇和散文笔记之类的东西，夜晚七时半至八时，记日记，余时是散步、会客和休息。既不吃力，又做了事，养了病，一举而三得焉。六个月后，如果身体进步，打算再加点工作时间。

欧罗二兄叫我四月十日以前交一稿，算起来，是一定来不及了，因为今天三月二十九日了。我写短篇的时间太少。桌上已经准备了一篇万余字的长篇小说材料《第七次入营》，近天才开始写，但什么时候写得起，还不能预定。我相信第二期也来不及了。第三期或第四期比较靠得住一点。再短的千把两千字，第二三期或者来一两篇，但也决不能预告上去。因病这东西活像日本兵，它再向我"猛攻"一下，我便只能"保存实力"，退后休息几天。等它停止进攻了，再来打一下"游击"。一方面还要"养精蓄锐，准备反攻"。

此外，我还要请你设法替我向朋友们募捐一个表，旧的，贱价的都可以，只要灵准。由邮局用小包裹或当样品挂号寄来。我原有的一架闹钟，已"年老力衰"了，常常怠工，既使一天鼓励它七八次，它也不愿意多走一步。我工作和散步，常常要跑到四分之一里路以外的福音堂去看钟，这对我的病和工作是太不便了。

关于接济的话，也希望能够源源而来，上面说过，养肺病和写百万字的长篇，都是持久的、艰苦的战斗，不争取"外援"，没有犀利的"军火接济"，是绝对不能获得最后胜利的。也就是说：多有几斗米，不至"早晨""看空桶"，我的工作和斗争的勇气，就要大得多。……

（原载1939年4月《力报半月刊》创刊号）

致邝达芳书

达芳先生：

朋友，（让我也这样回叫您吧，）您对我的鼓励是太大了啊！我近来得到好几个未见过面的朋友的书面慰藉和物质援助，使我那天天被肺菌和穷困所啃蚀着的心又活跃起来，温暖起来了！不但体力日趋健康，而且也大大增加了工作和斗争的勇气！

朋友，您劝我"为了将来做更多的工作，目前应该好好地休养"一下，并把您自己和肺病奋斗九年的经验告诉我，拿现世纪已死和未死的伟大人物：鲁迅、高尔基和史太林来鼓励我，叫我安心。又肯定说"最后胜利"一定是我的。这真是太爱护我了。但，亲爱的朋友！假如我们是生在前世纪或本世纪的后半叶，患了这种讨厌的病，又这样相当沉重的话，或者可能得到一种较优的环境，来"好好地休养"一下吧。但不幸的是我们恰生在这动乱的时代！当着国家和民族的生死关头，炮火血肉，连天遍地，只要病菌还未将我们啃到失去知觉，想像一个隐士似的躲藏起来，不闻不问，不但不可能，在目前的中国，恐怕也找不出一块这样的"世外桃源"吧。事实上，我们这里朝晚都有沦陷的危机，即使只想"苟安"几天，怕也不可能了。那里还谈得到"休养"呢？不过，亲爱的朋友，请您放心吧，我虽然在开始做一些工作，但也决不是"拼命"而是以病势为转移的，有计划的"持久战"。我们当然不是"孤注一掷"主义者。在我们这世纪中，还有不少带病做过伟大工作的前辈：除上述三人之外，如瞿秋白先生，如《钢铁怎样炼成的》的作者奥斯特洛夫斯基先生……在工作上，他们都是胜利者呀！前者的肺病早到了第三期，而后者还瞎了眼睛，成了残废。而他们所完成的伟业，却都留下了永不磨灭的光辉。何况我们还没有病到他们那样程度呢？日本的小酒井石木博士说："肺病人应安于自己的环境，应该有迎苦和吃苦的决心，应该在工作中寻求乐趣"，是至理名言啊！

亲爱的朋友，我诚挚地感谢您的温情的慰藉，我也坚决相信"最后胜利"是您的和我的。我们虽不敢说在事业上能做出来那么了不得的成绩，但至少也不致于白白地懦弱地任肺菌和敌人来摆布吧！那么好，朋友，我们各自努力呀！

临了，我希望您能更能进一步地经常和我通讯，互相安慰，互相鼓励。健康在等着我们，未来的世界在等着我们呀！

匆复，祝您保重！

并致抗日敬礼！

叶紫　四月三日

（原载1939年4月《救亡日报》）

致邝达芳书

达芳先生：

　　信，四元钱，《救亡日报》副刊，均于昨日午后收到。今天恰巧是五一节，给您写回信。我觉得在我们的友谊上，是一件值得纪念的事。当然，对于那几位不知名的青年朋友，也是一样的。不过，我不会，也不能说什么"谢谢"一类的话，因为那在我们中间是用不着的啊！

　　我的身体近来似乎有点进步，经过几十个月苦斗的结果，得到了不少疗养的经验。您所告诉我的"忍耐"和"达观"，也正是我的经验之一，也就是中国的传统"精神胜利"法。如同我给天翼那封信里所说的，肺病人要有百分之百的阿Q精神，否则，你不能得"最后胜利"的！我也有一句话要赠给您，朋友，请您牢记着吧！那就是："肺病人自己不寻死，是绝对不会死的！"

　　我希望我们能有经常的通讯关系。至少我们应收一信，复一信，才不致中断。说起"文学修养"来，我真是可怜得很！不但是我个人，就是全中国的青年文学者的修养，大半都是很可怜的。尤其是在血和铁相搏斗的现阶段。不过，我们大半都是不甘落后的，虽然牛步法，总还在一天一天地进步，并且也还不太慢。当然，比起外国作家来（尤其是比起十九世纪的诸大作家来），当然是差得太远了。这是指艺术的修养而言。我们太少接触伟大遗产的机会了。这一问题，在现阶段，也是没有办法的，不过，亲爱的朋友！我希望你能提一些问题来互相讨论。每次通讯，提一个问题讨论。我更希望能多有几位如您所说的青年朋友参加。我如身体不发生别的意外毛病，一定能参加的。您的大作诗一首，我也读了。不过我对诗是门外汉，假里手。您这首诗，我也有一点意见，我们下次写信再谈吧！我欢喜这样的诗，但我自己却不能做！

此地前些日子，炮声震耳欲聋，终天不停，我已准备沦陷后的一切步骤。但终于没有沦陷，也许永不会沦陷了。不过，即使沦陷，我也决不走，因为我不怕。而事实上，无钱，生病，也走不动也。

写得很多了。匆复，即祝努力，保重！
并致民族解放敬礼！

一九三九，五一节下午五时
叶紫

又：关于我的生活状况，《力报半月刊》创刊号曾载有我一篇《××通讯》，颇为详细。大概说起来：我每天工作三小时，上午七时半至九时，搜集整理大长篇（一百万字）材料。长篇名《太阳从西边出来》。下午三至四时写短篇或书信。晚间七时半至八时，日记。余时是散步，睡。

生活，最近一个月内，绝无问题。以后，我也可以写点短东西卖钱，再加以朋友的接济，当不致再有大困难吧。不过，要以抗战胜利展开，此地不沦陷为最好。

叶紫 五月二日晨

（原载1939年5月《救亡日报》）